失われた芸術作品の記憶

ノア・チャーニイ
服部理佳＝訳

原書房

失われた芸術作品の記憶

第4章　偶像破壊と破壊行為

第5章　天災

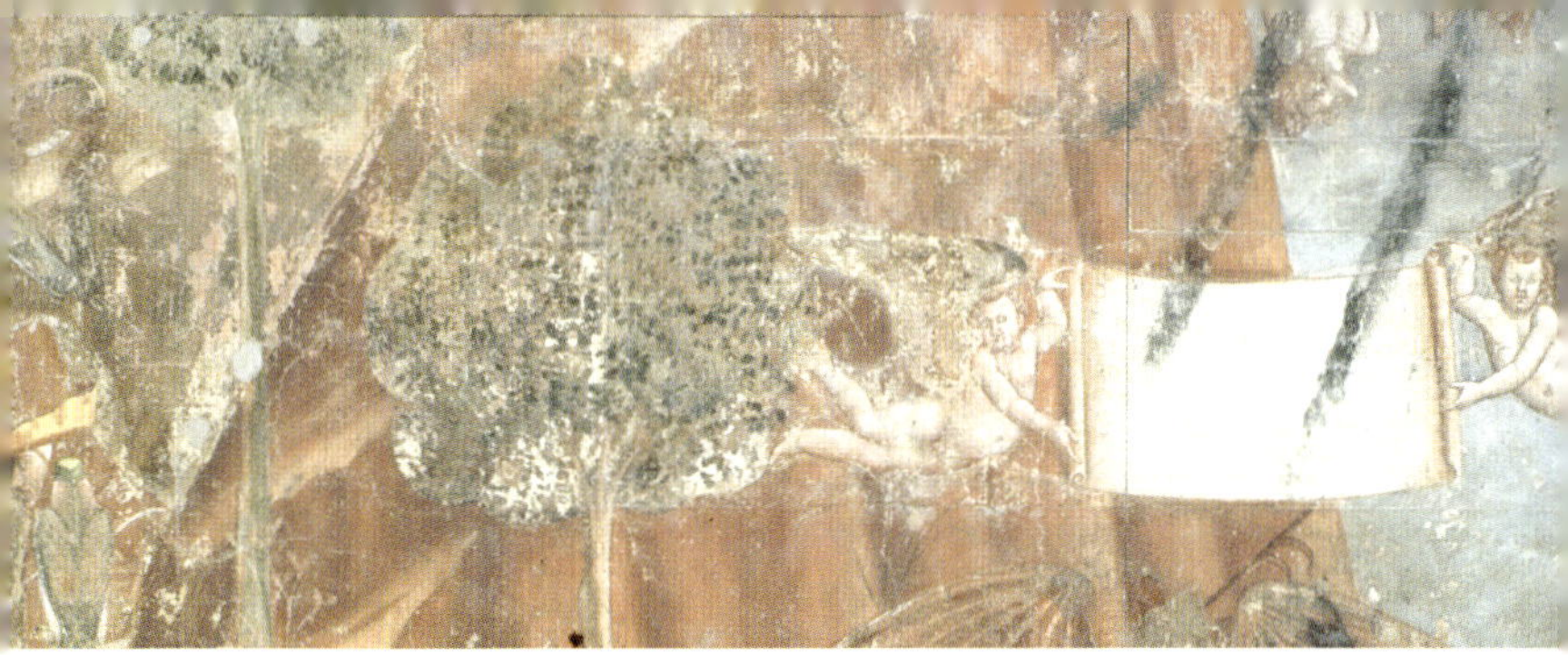

MUSEUM OF LOST ART

by

Noah Charney

This Edition published by Hara Shobo under licence

from Phaidon Press Limited,

Regent's Wharf, All Saints Street, London, N1 9PA, UK,

Japanese translation rights arranged with

Phaidon Press Limited

through Japan UNI Agency, Inc., Tokyo

はしがき

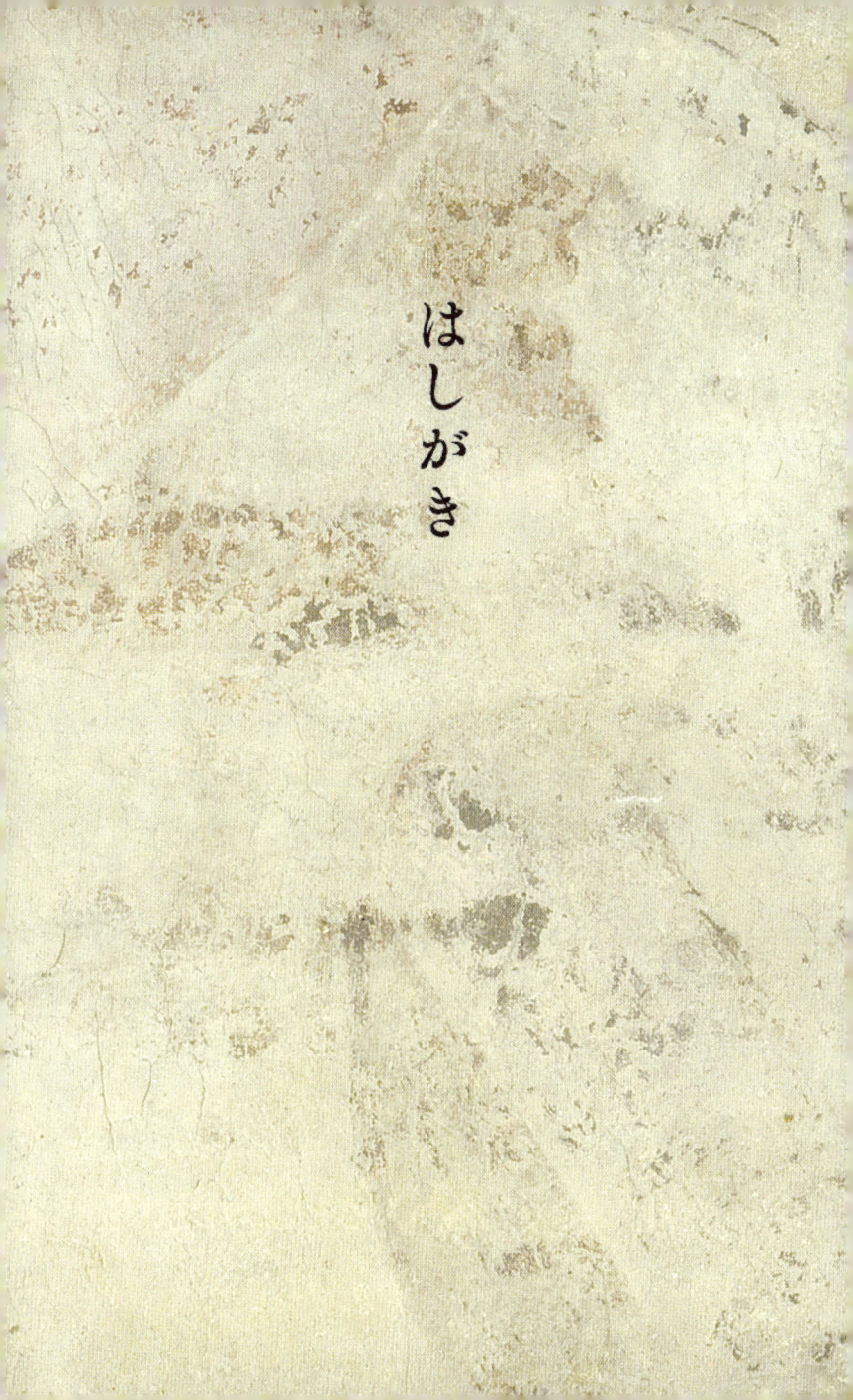

◉失われた芸術作品の美術館

失われた芸術作品を集めた美術館があったら、そこには、膨大な数の傑作が収められることになるだろう。世界中の美術館が所蔵するすべての作品を合わせても、その数には遠く及ばないはずだ。ローマの財宝やアレクサンドリア図書館、宗教改革で破壊された宗教芸術、イザベラ・スチュワート・ガードナー美術館の盗難事件で盗まれた傑作の数々、イラク国立博物館や、膨大な数に及ぶ古代遺跡から略奪された美術品、過激派組織ISによって破壊された古代の建造物や彫像、ナチによって奪われた数々の財宝、現代になって盗まれたり、隠されたり、破壊されたりして失われた、おびただしい数の美術品。これらに思いを馳せると、人類の宝ともいえる芸術作品がいかに脆く儚いものか、痛感させられる。

人類が生み出した素晴らしい美術品の多くは盗難や破壊行為、偶像破壊、災難、故意や不注意による破壊等によって失われている。窃盗団の手に渡ったものは、未だに行方がわからないものも多い。ドラマチックな捜査の果てに取り戻されたものも、わずかにあるが。どんなものが、どういう理由で失われたのか調べることは、今後どうすれば最良の形で芸術作品を保存することができるのかを考えていくことに役立つ。また、数千年にわたる人類の創造の歴史を奇跡的に生き残ってきた数少ない作品が、いかに脆い存在であるかを知り、今ここにある芸術作品を大切にしていく上でも、重要である。ただし、生き残ってきたからといって、必ずしもそれが、発表された当時、重要で影響力のある芸術品だったとは限らない。逆に、不運にも人の手や自然の力によって失われたり、破壊されたりしたからといって、美術史上価値のない作品というわけではない。

近代以前（1750年頃に起こった産業革命以前）の芸術家についていえば、現存し、その在りかがわかっている作品はほんの一部にすぎない。例えばレオナルド・ダ・ヴィンチの場合、現代以降に書かれた文献で、彼の作品として言及されている絵画はおよそ15点だが、消息がわかっているものは3分の1程度にすぎず、少なくとも8点は失われている。カラヴァッジオの場合は、本人の作品であることを証明する何らかの記録が存在する絵画は約40点あり（レオナルド・ダ・ヴィンチの場合と同様、その数は研究者によって異なる）、8点から115点程度（はっきりとした数はわかっていない）失われている。[*1]

その他にも、アテネの彫刻家ペイディアス、ヴェネツィアの画家ジョルジョーネ、ドイツの画家、版画家デューラーといった巨匠たちの作品が破壊されたり、盗まれたり、単に紛失されたりして、数多く失われていることは、研究者の間では周知の事実である。こうした失われた作品は、当時はいずれも現存するものに負けないほど有名な作品ばかりで、美術史に埋めがたい穴を開けている。レオナルド・ダ・ヴィンチの偉大な彫刻、《スフォルツァ騎馬像》が現存していれば、《モナ・リザ》と並ぶ傑作として扱われていただろう。ロヒール・ファン・デル・ウェイデンの《正義の図》も、当時は、代表作といわれる《十字架降下》（現在はスペインのプラド美術館で展示されている）よりも有名だった。焼失したピカソの《ドラ・マールの肖像》も《マリー・テレーズの肖像》の隣に展示されていただろうし、《ラオコーン群像》のブロンズ製のオリジナルも、ローマで発見された大理石の複製（現在、ヴァチカン美術館の特等席に展示されている）よりもずっと高く評価されていたはずだ。

このように、失われた作品は、在りし日が現存するものよりも評価され、世に知られていたものばかりだったということは多々ある。しかしわたしたちの芸術観は偏見に歪められ、現在見ることのできる作品をどうしても評価しがちだ。芸術作品はときに1枚の紙のように儚く、降りかかる数々の危険を乗り越えて生き残ることは奇跡とも言えるが、本書のねらいは、この偏見を正して、現存する作品を改めて評価し直し、失われた作品の記憶を取り戻して保存することである。

本書で取り上げる作品は、単に世間の目を引きそうだからとか、巨匠と呼ばれる芸術家の失われた（あるいはほとんど失われた）作品だからとか、一癖も二癖もある登場人物や、どんでん返しが楽しめる面白い裏話があるからといった理由で選んだわけではない。ここで取り上げる作品が、今までにない美術史をわたしたちに見せてくれるからだ。

今日、美術史で主に取り上げられるのは、すでにさんざん説明され、議論され尽くした２００点程度の現存する作品ばかりである。だが先に記したように、かつて存在するも失われた芸術作品の数々は、いまは違っても、その当時は現存する作品に負けず劣らず重要で、高く評価されていた。以下の章では、いかに多くの素晴らしい作品が失われたかについて述べるにとどまらず、ためになり、美術史に対する理解も深まるような、作品の背景にある物語にも触れていきたい。

◉焼失した傑作

同じ芸術家の作品でも、現存する作品より、失われた作品のほうが、文化的、歴史的に、また影響力という点でも重要な場合がある。その最たる例が、ベルギーのブリュッセル市庁舎の黄金の議場に描かれ、炎によって失われた、ロヒール・ファン・デル・ウェイデンの作品だ。

ロヒール・ファン・デル・ウェイデンは、15世紀半ばの北方ルネサンス期フランドルの、最も偉大で最も影響力のある画家のひとりだが、その人生についてはほとんど知られていない。ロヒールの生まれ故郷であるトゥルネーの記録保管所は第2次世界大戦中に破壊されてしまったため、彼の若年期の人生と作品の記録も失われている。一部の記録は19世紀になって転記されたが、そのわずかな記録からわかっているのは、マイスターのロジェ・ド・ラ・パステュールと呼ばれる男が、後にオランダ風にロヒール・ファン・デル・ウェイデンと改名したことぐらいである。

ロヒールの最も有名で重要な作品は、ブリュッセル市庁舎の黄金の議場に描かれた、正義をテーマにした4連画である。4枚のパネルのうちの2枚には1439年と記載され、当時としては珍しくサインも入っている。画家が自分の作品にサインをするようになったのは19世紀に入ってからだが、ロヒールと、彼と同時代の画家ヤン・ファン・エイクはときどきサインを入れている。残る2枚のパネルは後から制作されたようだが、1450年にはすべてが完成し、議場に展示されていた。ファルツ戦争（1688～1697年）の際に、ブリュッセルはフランス軍の爆撃を受

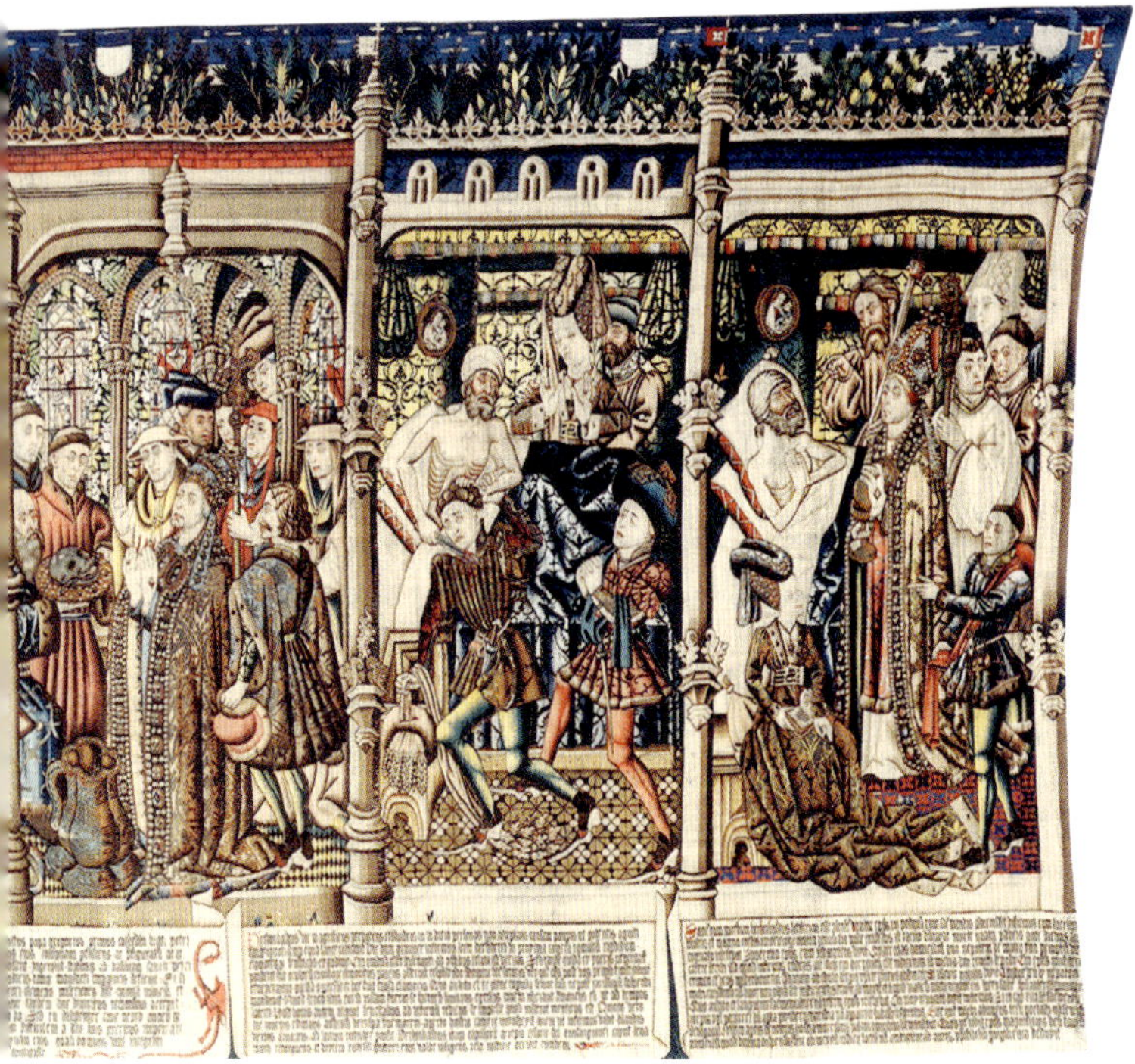

× 864 cm／ベルン、歴史博物館

けて（1695年8月13日から15日にかけて）町の3分の1が焼け落ちる大火に見舞われたため、この4連画もすべて焼失しており、在りし日の姿は、この絵を敬愛した人々（その中には、1520年にこの4連画を見るため、わざわざこの地を訪れたアルブレヒト・デューラーもいる）による素描や、絵画、タペストリーの中に残されるのみだ。1459年頃に作られたタペストリーはこの4連画を忠実に再現しており、布の端には、板絵の額に刻まれていたとされる文章まで写し取られている。

　板絵としてはかなり大きく、高さが約3・5メートル、幅は

ロヒール・ファン・デル・ウェイデン《正義の図》を模したタペストリー／1459年頃／430

4枚あわせて約10・5メートルにおよび、フレスコ画に匹敵する大きさだった。テーマは、黄金の議場の裁判官たちに、モラルの見本を示すことを意図して選ばれており、ローマ帝国のトラヤヌス帝による模範的で寛大な裁きと、伝説上のブラバント公エルケンバルドによる私的な裁きが描かれている。当時、フランドルの市庁舎では、公正な裁きの絵を飾るのが流行《はやり》だった。ディーリック・バウツが描いた、ルーヴェン市庁舎の《皇帝オットーの裁判》（1473〜1475年頃）や、汚職判事の生皮を剝ぐ恐ろしい場面を描いたヘラルト・ダーフィットの《カンビュセスの審判》（1498年）といった例がある。

ロヒールの正義をテーマにした4連画の1枚目には、ダキア人と戦うために馬で戦場に向かうトラヤヌス帝が、トラヤヌスの兵士に息子を殺されたという農婦に呼びとめられ、正義を求められる場面が描かれている。絵を左から右へ、時系列に〝読んで〟いくと、トラヤヌス帝と側近たち（時代錯誤なフランシスコ会修道士の姿もある）が見守る中、農婦の息子を殺した犯人が首をはねられているのがわかる。この逸話は、13世紀にエチエンヌ・ド・ブザンソンが記した『アルファベット物語　*Alphabetum Narrationum*』に収められており、元の話では100年頃、トラヤヌス帝は殺された農婦の子どもの代わりとして自分の息子を差し出したとされている。2枚目のパネルには、6世紀のローマ教皇グレゴリウス1世が、ローマのトラヤヌス帝の記念柱の前で祈りを捧げ、その後、枢機卿たちが見守る中、トラヤヌス帝の頭蓋骨を調べる様子が描かれている。ひとりの医者が示す先には、奇跡的に朽ち落ちることなく残ったトラヤヌス帝の舌があり、今にも公正に基づいた死の裁きを宣言しようとしている。聖人の身体が腐敗することがないように、正義を授けるトラヤヌス帝の力も決して失われることがない。3枚目のパネルには、伝説上のブラバント公エルケンバルドが、ベッドに横たわる様子が描かれている。エルケンバルドは病床から起き上がると、呼び寄せていた邪悪な甥の喉を切り裂いてしまう。伝統的な裁きにおいては強姦を犯した甥は罰を免れることになると考えた公は、自ら手を下し甥を処刑したのだ。パネルの隅には、この私刑の目撃者たちが描かれており、その中には画家自身の姿もある。4枚目のパネルには死の床につくエルケンバルドが描かれ、司教が大勢の人々の前で、エルケンバルドに秘跡を施している。公は甥を殺したことを告白せず、その上、それが罪にはあたらないと信じていたため聖餐まで授かっており、神が公爵の行為を認めているかのようだ。

この4連画は、トラヤヌス帝によって執行された公的な正義と、寝たきりの病人であるエルケンバルドによって自警団的に執行された私的な正義を対照的に描いている。どちらも賞賛に値する世俗の例として、黄金の議場で事件を裁く裁判官たちの模範となった。

本作品は、規模の上でも、描かれる人物の数や、構成の複雑さといった点でも、ヤン・ファン・エイクの《ヘントの祭壇画》に引けを取らず、15世紀半ばに花開いたフランドル絵画の至宝のひとつに数えられるだろう。当時の人々が、この2点をいずれ劣らぬ傑作だと考えていたのは明らかで、どちらの作品も、ヨーロッパ中から教養のある人々を呼び集めていた。だが《ヘントの祭壇画》は、火事や窃盗、偶像破壊や略奪行為、悪徳聖職者の魔の手や国土分割といった危機をかいくぐり、今日まで生き残り、ロヒールの最高傑作のほうはファルツ戦争の戦火によってブリュッセルごと焼き尽くされた。

これまでに、いかに多くの巨匠の傑作が、失われてきたかを考えると、粛然たる思いに打たれる。ロヒールは現在、主に《十字架降下》によって知られているが、彼が存命していた当時、《正義の図》は記念碑的な名作だった。《十字架降架》は現在、愛好家や思想家、芸術家たちが目にすることができる美術館に収められ、何世紀にもわたって多大な影響力を誇っている。《正義の図》が、同じように何百年にもわたって芸術家たちの巡礼地となる幸運に恵まれていたら、おそらく今よりもずっと大きな影響力を持っていたのではないだろうか。つい忘れられがちな事実だが、偉大な芸

ロヒール・ファン・デル・ウェイデン《十字架降下》1435年頃／油彩、板／220 × 262 cm／マドリード、プラド美術館

術家の作品としてよく知られているものが最も素晴らしく、最も影響力のある作品だとは限らない。歴史のいたずらで、たまたま生き残ったにすぎない場合も多いのだ。

◉失われ、発見された芸術作品

失われた作品がすべてそのまま見つからないわけではない。本書の重要なメッセージは希望である。破壊されたと思われていた作品でさえ、再び現われることがあるのだ。

2011年、失われたとされていたレオナルド・ダ・ヴィンチの絵画が2点、ロンドンのナショナル・ギャラリーで開催された「レオナルド・ダ・ヴィンチ――ミラノ宮廷の画家」展で展示された。

レオナルド・ダ・ヴィンチ《サルバトール・ムンディ》1499年以前／油彩、板／65.6×45.4cm／個人蔵／2017年11月、クリスティーズのオークションで約4億5030万ドル（508億円）で落札され、史上最高額で売却された芸術作品となった

いずれも、レオナルドの真作として広く認められている15作の中に入っている。《糸車の聖母》は2003年にスコットランドの城で盗まれ、2007年になってようやく取り戻された。《サルバトール・ムンディ》はイギリス王チャールズ1世（在位1625〜1649年）のコレクションの一部だったが行方がわからなくなっており、2005年になって発見された。当時の所有者は微々たる額でその絵を購入しており、レオナルドの作品だとは思ってもいなかった。[*2]

真作だと認められている作品もあれば、レオナルドの手によるものか、意見が分かれている作品もある。羊皮紙に描かれた《美しき姫君》は、19世紀のドイツの絵画だと誤認されていたが、主要な研究者の中には、レオナルドの失われた作品のひとつだと考

作者不詳《美しき姫君》1495年頃／チョーク、インク、上質皮紙、オーク材／個人蔵／レオナルド・ダ・ヴィンチの作という説がある

えている研究者もいる。一方で、レオナルドの作品ではないと確信している研究者もおり、有名な贋作師ショウン・グリーンホールは真作だと主張する等、議論は混迷を深めている。

失われた作品を探す試みも行なわれた。2007年、レオナルドのフレスコ画《アンギアーリの戦い》を発見するために、調査が開始された。これは多くの研究者が、フィレンツェのヴェッキオ宮殿の壁の裏に隠されていると信じている作品である。1563年、500人広間の壁画を描きなおすよう依頼されたジョルジオ・ヴァザーリは、壁に描かれていた《アンギアーリの戦い》を残すため、レオナルドの壁画を覆うようにもう1枚壁を作ったという。

もはや存在しない作品を記憶にとどめておくことは、失われた作品が偉大な芸術家

ペーテル・パウル・ルーベンス／レオナルドの《アンギアーリの戦い》の模写／1603年／茶色のインク、紙、グワッシュと鉛白によるハイライト／45.3×63.6cm／パリ、ルーヴル美術館

の手によるもので、政治的、歴史的に重要な人物によって所有され、歴史を形作る上で大きな役割を果たしたと考えられる場合には、ますます重要になってくる。だがこの調査は役所の内輪もめにより2012年に中断されている。*3

作品が再発見された例はほかにもある。2010年には、新たに発見された、ミケランジェロの作と思われるキリスト磔刑像がイタリア政府によって購入されている。また、カラヴァッジオの《キリストの捕縛》は、1987年、ダブリンにあるイエズス会の修道院の片隅で、ほこりをかぶっていたところを発見され、失われた名画であることが確認された。現在はダブリンのアイルランド国立美術館に収められ、観光の目玉になっている。このように、一度は完全に失われたと考えられていた作品

カラヴァッジオ《キリストの捕縛》1602年／油彩、カンヴァス／ 133.5×169.5cm／ダブリン、アイルランド国立美術館

が、あたかも奇跡のごとく取り戻された事例に目を向けると、希望を抱くことができ、現存する作品の価値を再認識することができる。現代の美術館は至宝であふれかえっているが、これだけの数の作品が生き延びたこと自体が、ある意味奇跡といえるだろう。失われた作品に焦点を当てることは、生き延びた作品をより大切にすることにもつながるのだ。

◉芸術への愛のために

失われた芸術作品を列挙する行為は、戦いの後に記念碑に刻まれた死者の名を読み上げるようなものかもしれない。実際のところ、かなり似ている。死者の名前は、その人間の人生の代用語として働き、もういないからというだけの理由で、簡単に忘れさられるべきではないその人の生涯の物語を想起させてくれる。絵画や彫刻、建築物といった芸術作品にも同じことがいえるだろう。

どの作品も、目的があって制作され、数えきれないほどの人の手を渡って、大勢の人々に愛でられ、賞賛の目を注がれてきた。ときには嫌われ、罵られることさえあっただろう。ときには穏やかな、ときには絶大な影響力を持つこともあった（ミケランジェロの《ダヴィデ像》のような公共の彫刻がいい例だ）。ときに熱狂を掻き立てることもあっただろう。第4章で取り上げる偶像破壊の首謀者サヴォナローラは、15世紀のフィレンツェ芸術を目の敵にして、1497年の〝虚栄の焼却〟で燃やしてしまった。そして、ときには愛情を掻き立てた。アダム・ワースが、トマス・ゲインズバラの《デヴォンシャー公爵夫人、ジョージアナの肖像》（1787年）を盗んで手元に置いていたのは、その絵が自分を捨てて他の男に走った、最愛の恋人に似ていたからだといわれている。

本書では、他の本がすでにこの世を去った人々の歴史について語るように、失われた芸術作品を蘇らせて、一部についてはは軽く触れ、いくつかの作品については背景の物語を深く掘り下げて紹介していきたい。もう存在しない者たちにも語るべき物語があるからだ。そして、不当に見過ごされ、忘れられてきた彼らの物語を思い起こすことは、大事なことだからだ。

第1章

窃盗

1876年5月の深夜。ロンドンのオールド・ボンド・ストリートは静まり返っていた。風は暖かく、空はインクを流したように真っ暗で、星ひとつ見当たらない。暗闇の中、通りに連なる画廊の前を、ふたりの男たちが通り過ぎていく。ひとりは引き締まった体つきの小柄な男で、上品な口ひげを蓄え、一分の隙も無い身なりをしている。もうひとりのほうは見上げるような巨漢で、胸は分厚く、まるでゴリラのようだ。ふたりは39番地のアグニュー画廊の前まで来ると、足を止めた。

当時のアグニュー画廊は、新聞の見出しを大いに賑わせていた。この画廊が、有名なトマス・ゲインズバラの《デヴォンシャー公爵夫人、ジョージアナの肖像》を1万ギニーという高額で落札したばかりだったからだ。オークションで落札された絵画の代金としては、当時最高の額だった。その衝撃の度合いは、2014年にマーク・ロスコの《№6 すみれ、緑、赤》(1951年)が1億4000万ユーロで落札されたときに勝るとも劣らなかったほどだろう。[*1]

肖像画のモデルであるジョージアナ・スペンサーは、美しく、浮いた噂の絶えない、有名なファッションアイコンで、夫と夫の愛人とともに3人婚の状態で暮らしていた。当時のジョージアナの人気は、子孫であるレディ・ダイアナ・スペンサー(ダイアナ元皇太子妃)に引けを取らないほどだった。

この絵の真贋については、まぎれもないゲインズバラの傑作だという者もあれば、真っ赤な偽物だと主張する者もあり、議論は紛糾していた。こうした争いさえ、この絵に対する世間の関心を高

トマス・ゲインズバラ《デヴォンシャー公爵夫人、ジョージアナの肖像》1787年／油彩、カンヴァス／127×101.5 cm（切り取られているため、元のサイズより小さい）／ヨークシャー、チャッツワース・ハウス

めるばかりだった。クリスティーズからこの絵が落札された後、元の所有者であるデヴォンシャー公は、真作であることを否定している。真実はどうであれ、当時、美術界はこの絵の話で持ち切りだった。アメリカの銀行家、ジューニアス・モルガンが、息子ジョン・ピアポント・モルガン（投資銀行ＪＰモルガンの名前の由来となった人物）への贈り物として、この作品の購入を決め、アグニュー画廊に価格も提示していた。取引はほぼ成立していたが、代金が支払われるまでの間、絵はアグニュー画廊に展示されることになった。

ジューニアス・モルガンは、単に鑑賞するだけのためにこの絵を手に入れようとしたわけではない。１８７０年代初め、系図学者に一族のルーツを調べさせたモルガンは、母親のサリー・スペンサー（旧姓）が、イギリス、ノーサンプトンシャーのオルソープに領地を持つ高貴なスペンサー家と、共通の先祖であるノーサンバーランドの牧羊家ヘンリー・スペンサーを通じて血縁関係にあることを知り、大いに喜んだ。そして、新たに判明した血統を世間に知らしめるために、本や系図まで刷った。富と権力だけではなく、貴族という血筋の正しさまで手に入ったのだ。新たに繋がりがわかった先祖を描いた、このゲインズバラの肖像画を手に入れれば、アメリカの貴族の一員としてふるまう上で確かな拠りどころとなってくれるだろう。

だが、その願いは叶わなかった。少なくとも、そのときにはまだ。風薫る5月の真夜中、獣のような大男は小柄な男を押し上げ、アグニュー画廊の2階の窓台に乗せた。小柄な男はバールで窓をこじ開け、隙間から中へ忍び込んだ。1階にいた警備員は、物音ひとつ聞かなかったという。[*2]

◉戦争の質《しち》としての芸術作品

美しいものや、熟練した職人による技術の粋を所有したいという人々の欲求によって、芸術作品は原材料費の合計をはるかに超える価値を持つようになる。花瓶は粘土に釉薬をかけたものにすぎないし、彫像はただの石や木の塊で、絵画は麻のカンヴァスや木のパネルに絵の具を塗ったものにすぎない。原材料の価値が完成品の価値とそれほど変わらない、金貨や銀器とは対照的に、芸術作品が原材料の価値とは別の、根源的な価値を持つという事実は重要である。なぜなら、外部の価値体系がそこに反映されているからだ。

芸術作品に価値がある限り、盗みとは縁が切れない。初期の有名な美術品窃盗の例としては、紀元前212年に、共和政ローマの軍隊が、ギリシアの、シチリア島シラキュース市（現代のシラクーザ）で行なった略奪行為を挙げることができる。ローマに持ち帰られた略奪品は、美しく、由緒正しいと讃えられた。ギリシアの品であり、古いものであるという事実によって、価値が増したのだ。博学なローマ人たちは、手当たり次第にギリシアの美術品を集め始めた。キケロやマルクス・アグリッパ（皇帝アウグストゥス治世時の将軍）は、最も有名な初期のコレクターといえるだろう。

戦利品として、あるいは転売目的のために、美術品が略奪されることのない戦争を想像するのは難しい。11世紀から15世紀にかけて行なわれた十字軍は、聖地エルサレムから、様々な美術品や宗教的遺物をヨーロッパに持ち帰った。ナポレオン戦争では、初めて本格的な美術品略奪部隊が編成され、休戦条項に基づいて没収した美術品を梱包し、パリに送る任務を負っていた。第2次世界大戦の際には、前例のない規模で（数百万点は確実に）文化財が移動した。ナポレオンの美術品略奪部隊の現代版ともいえる、ERR（全国指導者ローゼンベルク特捜隊）も、ナチの侵攻の過程で、何万点もの美術品を略奪し、そのうちの7000点は、ヒトラーの故郷であるオーストリアのリンツに作られる予定だった、総統美術館の呼び物として展示されることになっていた。現代においても、テロリスト集団が、盗掘したり博物館等から略奪したりして手に入れた古代遺物を西洋に売り払い、活動資金の足しにしている。

◉こそ泥から組織犯罪へ

1960年代まで美術品窃盗は、戦時下では軍隊によって、平時には個人によって行なわれていた。ドアにしっかり鍵をかけて、警備員に見張らせることぐらいしか防犯対策がなく、人間による警戒が何より重要だった。このような防犯対策は容易く裏をかくことができ、美術犯罪に不可欠な要素は、人目を忍ぶことと、巧妙な手口だった。近年横行している美術品強奪は、ゲインズバラの絵の事件のような人目を盗んで犯行を行なう、いわゆるこそ泥とはかなり違う。20世紀半ばに警報システムが登場して以来、窃盗犯たちは、美術館が一般に公開されている最中に、警備に隙ができるときを狙って襲撃するようになった。

1960年頃からオークションで美術品が天文的な価格で落札されるようになり、強奪のテクニックに長けた犯罪組織が、美術品の盗難に絡むようになった。こうして、比較的無害で思想的であることが多かった美術犯罪は、主要な国際的災害のひとつに変貌を遂げた。アメリカ合衆国司法省は美術犯罪を、麻薬や武器売買に次いで3番目に収益が高い犯罪取引として位置づけている。[*3] 世間は、世界中でトップニュースになるような、ほんのひと握りの著名な美術館の盗難事件にばかり注目するが、その陰で、毎年数万件にも及ぶ美術品盗難事件が起こっている。イタリアだけでも毎年2～3万件の美術品が被害にあったと報告されているが、記録に残されていない被害も合わせれば、そんなものではすまないだろう。[*4]

犯罪組織が絡むと、たとえば暴力のような、組織犯罪にはつきものの手法が美術犯罪に持ち込まれるようになる。1961年には南フランスのコートダジュールの一帯で、コルシカ島のマフィアによってピカソやセザンヌの油絵や素描が相次いで盗まれた。1976年には、平時における史上最大の美術品盗難事件が起こった。フランス、アヴィニョンの教皇宮殿から、ピカソの作品118点が盗まれたのだ。この事件では、警備員が縛り上げられて猿ぐつわをかまされ、暴行を受けて、命まで脅かされている。このように、かつて鮮やかで熟練した技を誇った美術犯罪は、凶暴な子孫の誕生を見るに至っている。

警報装置が改良され、コンピュータで防犯対策が行なわれている現代の美術館には、こそ泥の立ち入る隙はない。そのため美術品窃盗犯たちは強奪犯へと転向し、美術館や画廊が一般に公開されている時間帯を狙って襲撃するようになった。美術品の盗難事件は、あきれるほど単純なもの（1994年、オスロ国立美術館のムンクの《叫び》が被害に遭った事件では、犯人は白昼堂々、監視カメラの下で壁にはしごをかけて2階の窓から中に忍び込み、《叫び》を小脇に抱えて出てくると、はしごを下りて逃走している）から、恐ろしい暴力的犯罪（２００４年、オスロのムンク美術館からの《マドンナ》と《叫び》が盗まれた事件では、マスクを着けた犯人たちが美術館に乱入し、銃で威嚇しながら、絵を額から引き剝がすようにして奪い、作品に損傷を与えている）に至るまで、多岐にわたる。

警報装置には、警報を発して警察に異常を知らせる機能しかない。２００４年のムンク盗難事件の際、警察はおよそ3分で現場に駆けつけているが、犯人たちは2分とたたないうちに逃亡していた。１９７０年代には、アイルランド共和国軍（ＩＲＡ）によって、アイルランドの郊外の屋敷から大量の芸術品が盗まれる事件が続いたが、そのうちのひとつはトラックをバックさせてリビングの壁をぶち破り、絵を荷台に積んで逃亡するという大胆な犯行だった。農村部では特にそうだが、警察が最善を尽くしても駆けつけるまでに時間がかかる。その間に窃盗犯たちは悠々と逃げおおせることができたのだ。

◉スウェーデン国立美術館　ストックホルム

２０００年12月22日、映画のような迫力ある美術品強奪事件がスウェーデンのストックホルムで発生した。[*5] 空は晴れ渡り、身が引き締まるような寒さの中、職場に向かう人々や、クリスマスに備えて買い物に出かける人々が街中をせわしなく行き交っていた。そのとき突然、爆音が響き渡っ

レンブラント・ファン・レイン《自画像》1630年／油彩、カンヴァス／15.5×12.2 cm／ストックホルム、スウェーデン国立美術館

た。車に仕掛けられた爆弾が、市内の2カ所で爆発したのだ。テロ攻撃だと考えた警察は直ちに現場に急行。その一方で、1台の車が、湾に突き出した半島に向かい、スウェーデン国立美術館へと続く道を疾走していた。車に乗った男たちは道路に釘を撒き、追ってくる車のタイヤをパンクさせた。車が美術館の前で止まると、目出し帽を被り機関銃を抱えた男たちが飛び出して、美術館に駆け込んだ。男たちは怒号をあげて来館者たちを床に伏せさせ、ルノワールの絵画2点とレンブラントの絵画1点を含む美術品を奪い、美術館の裏の湾に泊めてあったモーターボートに乗って、逃亡した。

盗まれた作品のうち、ルノワールの《会話》は、2001年、警察による薬物強制捜査の際に発見された。[*6] 2005年にはFBI捜査官が、デンマーク警察の協力の下、危険なおとり捜査を行ない、盗まれた絵画の購入を希望するコレクターを装ってコペンハーゲンで商談にこぎつけ、レンブラントの《自画像》を取り戻した。2点目のルノワール、《若いパリの女》も、FBIの介入によって無事奪還された。珍しいことに、事件から1カ月以内にはこの強盗事件に関与していると思われる全員が捕まり、結果10人が逮捕された。残念ながら、盗まれた絵は既に転売されており、取り戻すのにしばらく時間を要することになった。極めて遺憾ではあるが、盗まれた美術品が取り戻され、犯人が逮捕されるのは、美術品盗難の歴史においてめったにあることではない。報告されている美術品盗難事件のうち、盗まれた美術品が取り戻され、犯人たちが裁判にかけられた事件は、全体のわずか1・5%にすぎない。[*7]

◉ラスバラハウス　アイルランド

１９８６年に起こった事件は、盗まれた美術品が、いかがわしい買い手に売却されることもなく、受け渡し金が支払われて被害者の元に戻ることもなかった場合にどういった運命を辿るのかを、如実に表している。この事件で被害に遭ったのは、なんと4回にわたり美術品を強奪された（そのうちの2回はＩＲＡによる犯行だった）、アイルランドの郊外の大邸宅、ラスバラハウスである。首謀者は、その人生を基に映画が作られるほど悪名高い、アイルランドのギャング、マーティン・カーヒルだ。カーヒルと18人の子分はラスバラハウスに押し入り、フェルメールやゴヤ、ハブリエル・メッツーの作品等18点を盗んだ。カーヒルは盗んだ美術品を売って金に換え、引退するつもりだったが、本や映画に出てくるような盗難美術品のコレクターなど、そう都合よく見つかるものではない。いくら探しても、コレクターを装った警官以外見つからなかったため、別の計画を立てることにした。まずフェルメールとゴヤをアントワープに持ち込むと、絵を担保にして、以前、盗んだ宝石をさばく際に利用したダイヤモンド商から１００万ドルを借りた。取引用のドラッグを購入するための資金である。ドラッグの売り上げで借金を返済し、絵を取り戻せば、また担保として使えるという寸法だ。

　だがダイヤモンド商人は、担保の絵を売ろうとして、買い手を装ったスコットランド・ヤードの秘密捜査官に売ってしまい、直ちに逮捕された。カーヒルに盗まれた作品のひとつ、ハブリエル・メッツーの絵画は、犯罪組織間でドラッグと取引されるところをイスタンブール警察の強制捜査によって押さえられ、無事取り戻された。最終的に、盗まれた作品18点のうち16点が回収されたが、フランチェスコ・グアルディの小品2点（いずれもヴェネツィアの風景画）は失われたままだ。ある報告によれば、2点とも「山中に埋められて」おり、その在りかを知る者は皆、既に死んでいるという。[*8]

カーヒルのケースを見ると、盗難美術品は担保として利用され、犯罪組織間の物々交換の資源にもされており、ドラッグと武器と美術品が密接に関わりあっていることがよくわかる。美術品の盗難は、本やドラマで楽しむ分には人目を惹く、華やかな世界に思えるかもしれないが、実際にはドラッグや武器の売買、ときにはテロリズムとさえ関わっており、事態は深刻である。

◉サン・ロレンツォ礼拝堂　シチリア島

美術品が、モラルの低いコレクターへの転売目的で盗まれることも、確かにある。だが盗難美術品のコレクターは、小説や映画にこそ度々登場するものの実際にはほとんどいないため、窃盗犯の多くは盗んだ美術品を売ることもできず、持て余すようになる。そうなると警察に運が向いてきて、ストックホルムでレンブラントの《自画像》が取り戻されたケースのように、焦った窃盗犯が買い手を装った警官との取引に応じる場合もある。

同じように犯人がおとり捜査にひっかかった極めて有名な事件があるが、被害に遭った作品は失われたまま発見されておらず、おそらく破壊されたものと見られている。１９６９年10月18日、

カラヴァッジオ《聖フランチェスコと聖ラウレンティウスのいるキリストの降誕》1609年／油彩、カンヴァス／268×197 cm／シチリア、パレルモサン・ロレンツォ礼拝堂で盗難に遭う

シチリアのマフィア、コーサ・ノストラ系の窃盗グループが、パレルモのサン・ロレンツォ礼拝堂に忍び込んだ。人目を盗む昔ながらの窃盗で、暗闇の中、足音を忍ばせて祭壇の前まで来ると、上にかかっていたカラヴァッジオの巨大な絵画《聖フランチェスコと聖ラウレンティウスのいるキリストの降誕》に手をかけた。翌朝、カンヴァスが切り取られ額だけとなった無残な姿が、礼拝者たちによって発見された。

イタリア政府は、マフィア撲滅運動を推進する最中に行なわれたこの犯行に激怒し、世界初の盗難美術品捜査専門の警察部隊、美術遺産保護部隊（TPC、イタリア国家治安警察部隊カラビニエリの一部隊）を創設した。TPCは現在、300名を超える常勤捜査員を抱えており、世界最大の、最も有能な美術犯罪捜査班といえるだろう。レオナルドと呼ばれるデータベースには、400万点以上の盗難美術品に関する情報が保存されているが、ほとんどがまだ発見されていない。残念ながら、カラヴァッジオの《キリストの降誕》もそのうちのひとつである。

わかっている限りでは、絵は盗まれた当初、売られていなかったようだ。絵の行方について様々な憶測が飛び交い、マフィアの内情を知る密告者が裁判で証言すると、噂はますます過熱。受け渡し金目的で盗まれたと考える者もいれば、マフィアのボスの部屋に飾られているにちがいないという者もいた。後者の疑惑については、2002年12月7日にオランダ、アムステルダムのファン・ゴッホ美術館から盗まれた、ゴッホの《スヘフェニンゲンの海の眺め》と《ヌエネンの教会から出る人々》が2016年の9月になって発見されたとき、カンパニアを拠点とするマフィア、カモッラのメンバーの別荘の壁にかかっていたことを考えれば、大いにあり得る。しかし、カラ

フィンセント・ファン・ゴッホ《スヘフェニンゲンの海の眺め》1882年／油彩、カンヴァス／36.4×51.9 cm／アムステルダム、ファン・ゴッホ美術館

ヴァッジオの絵が辿った運命は、未だにわかっていない。

1979年、調査報道ジャーナリストのピーター・ワトソンが、カラビニエリのおとり捜査に協力し、盗難美術品に興味があるコレクターになりすまして盗まれたカラヴァッジオを手に入れたいと触れ回った。やがてコーサ・ノストラと接触し、絵を所有していることを確信したが、実際に目にすることはできなかった。代わりに、やはり盗まれていたアーニョロ・ブロンツィーノと、アンドレア・デル・サルトの絵画の提供を受け、この2点は無事取り戻されている。[*9] 1996年には、シチリアのマフィアのメンバーが幹部の命令でカラヴァッジオの《キリストの降誕》を盗んだと言い出し、2009年にはマフィアの密告者から、シチリアで保管されていたが、1999年の地震の際に損傷を受け、その後農場で、ネズミやブ

フィンセント・ファン・ゴッホ《ヌエネンの教会を出る人々》1884－1885年／油彩、カンヴァス／41.5×32.2 cm／アムステルダム、ファン・ゴッホ美術館

タに齧られているらしいといった旨の情報が寄せられた。

カラヴァッジオの《キリストの降誕》は、美術史上、そして美術犯罪史上、極めて重要な作品である。この作品が盗まれたことによって、美術犯罪に特化した初の警察部隊が創設され、美術品盗難事件の捜査方法が劇的に変わった。とはいえ、美術犯罪が一般市民や国家によって真剣に受け止められるようになるまでにあと数十年はかかり、その間も、テロリスト集団が略奪した美術品や古代遺物から資金を得るという茶番劇は続くことになるだろう（２０１５年、わたしたちは過激派組織ＩＳが古代遺物を破壊し、略奪するのをはじめて目撃したが、それ以前にもイラクとシリアで美術品を略奪していることがわかっている）。

カラヴァッジオは40歳で死亡しており、《キリストの降誕》が失われたということは、彼が短い生涯の間に制作した、ただでさえ数少ない作品のひとつが失われたことを意味している。カラヴァッジオはラヌッチオ・トマソーニを殺害した後（テニスに負けた腹いせと見せかけていたが、原因はひとりの女性をめぐる痴情のもつれで、恋敵を去勢しようとして死なせてしまったというのが真相だった）、シチリアに滞在し、ローマ教皇の恩赦を待っていたが、その頃に描かれた作品はわずか4点。現在残っているのはそのうちの3点のみである。

◉イザベラ・スチュワート・ガードナー美術館　ボストン

未解決の美術品盗難事件の中で最も有名なものは、おそらく、１９９０年3月にボストンのイザベラ・スチュワート・ガードナー美術館で起こった盗難事件だろう。美術館の閉館後、警官を装ったふたりの男が従業員専用入り口の扉を叩いた。男たちが、騒音がすると通報があったため様子を見に来たと説明すると、夜間警備員たちは、事実を確認することなく、しかも規則に反して扉を開けた。扉が開くやいなや男たちは警備員たちに襲い掛かり、縛り上げて猿ぐつわをかませると、CCTVの監視カメラを止め、獲物を求めて美術館をさまよい始めた。実は、男たちが美術館に押し入ろうとしたのはそれが初めてではなかった。数日前、別の夜間警備員たちが職務についていたときにも、犯人のひとりが従業員用の入り口の扉を激しく叩き、強盗に襲われたので助けてほしいと中に入れるよう要求していたのだ。だが警備員たちは、規則に従って扉を開けなかった。すると、〝被害者〟は〝強盗〟と肩を並べて去っていったという。

だがその日は、数日前とは別の警備員が職務についており、犯人たちの思惑通りに事が運んだのだ。奪われたのは、レンブラントの《ガリラヤの海の嵐》、フェルメールの《合奏》、マネの《トルトニ亭にて》、紙に描かれたエドガー・ドガの絵画5点、ホーファールト・フリンクの《オベリスクのある風景》（1638年）等、計13点。注目すべきなのは、明らかにずっと価値があるティツィアーノの《エウロペの略奪》やボッティチェリの作品、ラファエロ2点には手を出さず、殷《いん》王朝の青銅器を奪っている点だ。また、17世紀のオランダの絵画を額から引き剥がそうとしているが、上手くいかなかったのか、床に投げ出して踏みつけにしている。その上、手をつけずに素通りした作品よりもずっと価値の低い、ナポレオンの軍旗が入ったガラスケースを、こじ開けようとしており、開かないのがわかると、ケースを壊すのではなく、代わりに鷲の彫刻が施された旗頭を奪って

レンブラント・ファン・レイン《ガリラヤの海の嵐》1683年／油彩、カンヴァス／160×128 cm／マサチューセッツ州、ボストン、イザベラ・スチュワート・ガードナー美術館で盗難に遭い、現在行方不明

ヨハネス・フェルメール《合奏》1684年／油彩、カンヴァス／72.5×64.7 cm／マサチューセッツ州、ボストン、イザベラ・スチュワート・ガードナー美術館で盗難に遭い、現在行方不明

エドゥアール・マネ《トルトニ亭にて》1880年／油彩／26×33.7 cm／マサチューセッツ州、ボストン、イザベラ・スチュワート・ガードナー美術館で盗難に遭い、現在行方不明

いる。

捜査官たちはこの奇妙な犯行の手口に頭を悩ませることになった。有名な作品の前は素通りしてずっと値打ちの低いものを奪ったり、作品を丁寧に扱ったかと思えば踏みつけにしたり、そもそも美術館に強引に押し入っているのにガラスケースを壊すのをためらったりと、犯人たちの行動には腑に落ちない点が多い。この事件は未だに米国史上最大の美術品盗難事件であり、被害に遭った作品の総額は5億ドルにのぼるともいわれ、平時における最大の財産窃盗事件といえるだろう。

この事件の捜査はずいぶん前に行き詰まっている。1994年に、美術館の館長宛に受け渡し金の要求があったが、その額は被害総額のほんの一部にすぎない、わずか260万ドルだった。美術館は要求に応じ、『ボストン・グローブ』紙に暗号メッセージを掲載しろという犯人側の指示に従った。だが、それきり犯人から連絡はない。警察の介入に気づかれたか、あるいは受け渡し金の要求自体がいたずらだったのかもしれない。盗難から3年以上経って初めて受け渡し金が要求されているのは、犯人たちが、盗んだ美術品の買い手を探していたが見つからなかったため、あるいは既に見つけていたが、交渉が決裂したために受け渡し金の要求に切り替えたことを意味している。[*10] 1997年には、ジャーナリストのトム・マッシュバーグがブルックリンの倉庫に連れていかれ、ほんの束の間、盗まれたレンブラントと思われる絵を見ているが、それ以上の情報はつかめなかった。その際、レンブラントの絵から取ったという絵の具の欠片も手渡されている。科学捜査班の分析によれば、その絵の具は17世紀のオランダで使われていたもので、別の盗難美術品から取られた可能性はあるが、レンブラントの絵から採取されたものではないことが判明した。

美術品の盗難を依頼する盗難美術品のコレクターなどほとんど存在しないとはいえ、この事件のように盗まれるもの、盗まれないものという傾向があるところを見ると、買い手が欲しがっている作品のリストがどこかにあるようにも思える。美術品盗難には数千年に及ぶ歴史があり、毎年、世界中で何万件もの美術品盗難事件が報告されているが、歴史家によれば、平時において著名な作品が依頼によって盗まれたケースはほんの数十件程度しかないという。

犯人は一体何者なのか。ＩＲＡ、コルシカのマフィア、ボストンのギャングであるホワイティ・バルジャー、内部の人間による犯行——様々な憶測が乱れ飛んだが、真相に行きついた者はだれひとりいなかった。やがて、事件の解決につながる情報に５００万ドルという巨額の報奨金がかけられ、プロ、アマ問わず、だれもが犯人探しに精を出すようになった。そして、2015年、FBIは記者会見を開き、それまでの捜査でつかんだ情報を公表した。その中には、事件のあった晩、警備に当たっていた警備員のひとりが身元不明の男を館内に通したという未公開情報も含まれていた。また、同じく2015年には、ボストンのサフォーク・ダウンズ競馬場に作品が隠されているという情報があり、警察が捜査を行なったが、なにも発見できなかったという。[*11] メディアは、この記者会見が盗難美術品の行方を突き止めるために開かれたと見なしたようだが、犯罪学者たちは、特に目新しい情報はなかった点を指摘し、FBIは壁に突き当たり、記者会見を開くことで揺さぶりをかけるつもりなのだろうと推測した。だが思惑通りにはいかず、未だに事件解決の糸口すら見えない状況だ。FBIは犯人のうちふたりを突き止めたと主張しているが、ふたりとも既に死亡しており、盗難美術品の在りかはつかめていない。絵はほぼ間違いなく無傷だろうが（犯人たちは貴重な美術品を良好な状態に保つことが、自分たちの利益になることをよく知っているからだ）、現時点でどこに隠されているかについては、美術館から絵を盗んだ当の犯人たちですら知らない可能性が高く、絵が発見されるかどうかは運次第である。

◉アグニュー画廊　ロンドン

画廊の2階では、小柄な男が、窓から射し込む街灯の明かりを頼りにカンヴァスを木枠から切り離していた。ゲインズバラの作品にひびが入らないように、絵を外側にして慎重に巻いていく。そしてそれを窓から突き出し、仲間に手渡すと、はしごを下りて夜の闇へと消えていった。

警察は完全にお手上げ状態だった。手がかりは、犯人が熟練した技を持ち、背はそれほど高くないこと、鋲釘を打った靴を履いていたと思われることぐらいしかない。その小柄な男とは、犯罪界のナポレオンとの異名を持つ伝説の泥棒アダム・ワース、史上最も成功した犯罪者として知られ、シャーロック・ホームズの宿敵モリアーティ教授のモデルとなった人物である。

アダム・ワースと、ジューニアス、ジョン・ピアポント・モルガンの親子は、一方は泥棒の達人《マスター》、もう一方は収集の達人《マスター》であり、どちらもヴィクトリア朝を表す典型的なキャラクターだった。ワースもモルガンも、自分の社会階級を不動のものにするというヴィクトリア朝らしい願望を実現している。ワースは住む家すら無い一介のスリから成り上がって、ロンドンの富裕層の仲間入りを果たし、モルガンは旧体制の基盤を利用して、貴族の栄光を使って富と権力をさらに強固なものにしようとした。ワースが成り上がるための道具として犯罪を利用したのに対し、モルガンは銀行業を利用したが、必ずしも清廉潔白なビジネスマンとして知られていたわけではない。また、わたしの知る限りでは、モルガン親子が美術品を手に入れるために犯罪的手法を使ったという証拠はないが、怪しげな品とまったく無縁だったわけではなく、膨大なコレクションを築くにあたっては、ほとんど、あるいはまったく出所について問うこともなく美術品を入手している。ヴィクトリア朝の一流のコレクターたちは、犯罪絡みの美術品に手を出した痕跡を一切残してはいないが、後ろ暗いところのない入手先ばかりではなかったはずだ。美術商や仲買人は、入手方法が合法だろうが違法だろうが、買い取ってもらえそうな美術品はなんでもコレクターに提示し取引を成立させようとしたに違いないからだ。

◉泥棒の達人《マスター》

アダム・ワースは1844年、ドイツで生まれ、1849年に家族でマサチューセッツ州のケンブリッジに移住した。ワースが育った当時、ケンブリッジでは激しい階級格差が生まれており、アメリカのにわか貴族たちは「ボストン・ブラーミン」という独自の称号まで獲得するようになっていた。ヴィクトリア朝の美術批評家ジョン・ラスキンも、「金を稼いで成功し、かつてはずっと上の階級だった人々と付き合い、仲間として受け入れられるようになると、生まれた階級にとどまるのは耐えがたい恥となり、周りの人間も紳士になるべきだと考えるようになる」と述べている。[*12] 移民だったワースは、なんとしても貧困層から抜け出そうと心に決めていた。14歳で家を出て、17歳の時に南北戦争が勃発、北軍に入隊した。陸軍の記録によれば、アダム・ワースは1862年8月、第2次ブル・ランの戦いで受けた傷が元で死亡したことになっている。だが、アダム・ワースは死んでいないどころか、怪我ひとつ負ってはいなかった。ワースが陸軍の単なる事務的な誤りを利用しただけなのか、自分から積極的に死んだと思わせようとしたのかは不明だが、ワースにとって、自分が死んだことになっているのは好都合だった。ワースは偽名で別の連隊に入隊し、奨励金を受け取っては、姿を消すようになった。奨励金目当てで、短期間ではあるが南部連合軍で戦ったこともある。

南北戦争が終結すると、ワースはニューヨークに移った。１８６０年代のニューヨークには泥棒や殺人鬼が跋扈《ばっこ》していたが、ワース自身は常に人道的な犯罪者だった。凶悪犯罪には決して加担せず、武器を身につけた犯罪者とは手を組もうとしなかった。武器など必要ない、自分の頭を使えばどんな状況でも切り抜けられると考えていたからだ。ベン・マッキンタイアーが記したワースの伝記『大怪盗――犯罪界のナポレオンと呼ばれた男』（北澤和彦訳、朝日新聞社、１９９７年）によれば、ワースは、自分が関わる犯罪事業に暴力は一切関与させないというルールを設けていたという。ワースは確固たる信念を持ち、献身的な人物でもあったが、法は、階級間に亀裂を生み、それを拡大するものとして、蔑んでいた。ロビン・フッドのように善行を施すために盗んだわけではなかったが、経済的に恵まれない人間から盗むことはなく、善良で人道にもとることのない、紳士的な泥棒であろうとした。

　賭博や酒に手を出さないワースはニューヨークでは異色の存在で、一介のスリから身を起こし、やがてスリ集団を率いるようになる。ワースが目指していたのは、犯罪界の食物連鎖の頂点に君臨する泥棒の王様、銀行強盗だった。１８６４年に逮捕され、３年の刑期でシンシン刑務所に投獄されるが数週間後には脱獄。その後、ニューヨークの犯罪組織のゴッドマザーであり、盗品売買の元締めでもあるマームこと、フレデリカ・マンデルバウムと手を組むようになる。悪党どもに敬愛される暗黒街の女帝マンデルバウムは、たちまちワースを気に入った。マッキンタイアーは、「〝ほんものの紳士〟と完璧な悪党はみごとに両立するばかりか、たっぷりと報酬をもたらしてくれるという教訓をさずけたのは、おそらくマームだったのだろう」と述べている。

　ＦＢＩの前身ともいうべきピンカートン探偵社の創設者アラン・ピンカートンは、１８７３年に次のように記述している。「昔は不器用で人相の悪い悪党ばかりだったが、今の泥棒は知能が高く科学的で、抜け目がなく、様々な道具を使いこなしている。そして、見た目は立派な紳士で、手際の良い仕事ぶりを誇りにしている」。当時は、産業の発達により莫大な富が生まれた時代で、しかも電話や電気、指紋認証、高速写真撮影、警報システム等はまだ登場していなかったため、泥棒紳士たちは我が物顔でのさばっていた。だが黄金時代を謳歌する泥棒たちの前に立ちはだかったのが、天敵ピンカートン探偵社だった。

ワースは、スリから銀行強盗へとのし上がり、1869年、ボストンのボイルストン銀行を襲って大金を手にした。その後、イングランドに渡ってロンドンに家を買い、パリで闇カジノを経営したり、最高級の服に身を包んでロンドンの自宅に設けた国際的な犯罪組織の本部から他の泥棒たちにアドバイスを与えたりして過ごしていた。犯罪はワースにとって、唯一の愉しみでもあったため、ときには自ら犯行を行なうこともあったが、大抵の場合、実行は部下に任せ、ヨーロッパやイングランド、アメリカ合衆国等で実行する綿密な強盗計画を立てるほうに専念していた。

アダム・ワースはロンドンで最も裕福な男のひとりになっていた。では、どうしてワースはゲインズバラの絵を盗んだのだろうか。ワースには、パリでどうにか仕事をしていたものの、犯罪にはまるで向いていないジョンという弟がいた。当時ジョンは投獄されていたが、厄介者の無能な弟が戻ってきて、一糸乱れぬ統制ぶりを誇る組織の足を引っ張るのを恐れたアダムは、保釈金を払ってジョンを刑務所から出し、アメリカに帰したいと考えていた。だが、ワースはイングランドでヘンリー・J・レイモンドという偽名を使って生活しており、保釈を請求するためには、正体を明かして、弟との関係を示さなければならない。そこで、有名なゲインズバラの絵を盗み、受け渡し金の代わりにアグニュー画廊に保釈金を払わせて、ジョンを刑務所から出すという計画を立てたのだ。警報装置もない画廊から絵を盗むのは容易いことだった。確かに、腕も緻密さも必要とされるが、美術館や博物館で現代のような科学技術を利用した防犯対策が一般に行なわれるようになったのは、第1次世界大戦後からであり、当時のこそ泥たちはやりたい放題だった。施錠や警備員程度の防犯対策など簡単に出し抜くことができたからだ。

だが予想外のことが起こった。ワースが雇った弁護士が大活躍して、ジョンが釈放されることになったのである。かくして弟は釈放され保証金は不要になり、ワースの手元には、少なくとも1万ギニーの価値があるゲインズバラの絵が残った。

ジョンを厄介払いしたワースは、その絵を人目に付かないようしまい込んだ。マスコミは名画の盗難について面白おかしく書きたて、ロンドン中、そして美術界もその話題で持ち切りになった。ある記者はこんなふうに書いている。「あの絵を盗んだのが何者にせよ、その人間は、美術批評家のラスキンも真っ青の仕事を成し遂げた。何しろ、ゲインズバラという画家の名も《デヴォンシャー公爵夫人、ジョージアナの肖像》という絵の存在も知らなかった何百万人もの人々に、その名を知らしめたのだから。そういう意味では芸術の伝道者といえるかもしれない」

やがてワースは、受け渡し金と引き換えに絵を返還しようとアグニュー画廊と密かに交渉を始めたが、受け渡し金の額と取引方法（ワースの身に危険の及ばないような方法が示されなかった）について条件が折り合わず、交渉は決裂した。アグニュー画廊は交渉を続けようと再び連絡を試みたが、ワースは絵を手元に置こうと決めていた。

1893年、アダム・ワースは逮捕され、ベルギーで収監されることになった。1897年に釈放されたが、そのときは既に、全財産と2番目の妻をかつての仲間に奪われた後だった。手元に残ったのは、ブルックリンの倉庫に保管しておいたゲインズバラの絵だけだった。イングランドで最も裕福な人間のひとりから、文無しの罪人に成り下がってしまったのだ。唯一の所持品は、自分の手で盗んだ世界有数の貴重な絵画1枚。

肉体的にも精神的にも疲れ切っていたワースは、まだ50代前半ではあったが、引退して2番目の妻（その頃には精神科病院に収容されていた）との間にもうけた、ふたりの子供たち（ワースが刑務所にいる間は、弟のジョンが面倒を見ていた）と暮らしたいと考えるようになった。皮肉なことに、そのときワースが頼ることにしたのは、彼が唯一信用していた男、ウィリアム・ピンカートンだった。ワースが逮捕されたとき、ピンカートンは、ワースの刑期が延びるような情報を握っていたにもかかわらず、彼に不利になるような証拠は一切提供しようとしなかった。英国のスコットランド・ヤードも、フランスの警視庁シュルテも、ワースの情報をベルギー警察に提供したが、ピンカートンは沈黙を守ったのである。ピンカートンは、ワースのことを聞かれなかったからいわなかったまでだと主張しているが、ピンカートンの立場で聞かれないはずがない。そのような行動をとったのは、ワースに対する敬意のようなものがあったからだろう。ワースは、ピンカートンが自分のために口を閉ざしていることを知っており、決してその恩を忘れることはなかった。

ピンカートンはアダム・ワースに一目置き、ワースもピンカートンを高く評価していた。マッキンタイアーによれば、アーサー・コナン・ドイル卿は、ワースに着想を得て、天才的犯罪者モリアーティを生み出したという。確かに、シャーロック・ホームズとモリアーティの関係は、ウィリアム・ピンカートンとアダム・ワースの関係によく似ている。

ウィリアム・ピンカートンは、ピンカートン探偵社の創始者アラン・ピンカートンのふたりの息子のひとりで、同社のシカゴ支部長を務める、切れ者で容赦のない、だが、良心的で思いやりのある探偵だった。ジェシー・ジェームズ・ギャング、ブッチ・キャシディ、サンダンス・キッドといったアメリカの伝説的犯罪者たちの逮捕に貢献。自らアメリカ西部を奔走して犯罪者たちを追いつめていたが、三つ揃いのスーツを着こなして、スコットランド・ヤードやフランス警察シュルテに助言したり、犯罪者たちを追って、ヨーロッパの裏通りを駆け回ったりすることもあった。

ピンカートンは、自分が追っている犯罪者たちの根性や知性を高く評価しており、犯罪者たちからも一目置かれ、恐れられていた。前科のある人間をピンカートン探偵社で雇うことも多かった。金庫の製造業者が新しい金庫を作る際に防犯対策ができるように、ワースの天敵であるマックス・シンバーンに金庫破りに関する本の執筆を依頼したこともある。だが本は執筆されたものの、出版は中止されている。あまりに詳細に書かれているため、犯罪者の手に渡った場合のリスクが大きすぎると判断されたからだ。

ワースがピンカートンに、ゲインズバラの絵をアグニュー画廊に返還するための仲介役になってほしいと頼んだのは、事件から20年以上が経過した頃だった。アグニュー画廊の経営者は、クリスティーズで絵を落札した人物の息子に代替わりしていた。ピンカートンは不正に手を貸すことは決してなかったが、この申し出には喜んで応じ、アグニュー画廊に無事絵が返還され、その代金が間違いなくワースに入るよう必要な手配をした。ワースはその金で子供たちと暮らすつもりだった。信じがたいことだが、子供たちは父親が犯罪者であることを知らなかった。父親はアダム・ワースなどではなく、ヘンリー・J・レイモンドだと信じて生きてきたのである。取引の間、ワースは3日間にわたって、天敵ピンカートン（皮肉なことに、敵として距離を置いていた唯一の友人）と語り合い、胸の内を打ち明けたという。この奇妙な連携プレーによってゲインズバラの絵は返還され、ほどなくして、父親の遺志を継いだJ・P・モルガンが15万ドルでその絵を購入した。

1902年1月8日、ワースは56歳でこの世を去った。ピンカートンはワースが関わった犯罪について本を出版し、ワースの子供たちの後見人にまでなっている。そして、父親が犯罪者であることは決して知らせず、ワースの息子が成長すると、自分の探偵社で雇って面倒を見ている。

◉収集の達人《マスター》

J・P・モルガンは、戦利品である絵を、ロンドンにある別邸の炉棚の上にかけた。その後ゲインズバラの絵は、代々モルガン家に受け継がれたが、1994年に第11代デヴォンシャー公爵によって買い取られることになる。

ジューニアスやジョン・ピアポントにとって当時話題の的になっていた絵画を購入することは、モルガン家の財力を世間に知らしめ、自分たちの社会的な地位を揺るぎないものにすることに他ならなかった。そしてそれは、遠縁とはいえ、旧体制《アンシャン・レジーム》の貴族と繫がりがあることを示す証拠でもあった。アメリカでは、富さえあれば貴族を装うことができたが、この絵はモルガン家のルーツが本物の貴族であることを象徴していたのだ。アダム・ワースにとって、さまざまな意味で、消費者が購入しうるものの頂点ともいえるこの絵を所有することは、自分の価値を証明することだった。上流社会の人々が渇望し、金の力でも手に入れることができなかったものをワースは手に入れたのだ。大きな注目を集めたいきさつを考えれば、この肖像画は美術史に不可欠な存在とまではいえないにしても、美術品収集の歴史に大きな影響を与えた存在といえるだろう。

今日においても、出所が怪しい美術品の購入を避けるよう社会的な圧力が働くことはほとんどない。盗まれたり略奪されたりした美術品を購入することは、犯罪とまでは認識されておらず、多くの場合、過失として許されている。こうした傾向は、ローレンスとバーバラ・フライシュマン夫妻といった、著名なコレクターたちを見れば明らかだ。ロサンゼルスのゲティ美術館で展示されている古代遺物コレクションの図録『古代遺物への情熱 *A Passion for Antiquities*』には誇らしげなふたりの姿が掲載されているが、夫妻の住まいの写真には、ポンペイ遺跡から略奪されたことがわかっている古代のフレスコ画が、隠される様子もなく写っている。[*13]

美術品の売買はかなり不透明である。世界中で行なわれている上、紳士クラブのような閉鎖的な場で取引されることが多いため、ひとつの国の法律では（あるいはＥＵ全体の法律でも）盗品売買に対する取り締まりを思うように強化することができない。毛皮を着る人間を非難する運動のような、世界規模の社会運動が必要となってくるだろう。美術品のコレクターたちに、組織犯罪やテロの資金源となっている盗難美術品を購入することが恥ずかしいことだと認識させなければならない。さもなければ、美術品を手に入れたいという欲望が抑えられることはなく、世界中の泥棒たちを勢いづかせるばかりだろう。

第2章

戦争

1860年10月、北京の円明園（夏の宮殿）は、冬の気配が漂うひんやりとした空気に包まれていた。海晏堂《かいあんどう》の前にある精巧な水力時計が正午を示すと、中国の十二支（鼠、牛、虎、兎、龍、蛇、馬、羊、猿、鶏、犬、豚）を象ったブロンズの首像から一斉に水を噴き出した。あたりにはもうもうと煙が立ち込め、至る所に上がった火の手が、空を赤々と照らし出していた。

第2次アヘン戦争の終結にあたり、英仏連合軍は中国の清王朝に対し国境を開いて西洋との貿易に応じるよう迫っていた。連合軍を率いるのは、第8代エルギン伯爵ジェイムズ・ブルース（父親はアテネがオスマン帝国の支配下にあったとき、オスマン帝国からパルテノン神殿の彫刻、いわゆるエルギン・マーブルを買ったトマス・ブルースである）と、その上官であるジェイムズ・ホープ・グラント司令官。まず、フランス軍が北京に入り、イギリス軍がその後に続いた。英仏の高官たちが中国の降伏について〝交渉〟に出かけると、兵士たちは、だれに邪魔されることもなく、円明園から記念の品やめぼしい品を略奪した。[*1]

エルギン伯爵は自前の広報担当者として、『タイムズ』紙のトマス・ウィリアム・ボウルビーを伴っていたが（戦争報道の極めて初期の一例といえる）、ふたりは友人同士でもあり、ボウルビーが書いた特報は客観的なものとはいいがたかった。ボウルビーは中国人を「退廃的で信仰なき宮廷官僚」と描写し、中国文化に感服して「素晴らしく洗練された庭園」と賞賛する一方で、敵を「完

1860年以前の北京、円明園の西洋式庭園と建築物の素描。十二支のブロンズ像が設置された水力時計が描かれている

虜無きまでに叩き潰した」イギリスの武力を褒め讃えている[*2]。

円明園は紫禁城の5倍、ヴァチカンの7倍の大きさを誇る中国建築の至宝で、その広大な回廊は古くから伝わる最高の芸術で彩られていた。庭園の広さは８６０エーカー（約３５０ヘクタール）にも及び、遠景と近景を効果的に配した絵画のような庭園で、寺や迷路、鳥小屋、劇場、美しい橋が架かった人工の池、回廊、あずま屋、噴水、御殿といったおびただしい数の建造物が建ち並んでいた。そのうちのいくつかは１７４７年に中国を訪れた西洋の建築家たちによって設計された、いわゆる西洋楼だが、西洋風の建物は全体の約5％にすぎない。この建築群のほとんどの建物には中国各地の建築様式が取り入れられており、さながら清朝によって統治されていた文化の見本市のようになっていた。

円明園の建設が始まったのは１７０６年頃、康熙帝《こうき》（在位１６６１〜１７２２年）の時代で、第4子である後の雍正帝《ようせい》（在位１７２２〜１７３５年）に下賜され、1725年以降、雍正帝によって拡張されていった。雍正帝は18世紀末、マリー・アントワネットがヴェルサイユ宮殿内に建築して有名になった、活人画的なフォリー（純粋に装飾目的で作られる建物）のようなものまで作らせていた。普楽園（万福園）と呼ばれる作り物の村では、皇帝一家が村民との触れ合いを楽しめるように、宮廷の使用人たちが村人や店主に扮して暮らしており、豊穣の大地と呼ばれる農村では、皇帝一族に仕える宦官たちが、幸せに暮らす農民たちに扮していた。[*3] 雍正帝は、円明園の名を最も世に知らしめることになる水仕掛けも導入している。その中核をなすのが、海晏堂の威風堂々たる水力時計だ。中国の十二支を象った12頭の動物のブロンズ像が2時間ごとに代わる代わる口から水を噴き出し、正午になると、すべての像から一斉に噴出するという仕掛けだった。

ホープ・グラント司令官はアヘン戦争の間に略奪した何千点もの品をオークションにかけ、一定の額を、将校や兵士、戦死した兵士の家族に分配した。だが、円明園での略奪ぶりは経験豊富なベテラン軍人でさえ驚くほどだった。この事件に関する本を出したガーネット・ジョセフ・ウォルズリーも、そのひとりだ。

そうした行動原理が身に沁みついている3000人もの男たちが、まるごと美術館のような街に放たれたらどうなるか考えてみてほしい。そうすれば、フランス軍に約20時間占領された円明園がどうなったか想像がつくだろう……フランス軍の野営地周辺は絹織物や衣服で覆いつくされ、男たちはもっと略奪しようとあたりを走り回っていた。そうした状況にある兵士の習いとして、だれもが常軌を逸しており、略奪したものの中から、とびきり馬鹿げて見える服を選んで着込んでいたが、選択肢に困ることはなかった。皇帝の衣装部屋には風変わりな服がふんだんに入っていたからだ。中には、きらびやかな刺繡が施された女物のガウンを身にまとっている者もおり、ほぼ全員がいつもの略帽の代わりにつばの付いたチャイナ帽を被っていた。将校も兵士も一時的な狂気に取りつかれ、身も心もただひとつの目的に没頭していた。略奪という目的に。[*4]

だが、女物の服を着て練り歩き鬱憤を晴らすのは、ほんの手始めにすぎなかった。ウォルズリーは次のように続けている。

巨万の富と清朝が誇る至宝の数々が、同盟軍であるフランス兵たちの前に恰好の餌食として差し出されていた。どの部屋も中国やヨーロッパの骨董で溢れ返り、回廊には値段もつけられないほど高価な花瓶や壺がずらりと並び、衣装部屋には絹や繻子織《しゅすおり》の、きらびやかな刺繡が施された衣装がぎっしりと詰まっている。たちまち略奪行為が始まった。フランス軍の兵士たちは手当たり次第に略奪を繰り返し、重すぎて持ち運べないものは面白半分に破壊した。

ウォルズリーはフランスを非難しているが（イギリス人としてはそうするしかないだろうが）、イギリス軍の兵士もおそらく同じことをしていただろう。一旦略奪が始まってしまえば止めることは難しい。「兵士たちは、図体ばかり大きくなった悪童」に過ぎず、「略奪のときに覚えた愉悦の味は、兵士たちの記憶に長く留まり続ける」からだ。だが、略奪の犠牲者が負う傷は、それ以上に長く疼き続けることになる。

しかし、話は略奪だけで終わらなかった。清王朝は、降伏について交渉していた使節団を捕らえ、拷問して殺害してしまったのだ。エルギン卿の友人ボウルビーも犠牲者のひとりだった。エルギン卿は「極悪非道の犯罪行為への嫌悪と怒りを、容赦なき報復によって刻み付けるために」円明園にある建築物を徹底的に破壊するよう命じた。自分の評判のことも頭にあったらしく、こうも書いている。「もし、『タイムズ』紙の記者の仇をとらなければ、『タイムズ』紙になんと書かれるかわからない[*5]」。

1860年10月、円明園は数日かけて焼き尽くされたが受難はそれで終わらず、毛沢東の文化大革命（1966〜1977年）の際には紅衛兵にナイフで傷つけられている[*6]。1990年代に入ると、中国指導部は国民や学生たちに円明園の廃墟を訪れるよう勧めるようになった。「これが、西洋人が我々にしたことだ」と見せつけて国の結束を強めるための結集地として利用し、この屈辱を二度と繰り返さないためには強力なリーダーシップが必要だと強調したのである。円明園で破壊の限りが尽くされたことを、イギリス人とフランス人はほとんど覚えていないが、中国人はありありと記憶しており、怒りの炎を今日まで掻き立て続けている。

◉略奪行為

アヘン戦争の時代には、手当たり次第に略奪する行為は、イギリス兵士の手当代わりとして正式に認可されていた。[*7]ナポレオンの時代も同様であり、ナポレオン戦争は、芸術品の引き渡しが停戦の条件とされた初めての戦争だった。１７９６年のモデナの停戦では、近代において初めて、停戦条約の条項として重要な美術品を何点か引き渡すよう定められた。[*8]それはナポレオン自身が芸術を愛好していた（より大きく、より写実的な作品を好んだ）ためだけではなく、強制的に美術品を放棄させて、征服した相手に対して優位に立つため（征服されたほうは、領土を失うばかりではな

《ベルヴェデーレのアポロン》2世紀／大理石／高さ224㎝／ローマ、ヴァチカン美術館

ヤン・ファン・エイク とフーベルト・ファン・エイク《ヘントの祭壇画》1423−32年／油彩、板／350×460㎝／ヘント、聖バーフ大聖堂

く、誇りとする貴重な美術品を失うことになる）でもあった。

1793年、ルーヴル宮殿の一部が美術館として公開、1810年にドミニク・ヴィヴァン・ドゥノンが初代館長になると、ますますそうした傾向に拍車がかかることになった。ドゥノンは理想の美術館を実現するために、欲しい作品のリストを作っていた。ナポレオン軍の兵士たちは、リストに従い、《ベルヴェデーレのアポロン》、《ラオコーン群像》、ファン・エイクの《ヘントの祭壇画》、ルーベンスの《キリスト昇架》、ラファエロの《キリストの変容》等、何百点にも及ぶ作品を集め始めた。こうして、ナポレオン軍には初の美術品略奪専門部隊が創設され、征服した領土から芸術品を略奪し、梱包してパリに送る任務を負うようになった。

ピーテル・パウル・ルーベンス《キリスト昇架》1609－10年頃／油彩、板／460×340㎝／アントワープ、聖母大聖堂

このように敗戦国から美術品を略奪するのは決して目新しい行為ではない。古代ローマから十字軍の時代まで、値打ちのある美術品は常に略奪されてきたが、ナポレオンはその略奪行為を制度化した。ナポレオン軍は敗戦側から美術品を奪い、美術品略奪専門の特殊部隊の下に集めていた。

戦時下や紛争地域では、その時々の権力者次第で人の運命も法も変わってしまうため、動乱の最中で美術品が失われたり、傷ついたり、破壊されたりしても、驚くには値しない。第1次イタリア遠征（1796～1797年）中に行なわれたナポレオン軍による略奪行為は、公式に認められており、占領軍は公式なルートや手段を使って美術品を略奪し、政治的な利益を得るための手土産や資金源にしたり戦利品として飾ったりと、様々な目的に利用していた。

ラファエロ・サンツィオ《キリストの変容》1516－20年／油彩、板／405×278㎝／ローマ、ヴァチカン美術館、ピナコテカ（絵画館）

◉古代における略奪

古代ローマの将軍たちは凱旋式で捕らえた指揮官や捕虜を引き連れて行進したが、行列には人間ばかりではなく、征服のシンボルである戦利品も従えていた。ルキウス・コルネリウス・スッラ将軍は紀元前86年、アテネのゼウス神殿から円柱を持ち帰り、カピトリーノの丘に建築していたユピテル神殿に使用した。70年には、エルサレムのヘロデ神殿から略奪された美術品がローマでユダヤ戦争の戦利品として展示された。このとき持ち帰られた戦利品の数々は、ティトゥスの凱旋門のレリーフ彫刻に記念として彫られている。

こうした戦利品のうち、主要なものは征服の記念品として保存されたが、残りは売り払われたり、64年の7月18日から19日にかけて発生した大火災の後には、鋳潰される等して街の再建に使われたりした。79年から81年の間には、ローマのオッタヴィアの列柱のそばに、戦争で略奪した彫像を飾るための庭が作られ、紀元前5世紀から4世紀にかけて活躍したギリシアを代表する彫刻家リュシッポス、ペイディアス、プラクシテレスらの作品が展示されていた。だがそのすべては、5世紀のローマ略奪の際に強奪され、失われている。

このように略奪は、戦勝政権によって公式に認められ、制度化されていた。征服の証として後世に残る美術品を奪って展示する方法は、敵の首をさらすといった、おぞましく一時的にしか効果のないやり方よりも、ずっとエレガントで、後々まで効果が持続する方法といえるだろう。

ユダヤ戦争で、エルサレムの神殿から略奪した戦利品（7枝の大燭台、銀のトランペット、契約の箱らしきもの）を運ぶローマの兵士を描いたレリーフ／81年頃／大理石／長さ382cm／ローマ、ティトゥスの凱旋門

古代ギリシアの誇りといえば、《オリンピアのゼウス像》だろう。アテネの巨匠ペイディアスによって建造され、紀元前430年頃に完成した《オリンピアのゼウス像》は、礼拝の対象として神殿に収めるために作られた。木製の枠に象牙を被せて神の肌を表現し、衣服と王座を表すために金を張ったクリスエレファンティン（金と象牙による装飾）と呼ばれる装飾が施された彫像だった。ペイディアスは、『イリアス』の一節に触発されてこの像を作ったといわれている。「クロノスの御子（ゼウス）がご承知のしるしに頭をお下げになると、かぐわしい御髪はふかぶかと、不死である（御神の）頭から垂れてなびく、その勢いはオリュンポスの大峰を、おどろおどろと揺り動かした」[*9]。

2世紀の作家パウサニアスは《オリンピアのゼウス像》について、オリーブの冠を戴き、動物やユリの浮彫が施された金の衣をまとって玉座に座っていたと描写している。そして右手には、同じく金と象牙で出来たクリスエレファンティンの女神ニケの彫像を、左手には、先端に鷲の像がついた笏《しゃく》を持っていた。ゼウスが履くサンダルも金で、その足は、アマゾネスとの戦いの様子を浮彫した足台の上に乗せられていたという。

ペイディアスは、もはや失われているが、アテナイ、アクロポリスのパルテノン神殿にあった、クリスエレファンティンの巨像アテーナー・パルテノスも建造している。だが、座像である《オリンピアのゼウス像》のほうがずっと大きく、ギリシアの歴史家・地理学者ストラボン（紀元前64〜23年）は「もし、ゼウス像が立ち上がったら、神殿の屋根を突き破ってしまうだろう」と述べている。その姿はエリス地方で鋳造された硬貨の上に残るのみである。

象牙で出来た像は保存が難しい。ゼウスの神殿を沼地に建てたのは、必ずしも有効ではないにせ

Frontispice de l'Ouvrage.
LE JUPITER OLYMPIEN,
VU DANS SON TRÔNE ET DANS L'INTERIEUR DE SON TEMPLE.

《オリンピアのゼウス像》カトルメール・ド・カンシー『古代の彫刻家*Le Jupiter Olympien, ou l'art de la sculptre antique...et l'histoire de la satatuaire en ore et ivoire chez les Grecs et les Romains*』(1814年、パリ)より/リトグラフ

よ、象牙を保護するためには革新的な方法だった。地元の住民たちは、ゼウス像に欠かさずオリーブ油を塗り、像の周りに掘られた浅い池にもオリーブ油をたっぷりと湛えた。この池は反射板の機能も果たしており、パウサニアスによれば、彫像を実際の倍の大きさに見せたという。[*10]ゼウス像は広く賞賛を集め、哲学者のディオン・クリュソストモスは、一目見たとたん、地上の苦しみをすべて忘れるほど素晴らしいと述べ、ローマの作家リウィウスは、紀元前1世紀頃、この像を目にしたローマの将軍アエミリウス・パウルスが、「神の御前に出たかのように、畏敬の念を覚えた」と記している。[*11]どうやらゼウス自身もこの像の出来にはご満悦だったらしく、パウサニアスは、ペイディアスがゼウスに祈り、この像がお気に召したか尋ねたところ、雷《いかずち》が落ち床に穴が開いたと書いている。パウサニアスが見た当時は、その穴を塞ぐように青銅の壺が置かれていたという。[*12]

ローマ帝国の皇帝カリグラ（在位37～41年）はゼウス像について、ある構想を抱いていた。この彫像は、カリグラがギリシアの神殿から略奪するよう命じた彫像のひとつだったが、ローマに持ち帰って首をすげ替えるつもりだったのだ。幸い、実現する前にカリグラは暗殺された。2世紀の作家、サモサタのルキアノスは、ゼウス像が神殿から略奪されてコンスタンティノープルに持ち去られたことを匂わせている。「御体の上にさえオリュンピアでもって現在手をかけた人間があるではありませんか。それだのに『高空に鳴りとどろかす』というあなたさまは、犬どもを起こしたり近所の者らを呼び寄せるにも尻込みをして、みんなが手助けに駆けつけて悪漢らの逃げ支度をしてるところをとっつかまえそうにもさせなさらなかった[*13]」。

やがて、391年、キリスト教徒であるローマ皇帝テオドシウス1世は異教を禁じ、すべての神殿を閉鎖するよう命じた。11世紀のビザンツ帝国の作家ゲオルギオス・ケドリノスによれば、ゼウス像は持ち去られてコンスタンティノープルのラウソス宮殿に置かれていたが、475年の火事で宮殿もろとも焼け落ちたという。[*14]

●ローマ劫掠《ごうりゃく》 1527年

組織化された軍隊であれば経済的手段や文化流通の側面を持つ略奪行為は注意深く管理されるだろうが、そうではない場合、兵士たちは賞与や報酬の代わりに、あるいは上官によるコントロールが効かず暴走を止められないというだけの理由で、好きなだけ略奪することになる。1527年のローマ劫掠は、名目上の旗頭である神聖ローマ皇帝、ハプスブルク家カール5世の意に反して行なわれた。イタリア戦争が長びいたため、給金の支払いが滞りがちだった3万4000人の傭兵が暴徒化したのだ。皇帝軍の司令官ブルボン公シャルル3世はローマに進軍、給金代わりに手当たり次第に略奪したのである。シャルルは略奪行為を統制することもできず、ローマに入った直後に戦死した。

略奪しようと手ぐすねを引いていたのは傭兵たちばかりではなかった。ローマ教皇クレメンス7世（在任1523〜1534年）の天敵、枢機卿ポンペーオ・コロンナも領地から大勢の農民たちを従えてローマに進軍していた。彼らは教皇軍の兵士たちによって散々略奪されており、復讐の機会を狙っていたのだ。略奪が始まって3日後、シャルル3世の後任であるフィリベール・ド・

シャロンは破壊行為を止めるよう命じたが、その命令は無視された。略奪は1カ月にわたって続き、おびただしい数の至宝が失われ、破壊された。度重なるローマ攻撃（紀元前390年、410年、455年、546年、1084年）を生き延びてきたものも、攻撃後に新たに蓄えてきたものも、すべてこのときに失われたのである。

フィリベールがローマ教皇領に滞在していた間、ヴァチカン図書館に本部を置いていたため、レオの城壁に囲まれたローマ教皇領内にあるヴァチカン図書館やその他の建物はほぼ無事だったが、まったく無傷というわけにはいかなかった。このとき、1477年にニコラウス・ゲルマヌスによって制作された初期の地球儀と天球儀も失われている。200ダカットもの大金を費やし、ヴァチカン図書館創設の2年後に制作されたこの地球儀と天球儀は、1481年の目録によれば教皇の間に展示されていたようだが、ローマ劫掠の際に行方不明になっている。在りし日の姿は、1505年にマントヴァ侯爵夫人イザベラ・デステのために作られた複製のおかげで現代に伝えられている。[*15] ヘレニズム時代（紀元前323～31年）にも天球儀はギリシアの彫刻、世界を背負うアトラスの像の一部として存在していたが、このスタイルの天球儀は、2世紀に作られたローマの複製、ファルネーゼのアトラスに受け継がれ、今も見ることができる。また、ペルシャの天文学者ジャマールッディーンがイスラムの職人の作った地球儀を、1267年に北京の宮廷に持ち込んだといわれているが、これは現存していない。ニコラウス・ゲルマヌスの地球儀が失われたことで、1492年にマルティン・ベハイムとゲオルク・グロッケンドンによって制作されたものが、現存する最古の地球儀となった。

◉イラク国立博物館　バグダッド　2003年

統制のとれた軍隊や占領政府は美術品や遺跡の処分を計画的な方法で行なうことができるが、混乱した紛争地域では、しばしば略奪や破壊行為が非公式に行なわれることになる。一介の兵士や市民が出来心で美術品をポケットに入れてしまうのだ。このタイプの略奪は2003年のイラク戦争中、バグダッドのイラク国立博物館で行なわれているが、数日の間におよそ1万5000点もの収蔵品が失われている。アメリカ海兵隊大佐マシュー・ボグダノスの調査によれば、略奪行為の中には、通りすがりに割れたガラスの展示ケースから持ち運べる程度の小さな遺物をくすねるといった、行き当たりばったりの犯行もあったという。だが、ほとんどの美術品は計画的に略奪されたようだ。大きなものは持ち運びがしやすいように慎重に解体されており、また倉庫にしまい込まれていたものまで略奪されていることから、略奪者たちが作品の所在などの内情についてあらかじめ詳しい知識を得ていたことが窺われる。[*16]

◉没収

戦争は社会を大きく揺るがし、澄んだ水も濁らせてしまう。地位ある者は投獄されたり、家族で逃亡したり、国外に追放されたりする危険にさらされることになる。これは美術品にも当てはまり、

グスタフ・クリムト《トゥルーデ・シュタイナーの肖像》1898年／油彩、カンヴァス／140×80㎝／破棄されたとみられている

戦時中は人間同様、行方不明になることがある。

第2次世界大戦中には多くの美術品、主にユダヤ人の家族が所有していた美術品が、逃亡資金のために売却されたり、さしたる根拠もなく没収されたりしている。1898年、グスタフ・クリムトがウィーン社会で賞賛の的となる前に描いた初期の幽玄な作品《トゥルーデ・シュタイナーの肖像》も、そうした運命を辿った美術品のひとつだ。肖像画に描かれた少女の母親、ジェニー・シュタイナーは、1938年3月12日、ウィーンがナチに侵攻された直後にウィーンを脱出している。この絵は税金の支払いという名目で押収されたが、シュタイナー家に税の未払いがあったという記録は残されておらず、実際に支払い義務があったかどうかは、怪しいところだ。そうした偽装工作は、ナチが欲しいものを手

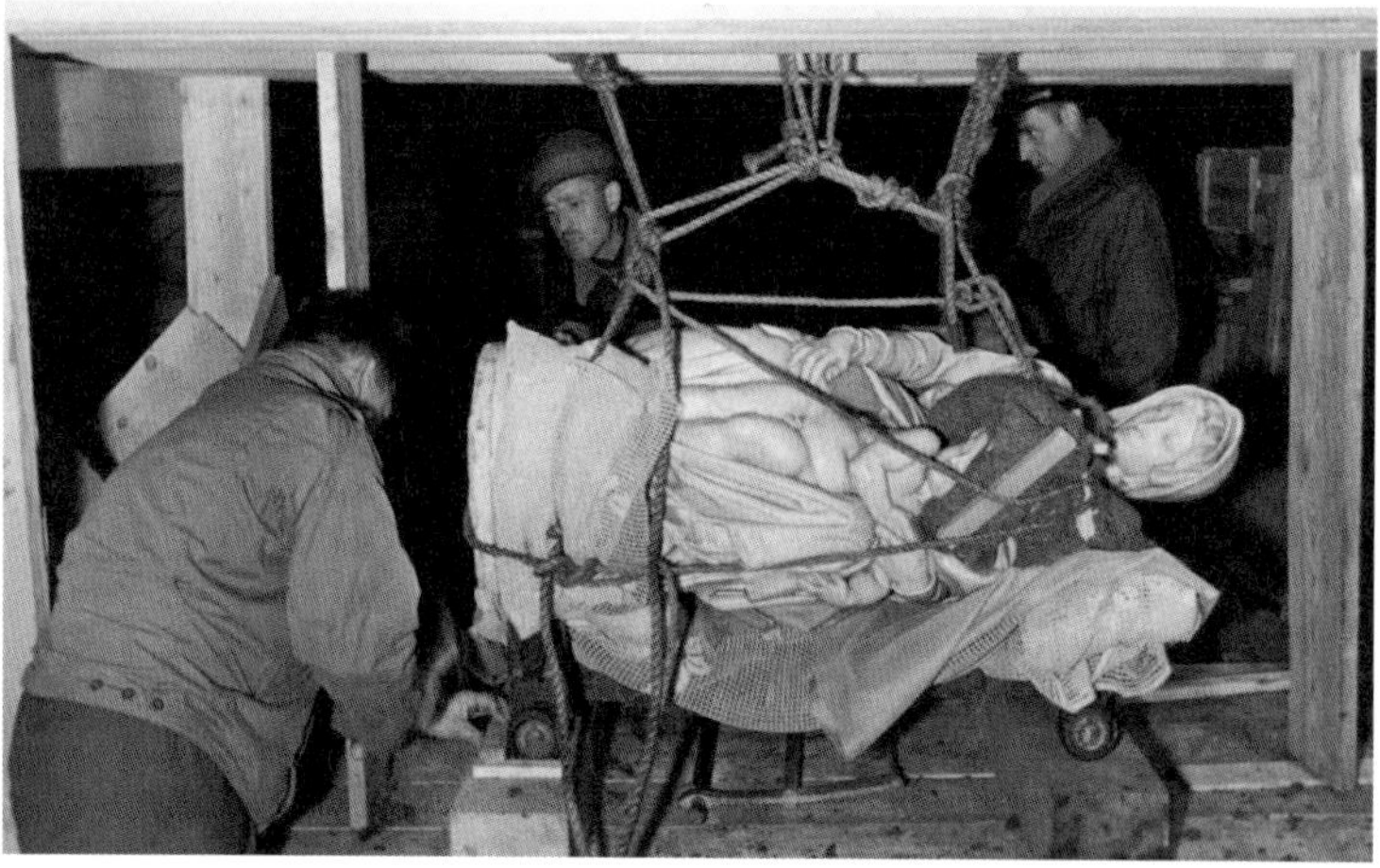

アルトアウスゼーの岩塩坑から奪還されたミケランジェロの《ブルッヘの聖母》1504年頃／大理石／高さ200㎝／1945年撮影

に入れるための戦術だった。押収された後、絵がどうなったかははっきりしておらず、1941年4月にオークションで売られて以来、行方はわかっていない。この亡霊のような絵が、13歳の少女トゥルーデの死後に描かれた肖像画であることを知ると、なおさら儚く感じられる。[*17]

だが《トゥルーデ・シュタイナーの肖像》が辿った運命が不明だとはいえ、失われたことがはっきりしているよりはましだろう。セレナ・レデラー（ジェニー・シュタイナーの姉妹。ともに旧姓はピューリツァー）のコレクションには、クリムトの作品が何点もあったが、1940年にナチの侵攻を逃れてウィーンからブダペストに逃亡した際、すべて押収された。ゲシュタポは一家のコレクションを梱包し、略奪した美術品の倉庫であるインメンドルフ城に送った。ナチが戦争が終わるまで貴重な美術品を保管しておくために用意した宝物庫のひとつだ。

だが、1945年3月19日、ヒトラーは悪名高い

「ネロ指令」を出した。価値あるものを凶暴な連合国から守りきれない場合、敵の手に渡って恩恵をもたらしたりしないように破壊しろと命じたのである。ヒトラーは破壊の対象として、工場や産業施設、食料品店等を念頭に置いていたようだが、芸術を愛したヒトラーがナチの美術品略奪部隊ＥＲＲを使って奪った数十万点に及ぶ美術品まで燃やすつもりだったのかは、定かでない。そのつもりはなかったのかもしれない。

オーストリアのアルトアウスゼーにある古い岩塩坑も略奪した美術品の保管施設として使用されていたが、責任者だったナチの地方長官アウグスト・アイグルーバーがネロ指令を受けて岩塩坑を爆破しようとしたところを、ヒトラーの秘書マルティン・ボルマンが止めている。岩塩坑には、ミケランジェロの《ブルッへの聖母》（１５０４年頃）や、ヤン・ファン・エイクの《ヘントの祭壇画》（１４３２年頃）など、略奪された極めて貴重な作品が７０００点以上保管されていた。アイグルーバーはヒトラーの指令を自分なりに解釈し鉱山を爆破することにしたが、ボルマンは、ヒトラーの望みは入り口だけ爆破して岩塩坑を封鎖し、連合国から美術品を守ることだと考えていた。爆破が阻止され美術品が守られたのは、ひとえにオーストリアの鉱夫たちがレジスタンスに協力し、英雄的な活躍を演じたおかげだった。[*18]

だが、そこまで運に恵まれなかった保管施設もある。１９４５年5月7日、ヒトラーは既に死亡していたが、迫りくる連合軍を前にしたＳＳ（ヒトラー親衛隊）はインメンドルフ城に火を放ち、クリムトの作品15点を含む数多くの美術品が灰になった。とはいえ美術品の一部が難を逃れた可能性もないわけではない。１９４６年に作成された警察の調書によれば、城が爆破される前日の晩、

SSの将校たちは城内でどんちゃん騒ぎをしていたという。[*19] 城を爆破するには組織的な決定が必要であること、ナチも保管している美術品の価値は十分に理解していたこと、城を爆破する前に最後の宴を楽しむだけの時間的余裕があったこと、こうした事実を考え合わせれば、おとぎ話を思わせるあの城の4つの塔に爆薬が仕掛けられる前に、保管されていた作品の一部がひそかに運び出されていても不思議ではない。城は灰塵に帰し、保管されていた作品はすべて犠牲になったという報告がウィーンに届いた。この報告は残念ながら事実かもしれないが、この機に乗じて甘い汁を吸おうと考えたSSの将校たちが、美術品がすべて失われたように見せかけたのではないかという疑惑も囁かれており、希望は残されている。

クリムトの作品も、ドイツの美術収集家コルネリウス・グルリット（略奪された美術品を扱ったナチ党員のひとり、ヒルデブラント・グルリットの息子）のミュンヘンのアパートで大量の美術品が見つかったように、どこかで発見されるときを待っているのかもしれない。2012年、脱税の疑いでコルネリウスのアパートに調査が入ったとき、アンリ・マティス、マルク・シャガール、オットー・ディクス、ルノワール、モネ等、1406点にも及ぶ失われた美術品が発見された。[*20] グルリットは2014年に死亡し、コレクションはスイスのベルン美術館に遺贈されている（コレクションをドイツ国内から、スイスへ流出させるとは、興味深い決断だ）。略奪された美術品を受け入れることの是非についてメディアで大きな論争が巻き起こったが、ベルン美術館は、元の所有者が異議を唱えない限り作品を受け入れることを決定した。一部の作品については異議が申し立てられ、既に返還している。今後の異議についても、対応する構えだ。このように、思いもよらない金脈が発見されることもあり、他にも失われた美術品がどこかに隠されている可能性はある。

◉2次的被害

美術品に大きな価値があることがはっきりしている場合、所有者が代わっても、保存のために最大限の努力を尽くすのは理にかなっている。泥棒にとっても後世の人間にとっても、傷ついて価値が下落している美術品より、傷つくことなく最大限の価値を有している美術品のほうが、戦利品としても、経済的観点から見ても好ましいからだ。だからこそクリムトの《トゥルーデ・シュタイナーの肖像》や円明園の十二支像といった略奪された美術品も、良好な保存状態で発見されることが、期待できるのである。

だが一方で、だれもが望まない2次的被害に苦しむ美術品も数多く存在する。絵画や小さな彫刻を持ち去るのは容易いことだ。占領軍のインフラがあれば、大きな十二支像や、ヤン・ファン・エイクの《ヘントの祭壇画》(全部あるいは一部が、6回にわたり略奪されている)のような1・6トンもある祭壇画でも、自由自在に持ち運ぶことができる。[*21] だが、ひとつの部屋、丸ごとならどうだろうか? 手品師が姿を消すように、部屋が消えてしまうというアイディアは、様々な小説や陰謀説にインスピレーションを与えてきた。琥珀の間の物語は、悲劇として幕を閉じた可能性が極めて高いが、わずかながら希望は残されている。

◉琥珀の間

琥珀――木の樹脂が化石化して宝石となったもので、美しい蜂蜜色やあたたかみのある木の色を帯びている――は新石器時代以来、最も貴重な交易品のひとつである。[*22] 主にバルト海の海岸で採れる琥珀は交易の中心となり、バルト海と地中海を結ぶ道は「琥珀の道」と呼ばれるようになった。ローマの作家、大プリニウス（23〜79年）は、バルト海で採れた琥珀はゲルマン民族によって取引され、交易路を通じて地中海全域に輸出されていたと伝えている。また、琥珀の起源について「――太陽光線から来た水分であると説明しようと言い張っている。それは次のようなものだ。彼は、太陽が西に没するときはその光線はいっそう力強く地上に降りそそぎ、そしてそこに一種の濃厚な滲出物を残す。それが後に、大洋の潮によってゲルマニアの海岸に打ち上げられるのだ[*23]」といった神話めいた説を取り上げているが、最終的には、太陽か海か霜の作用によって凝固したある種の松の樹液だろうという、自身の科学的な説明で結論付けている。

プロイセンのフリードリヒ1世（在位1701〜1713年）のふたり目の妻、ゾフィー・シャルロッテは、美しく高価な琥珀を愛し、夫に頼んで宮殿に薄い琥珀の飾り板を張った部屋を作らせた。着工の日にちは不明だが、フリードリヒ1世が死亡した1713年2月25日（ゾフィーは1705年に夫に先立って死亡している）、部屋は未完成のまま解体されている。ふたりの息子であるフリードリヒ・ヴィルヘルム1世（在位1713〜1740年）は政治や戦争のほうに力を入れており、琥珀の間を完成させるつもりはなかった。そこで1716年、スウェーデンに対

エカテリーナ宮殿に設置された「琥珀の間」の手彩色写真／サンクトペテルブルク近郊、ツァールスコエ・セロー（プーシキン）／1931年

抗するための同盟を結ぶにあたり、ロシアのピョートル大帝に、この琥珀の間の飾り板を外交の手土産として贈呈した。

飾り板を運ぶのは容易なことではなく、運搬用に作られた18個もの木枠箱に収められて、サンクトペテルブルクにあるピョートル大帝の夏宮殿に運ばれた。大帝はこの贈り物に謝意を示しつつも、27年もの間、飾り板を箱にしまったまま放置していた。

ピョートル大帝とエカチェリーナ1世の娘、女帝エリザヴェータ（在位1741～1762年）は1743年1月、ようやく琥珀の飾り板を取り出して、同じくサンクトペテルブルクにある新しい冬宮殿に取り付けさせた。その後12年間で6度にわたり、飾り板を取り外しては、宮殿内の別の部屋に取り付け直し、琥珀の間を拡大していった。そして1755年には別の宮殿――サンクトペテルブルクの南、プーシキン市のツァールスコエ・セローにある、エカテリーナ宮殿――に移している。琥珀の間がこの時点でどれくらいの大きさになっていたのか、当初の予定ではどのくらいの大きさになるはずだったのかについては、はっきりしていない。まるで生き物のように、所有者の意志や経済状態に合わせて大きくなり、ときに放置され、ほとんど忘れ去られてしまうことがあるかと思えば、湯水のように金を注ぎ込まれることもあった。

1762年にエリザヴェータの姪であるエカチェリーナ2世が皇位につき（在位1762～1796年）、ツァールスコエ・セローの宮殿を自分で使うために改装、その際に、琥珀の間も改装している。当時、琥珀の間はロシア帝国の権威の象徴となっており、ロシアの誇る国宝として、各国の要人たちに披露されていた。エカチェリーナ2世は、大金をはたいて、さらに400キログラムの琥珀を購入し、イタリアから職人を呼んで作業に当たらせた。それから1世紀後に記された、この部屋についての描写がある。しばしば引用される描写で、これを読めば当時の琥珀の間の様子や、世界の不思議のひとつと呼ばれるようになった理由がわかるはずだ。

魔術師や精霊、魔神たちが活躍する『千夜一夜物語』やおとぎ話の中には、ダイヤモンドやルビー、ヒヤシンス石といった宝石で出来た部屋が登場する……だが、琥珀の間という名前は、誇張された詩的表現などではなく、正確に実体を表しており……スモーキートパーズから淡いレモン色まで、濃淡様々な、慈愛溢れる黄色の洪水に、息をのみ、目が眩むのを感じる。[*24]

こうして拡張された琥珀の間はロシア革命の動乱の中をどうにか生き延びたが、皮肉なことに戦争や政治的な混乱よりも、セントラルヒーティングの導入によって、より深刻な損傷を受けることとなった。1941年6月付のある報告書によれば、琥珀は適切に保存されておらず、宮殿のセントラルヒーティングのせいでかなり脆くなっており、取り外そうとすれば飾り板が破損しかねない状況だったという。

第2次世界大戦が始まると、あまりにも有名で、迫りくるナチの標的になるのが明白だった琥珀の間は、宮殿の他の至宝とともに列車で東に移されることになった。だが1941年9月、琥珀の間がまだ移動されないうちに、ナチがツァールスコエ・セローに侵攻、宮殿の使用人たちは、琥珀の間の内側に、モスリンやバーラップを張った偽の部屋を作って、琥珀の間を隠そうとした。だが、この計略は失敗に終わっている。1944年4月（赤軍がツァールスコエ・セローを奪い返してから4カ月後）、エカテリーナ宮殿のキュレーターが、宮殿に戻ると、そこには「恐ろしい焼け跡が待ち構えていた。レンガの壁は剝き出しになり、煤で真っ黒に覆われている。床も天井も崩れ落ち、3階建ての宮殿にはがらんとした空間が広がるばかりだった」[*25]。ナチは琥珀の間を見つけ出し、琥珀の飾り板を27個の木枠箱（当初は18個の木枠箱で運んでいたことを思えば、琥珀の間がどれくらい拡張されたのかがわかる）に詰め込んで1941年10月、プロイセンのケーニヒスベルク城へと運んだ。そこで飾り板の一部のみが組み立てられ、展示されている。この事実は、飾り板の大部分が損傷を受けていたため展示できなかったか、途中で紛失、廃棄、盗難などによって失われていた可能性を示している。

だが、話はそれで終わりではなかった。1944年8月、ケーニヒスベルクは連合国軍の激しい爆撃に遭い、炎に包まれ、何日も燻《くすぶ》り続けた。さらに1945年1月から3カ月間にわたって赤軍の攻撃にさらされ、4月9日にナチが降伏したときには城は既に廃墟と化していた[*26]。

琥珀の間は、ケーニヒスベルク城が連合軍や赤軍に攻撃された際に城もろとも破壊されたと見られているが、一部の飾り板が持ち去られ、傷ついたままどこかに埋もれている可能性はある。実際に、1997年には琥珀の間の一部が発見されている[*27]。琥珀の間自体は、美術史上、それほど重要な美術品とはいえないが（莫大な費用が注ぎ込まれ、その性質上、卓越した職人の技が必要だったとはいえ、琥珀の間を作った彫刻家アンドレアス・シュリーターは国際的に名の知れた芸術家ではない）、強大で伝説的な権威の象徴であり、当初はプロイセン、後にはロシア帝室の繁栄の証と

ギュスターヴ・クールベ《石割人夫》1849年／油彩、カンヴァス／165×257㎝／かつてドレスデンの絵画館に収蔵されていた。1945年2月13日から15日の間に失われた

なっていた。戦後修復されたエカテリーナ宮殿に復元され、2003年にはロシアのプーチン大統領によって華々しく公開されているが、それも当然といえるだろう。

◉クールベ《石割人夫》

琥珀の間は、戦争の2次的被害を受けたと見なすことができる。直接標的にされて失われたわけではないが、守ろうと懸命に努力したにもかかわらず、戦争によって、はからずも失われているからだ。ドイツ、ドレスデンのアルテ・マイスター絵画館の美術品も第2次世界大戦の際に、同じような運命を辿っている。

1945年の2月13日から15日にかけて美しいドレスデンの街が爆撃を受けたことは、あらゆる面から見て悲劇だった。4000トンもの焼夷弾によって、街はほぼ焼け野原と化し、

2万5000人が死亡、7万5000軒を超える家屋が破壊された。1945年当時、世界最高の美術館のひとつだったアルテ・マイスター絵画館も被害に遭い、収蔵されていた154点の美術品が失われた。戦火を避けるため、その他の価値ある美術品とともにドレスデン城の塔に移されていたギュスターヴ・クールベの《石割人夫》(1849年)もそのひとつだ。

《石割人夫》はクールベの最も重要な作品のひとつであり、文化史に多大な影響を与えてきた失われた芸術作品の殿堂の中でも、群を抜いて重要な作品だった。主題にはクールベの他の作品同様、政治的なメッセージが込められており、道端で石を割って運ぶという単調で骨の折れる肉体労働に従事する10代の少年と老人が描かれていた。クールベはこの場面について、美術批評家のふたりの友人に次のように説明している。「貧困が完璧に体現されている場面に遭遇するのは、そうあることではない。目にした瞬間に絵のイメージが浮かんだ。そこでふたりに、明日の朝アトリエに来てほしいと頼んだのだ」。

この絵は、社会主義リアリズム(社会的メッセージが込められた写実的な絵画。ほとんどが農業労働の場面を描いたものである)に分類される。この絵を見て、少年が運ぶ石の入ったかごの重さを感じ、少年を待ち構える陰鬱な未来——数十年後には間違いなく隣の老人のようになるという、避けがたい未来——を読み取る者もいるだろう。あるいは、生まれついた社会階級から逃れることのできない、同一人物の青年期と老年期が描かれていると受け取る者もいるかもしれない。1850年に、パリのサロンで初めてこの作品を見た裕福な観客たちは、そこに込められたあからさまな政治的非難に衝撃を受けた。あまりにも写実的すぎたからだ。美の鑑賞者たちは、だれに

ジャン＝フランソワ・ミレー《落ち穂拾い》1857年／油彩、カンヴァス／84×112㎝／パリ、オルセー美術館

も知られることなくあくせく働き続ける人々の、貧しく絶望に満ちた運命について思いを馳せることを好まなかったのだ。

　また、この作品は、理想化された田園生活像からの脱却でもあった。ジャン＝フランソワ・ミレーの《落ち穂拾い》（1857年）も同じような重労働（収穫後、畑に落ちている麦の穂を集める女性たち）を描いているが、そこには静謐な美しさが漂っていた。だがこの《石割人夫》は、貧困を理想化することはせず、苦痛に満ちたものとして描いている。マルクスとエンゲルスの『共産党宣言』が出版された翌年にこの作品が描かれているのは、決して偶然ではない。当時、不公平な階級分化という思想が広く知られるようになっていたが、これはそうした現実をありのままに活写した最初の芸術作品といえる。労働者たちの顔は背けられており、匿名の存在として描かれている。これは、ぬくぬくと生きる我々中産階級の鑑賞者が、労働者たちを人間として見ようとしないこと、それどころか視野に入れることすら拒んでいることを示唆している。

絵画館は爆撃により甚大な被害を受けたが、ドレスデン城の塔も同様だった。消失したことが判明している154点の他に、何百点もの作品がソ連の兵士たちに略奪され、母国に持ち去られている。現在までに約206点の作品が返還されているが、およそ450点が失われたままだ。おそらくロシア人のコレクションとして、どこかで密かに保管されているのだろう。

◉奇跡的な保存：記念墓所カンポサント　ピサ

戦争の最中に失われた膨大な美術品（第2次世界大戦中には、およそ500万点に及ぶ文化遺産の持ち主が、不当に替わっているという見解もある）の一部が、どこかにあるという望みは残っている。なぜなら美術品には明確な価値があるからだ。前述のように、2012年にグルリットのアパートから1000点以上の美術品が発見されたことを思えば、失われていた財宝が今後もどこかから出てくるのではないかという希望が芽生えてくる。明確な価値がある美術品は、どんな状況にあっても保存される可能性が高い。作品が破壊されたり、傷つけられたり、朽ちるにまかされたりすれば、だれも得をしないからだ（後ろの章で扱う偶像破壊は別だが）。そう考えると、インメンドルフ城に保管されていたクリムトのように、破壊されたと見なされている美術品もどこかに隠されている可能性がある。時が満ち、状況が整えば、閉ざされていた扉が開き、失われていた芸術作品が再び日の目を見ることもありうるのだ。

ワールド・トレード・センターに展示されていたアレクサンダー・カルダーの《World Trade Center Stabile》(1969年)や、ジョアン・ミロとジョセップ・ロヨの《World Trade Center Tapestry》(1974年)といった作品は、2001年9月11日にビルとともに破壊され、完全に失われたと考える他ないが(ただしカルダーの彫刻の一部は回収され、「国立9月11日記念館と博物館」に展示されている)、一方で、保存しようという人々の懸命な努力によって息を吹き返した芸術作品もある。

第2次世界大戦中に爆撃に遭ったのは、ドレスデンばかりではない。モンテ・カッシーノにある中世の修道院は、ナチが潜んでいる可能性があるとして連合軍に爆撃されている。皮肉にも敵はいなかったが、爆撃後廃墟と化した修道院は、その後ドイツ軍に占拠されることになった。モンテ・カッシーノの爆撃は連合国側の最も大きな過ちのひとつである。連合国軍は最高司令官ドワイト・アイゼンハワー将軍の指揮のもと、できる限り文化遺産を傷つけないよう協調しており、連合国軍が美術品に与えた損傷はほとんどの場合故意によるものではなかったが、だからといって傷が浅くなるわけではない。

1944年7月27日、有名なイタリアのピサの斜塔のあるドゥオモ広場に、連合国軍の焼夷弾がふりそそぎ、ピサ大聖堂に隣接する、記念墓所カンポサントの屋根を突き破った。カンポサントは第4回十字軍の際、ピサの大司教がエルサレムのカルバリから運ばせたという大量の土の上に建

アレクサンダー・カルダー《Bent Propeller》1967—70年／塗装された金属／高さ7.62m／
ニューヨーク、ワールド・トレード・センター／2001年9月11日に破壊された

てられた。後にゴシック様式の回廊が作られ、イタリアには比較的少ないゴシック建築の傑作のひとつに数えられるようになった。建設は、ピサが文化、経済、軍事において重要な都市だった1278年頃に始まったが、ピサがメロリアの戦いで敗北し、ジェノヴァに海上権を譲渡した1284年に一時中断され、その後1464年に完成している。建設が中断されていた13世紀から15世紀の間に、建物は見事なゴシック様式のマリオン（縦仕切りの窓）や、はざま飾り、美しいフレスコ画等で装飾された。フレスコ画は、何人もの画家によって、数十年かけて描かれ、見事な壁画連作になっていた。この壁画群を描いたのは、フランチェスコ・トライーニ（1321〜1365年頃活躍）、タッデオ・ガッディ（1290〜1366年頃）、アントーニオ・ヴェネツィアーノ（1388年没）、ベノッツォ・ゴッツォリ（1420〜1497年）といった画家たちだが、ジョルジオ・ヴァザーリが1550年に出版した世界初の美術史書『芸術家列伝』によって有名になった、ブオナミーコ・ブファルマッコ（1290〜1340年頃）もそのひとりだった。ヴァザーリによれば、ブファルマッコは類まれなる才能に恵まれていたが、かなりの怠け者で、仕事をして功績を残すより、仕事を怠けるために時間とエネルギーを注ぎ込むようなお調子者だったらしい。絵描きとしてよりもヴァザーリが描いた愉快な人物として有名で（数十匹のカブトムシの背中に火を灯した蠟燭をつけて師匠の寝室に送り込み、悪魔が来たと驚かせたという逸話もある）、ほとんどの作品は既に失われている。だがカンポサントにあった《死の勝利》はブファルマッコの傑作といわれる作品で、彼がずば抜けた才能に恵まれていたことをはっきりと示していた（悪戯ではなく絵を描くことに勤しんでいれば、どれだけ素晴らしい作品を残したことだろう）。

最後の審判、地獄、テーバイス（砂漠の師父たちの人生の逸話）などが描かれている

カンポサントのフレスコ画は、1323年から1342年にかけてピサの大司教を務めたシモーネ・サルタレッツリの依頼によって描かれたが、質や知名度が高いだけではなく（13世紀以降、ピサは芸術家や美術愛好家の憧れの地だった）、共同制作という性質を持つ点でも重要だった。2世紀にわたり大勢の芸術家によって手掛けられた作品群でありながら、そこには〝生と死〟という、墓地には極めてふさわしい一貫したテーマが存在していた。カンポサント以外にも、15世紀のシスティーナ礼拝堂の壁画のように、複数の芸術家が描いたフレスコ画連作はあるが、大抵の場合はひとりの芸術家が依頼を受け、自分のアトリエで一代の間

ブオナミーコ・ブファルマッコ《死の勝利》1338－9年頃／カンポサント、フレスコ画連作／いわゆる描かれた説教で、画面左から「3人の死者と3人の生者」と「死の勝利」が描かれ、

に制作を終えることが多い。また、通常はパトロンもひとりだった。そのパトロンが死んだり、資金が尽きたり、ひとつの区画が完成したりすると連作は終了とみなされ、新しいパトロンが別の芸術家を雇って、別の場所に、別のテーマで新たに描かせるのだ。だが、1278年から15世紀半ばにかけて制作されたカンポサントのフレスコ画は、テーマの一貫性と芸術性を驚くほど保っており（芸術的なスタイルは変化しているものの）、美術史の中で際立った存在感を示していた。

そのフレスコ画連作が、おそらくは連合軍が落とした焼夷弾によって台無しにされてしまう。墓所を直撃したわけではなかったが、近くの屋

1860年以前、北京、円明園にあった十二支水力時計の鼠の頭部／ブロンズ／高さ約28㎝／北京、中国国家博物館／この頭部は人間の体の銅像についていた

根に落ち、溶け出した鉛が垂れてフレスコ画を損壊した。数日のうちにイェール大学の教授ディーン・ケラー（1901～1992年）が駆けつけ、修復に取り掛かった。ケラー教授は、いわゆるモニュメンツ・メン（第2次世界大戦中、傷つけられたり盗まれたりした芸術作品の保護、修復の任務を負っていた連合国軍の特殊部隊）のひとりである。熱のせいでフレスコ画はひび割れていたが、溶けた鉛は1945年から2000年にかけて行なわれた修復作業の過程で徐々に取り除かれていった。回廊にはローマの彫刻や石棺が大量に保管されていたが、その多くが失われ、残ったのは石棺84個のみだ。だがフレスコ画はかなりの部分が復元され、今も鑑賞することができる。

ケラーの尽力に敬意を表し、2000年には彼の遺灰の入った壺がカンポサントに埋葬されている。このように、類まれな幸運に恵まれて、瓦礫や炎や灰の中から芸術作品が蘇ることもある。

1860年以前、北京、円明園にあった十二支水力時計の兎の頭部／ブロンズ／高さ約31㎝／北京、中国国家博物館／鼠の頭部同様、この頭部も人間の体の銅像についていた

◉円明園　中国　1860年

2009年2月、湿っぽく、ひんやりと寒いロンドンの通りには、長い行列ができていた。列はブロックをぐるりと回り、セント・ジェームズ・スクエアまで延びている。クリスティーズのオークションルームに入場するための行列だ。競売にかけられているのは、ファッションデザイナー、イヴ・サン＝ローランの財産。だが、隆とした身なりの人々が競り落とそうとしているのは、絵や家具ではなく、古びた2体のブロンズ像だった。1860年に円明園の水力時計から略奪された、十二支の獣首像である。

そのオークションは亡くなったデザイナーの名声のおかげで大々的に報じられたが、競売にかけられるのが円明園で略奪された十二支の獣首像のうちの2体であることが判明すると、ますます注目を浴びることになった。首像は兎と鼠で、北京を出た後、匿名の個人収集家によって1490万ユーロで購入されたところまではわかっているが、サン゠ローランのコレクションに収まるに至った経緯は不明だが、2003年には、第2次アヘン戦争の終結時に略奪されたものであることが認識されていたことは間違いない。中国の国営メディアによると、その年、中国の文化遺産回復財団が獣首像の買い受けを持ちかけられたが、「理不尽で受け入れがたい」価格（2000万ドルほどだったとみられている）を提示されたという。[*28]

2009年のオークションに先立ち、クリスティーズは「オークションの公共性の観点から、これらの作品が中国に返却されることを保証することはできない。だが当社は、文化遺物が母国に帰還することを支持している」と、控えめに述べている。そして、オークションに出品されているすべての美術品に対して「明確な法的権利」を有していると主張し、中国政府も他の参加者同様、獣首像に入札してもらいたいと伝えた。最高値で入札したのは中国人だったが、政府とは関わりのない一介の愛国主義者にすぎなかった。その人物は支払いを拒否した上、獣首像を無償で中国に返還するよう要求。最終的にクリスティーズの経営者兼オーナーであるフランソワ・アンリ・ピノーが、2013年に善意で獣首像を購入し、中国に贈呈した。[*29]これまでに、十二支の獣首像のうち7体が見つかり、中国の博物館に返還されている。残る蛇、羊、鶏、犬、龍の5体は、今のところ失われたままである。

第3章

事故

1734年のクリスマスイヴ。真夜中のアルカサルは大混乱に陥っていた。宮廷画家ジャン・ランクの部屋で火災が発生、炎は廊下や階段を伝って瞬く間に広がった。真夜中すぎに守衛が警報を発し、サン・ギル修道院の修道士たちが真っ先に現場に駆けつけたが、炎の勢いは激しく、消し止めることはできなかった。熱で金や銀の細工が溶け始める。宮廷の人々は王室礼拝堂の窓から宝飾品や美術品を放り投げ、出来るだけ救い出そうとするが、ベラスケスの傑作《ラス・メニーナス》のような作品は、大きすぎて簡単には運び出せない。その上ほとんどの絵が壁に固定されていた。炎が凄まじい勢いで迫ってくる。

ようやく炎が収まった頃には、アルカサルは煤けた骨組みと瓦礫の山だけになっていた。9世紀に建設されたアルカサルは、当初は無骨な要塞（アルカサルは「城」を意味するアラビア語である）にすぎなかったが、幾度となく改築や増築が重ねられて優美な宮殿へと姿を変え、スペインのマドリードを本拠とするハプスブルク家の支配者たちの根城となっていた。その後、焼け跡に新たな宮殿が建設されるまでには4年の月日を要することになる。

アルカサルの大火で焼失した作品がどのくらいの数に及ぶのか、正確な点数まではわからないが、ディエゴ・ベラスケス（1599～1660年）の作品も何点か失われており、その中には《モリスコの追放》（1627年）も含まれている。これはベラスケスの人生を切り開いたともいえる作品で、ベラスケスは、1627年に絵の描き比べコンテストでこの絵を描いて優勝を勝ち取り、褒美として私室取り次ぎ係という宮廷職に任命されている。描かれていたのは、1609年4月9日にフェリペ3世（在位1598〜1621年）が発した勅令布告の場面である。モリスコとは、16世紀の異端審問でキリスト教に改宗させられた、イベリア半島に住むイスラム教徒の子孫たちだ。フェリペ2世（在位1556〜1598年）は、この〝にわかキリスト教徒〟たちがトルコのイスラム教徒と結託してスペインの沿岸を脅かす恐れがあると考えており、1609年から1614年の間に、およそ30万人（当時のスペインの全人口の4％にあたるとする見解もある）[*1]ものモリスコがスペイン王国から追放された。

アルカサルの大火では、ルーベンスの《フェリペ4世の騎馬像》（1645年）（ベラスケスの工房による複製が残っている）や、ベラスケスの《フェリペ4世の肖像》（1635年）といった作品が失われている。鏡の間のルーベンスの向かいにかかっていたティツィアーノの《チャールズ5世の騎馬像》（1548年）は救出されたが、大広間に展示されていた、ティツィアーノによる12点の絵画《12人の皇帝》（1536年、彫刻としては残っている）や、ルーベンスの《サビニの女たちの略奪》（1639年）や《ローマ人の戦い》（1622年）は失われた。鏡の間にあったティツィアーノの《怒り》4連作のうち、2作は焼失したが、残りの2作《シシュポス》と《ティテュオス》（いずれも1548年）は助かった。八角の間の壁には、20点の絵画が並んでいたが、このうちヤコポ・ティントレットの《ピュラモスとティズベー》と《ヴィーナスとアドニス》、ヴェロネーゼの《ナイル川のモーセ》と《ヤコブ》、ホセ・デ・リベーラの《ヤエルとシセラ》、

《サムソンとデリラ》、《ヴィーナスとアドーニス》、《アポロとマルシュアス》は失われている。作品が失われると、作者の名は目録に記されるが、失われた作品の名が記載されるとは限らない。コレッジョ、レオナルド、グイド・レーニ、アンソニー・ファン・ダイク、エル・グレコ、ブリューゲル、ヒエロニムス・ボッス、ヤコポ・バッサーノ、アンニバーレ・カラッチ、ラファエロの作品が少なくとも1作ずつ焼失しているが、作品名まではわかっていない。

リベーラの《聖フィリップの殉教》、《聖セバティアヌス》、《イサベラ・デ・カラッツィとディアンプラ・デ・ペティネルラの決闘》、《アッシジの聖フランシスコの幻視》、《悔悛のマグダラのマリア》、ベラスケスの《バッカスの勝利》、《ヴィラ・メディチの庭園の景観》、《聖母戴冠》、《メリクリウスとアルゴス》は救出されている。《メリクリウスとアルゴス》は3連作の1作で、残りの2作《アドーニスとヴィーナス》と《プシュケとキューピッド》は火事の犠牲になった。幸い、火災当時のアルカサルは改築中だったため、王室美術コレクションの大半を占める2000点強の絵画は、ブエン・レティーロ宮殿に移されていた。それでも、この火災によって500点以上の絵画が失われている。[*2]

多くの絵画が炎に呑まれた一方で、小さな奇跡も起こっていた。《モリスコの追放》は大火の犠牲となったが、史上最高傑作の呼び声も高い《ラス・メニーナス》は、灰の中から蘇っている。

事故は自然災害とは違い、人為的なミスによって（自然が関わっていることもあるが）、もたらされた不幸である。一度に大量の美術品が失われるのは、不注意が引き起こす、火災や船の沈没といった事故による場合が多い。特に古代においては、船の難破によって度々美術品が失われている

（一方で、後述するように、水に沈んだことで保存されるものもある）。

◉火災

広く知られていて目録に記載された作品が、火災によって焼失した事例は比較的少ない。64年、皇帝ネロの時代に市の中心地を壊滅状態にしたローマ大火（市内の14区のうち3区は完全に焼け落ち、概ね無傷だったのはわずか4区にすぎなかった）では、膨大な数の美術品が犠牲になったが、どれも知られていない作品ばかりだった。そもそも作品自体が記録に残されていないため、失われた作品ひとつひとつを知っている場合より、失われた痛みは少ない。アルカサルの火災で500点の美術品が失われたことを知っても、名前を知っている作品が失われたと聞いたときほど、胸は痛まないのだ。

有名な火災のひとつ（実際にはふたつの火災だが）に、17世紀末、ロンドンのホワイトホール宮殿で起きた大火災がある。ホワイトホール宮殿は1530年から1698年にかけて、主に英国王室のロンドンの邸宅として使用された宮殿だ。ヴァチカン宮殿やベルサイユ宮殿よりも大きく、部屋は1500室以上あったという。宮殿というより、ひとつの都市に近かったようだ。ヘンリー8世、エリザベス1世、ジェームズ1世、チャールズ1世の住まいであり、シェイクスピアの『十二夜』の初演が行なわれた場所ともいわれている。建物の設計はクリストファー・レンが担当し、天井はルーベンスの絵で彩られていた。イングランド王国が誇る、芸術と建築技術の粋を集めた至宝だった。

1694年4月10日、チャールズ2世の愛人、ポーツマス公爵夫人ルイーズ・ド・ケルアイユが住んでいた部屋で火災が起こった。炎は宮殿内の古い建物をいくつか呑み込んだが、国政に関わる建物は無事だった。だが、1698年1月4日、さらに大きな火災が発生し、ホワイトホールの大半が焼け落ちてしまう。住宅も政府の建物もすべて失われ、無傷で残ったのは、イニゴー・ジョーンズが設計したバンケティング・ハウスのみだった。翌日、日記作家ジョン・イーヴリンは、新聞の見出しのような簡潔さでこう書き残している。「ホワイトホール、火災！　残るは壁と瓦礫のみ！」この火事によって、ミケランジェロの《眠るエロス》(1496年)、ハンス・ホルバインの《ヘンリー8世の肖像》(1536年)、ジャン・ロレンツォ・ベルニーニの《チャールズ1世の胸像》(1636年頃。チャールズ1世は1635年に、アンソニー・ヴァン・ダイクに3方向から肖像画を描かせており、ベルニーニはこれをもとに彫刻を作ったため、ローマを離れる必要がなかった) などが失われた。

火災で美術品が失われた近年の例としては、2004年5月24日、ロンドン東部のレイトンにある、モマートの倉庫で起こった火災が挙げられる。モマートは美術品の運送、保管を請け負っている会社で、火災のあった倉庫は、多くの芸術家や画廊が美術品や記録資料を保管するスペースとして利用していた。倉庫に保管されていた美術品 (総額5000万ポンド相当) は、ほとんどすべて焼失してしまった。美術収集家チャールズ・サーチのコレクションや、ウィリアム・レッドグレイヴ (息子のクリスによって、保管されていた228点のブロンズ彫刻のうち30点が救出され

イニゴー・ジョーンズが設計したホワイトホール宮殿のバンケティング・ハウス。天井はピーテル・パウル・ルーベンスのフレスコ画で彩られている。1628－30年頃に描かれた当時のまま移動されていない。1698年のホワイトホール宮殿の火災で、焼け残ったのはこの建物だけだった

トレイシー・エミン《1963年から1995年まで私が寝たすべての男》1995年／アップリケのついたテント、マットレス、ライト／122×245×214㎝／2004年のモマートの倉庫の火災で焼失

ている）、ジェイク・アンド・ディノス・チャップマン（チャップマン兄弟）、クリス・オフィリ、ギャビン・ターク、ダミアン・ハースト、トレイシー・エミン他、数多くの芸術家の作品が失われた。

アルカサルで火災が起こったとき、人々は絵を救い出すために、自分の命を危険にさらして炎の中へ駆け戻っていった。このとき救出された（あるいは救出できなかった）作品の名前はわかっているのに、救出した人々の名前はわかっていない。歴史家はホワイトホールの火事について記述し、焼失した巨匠の有名な作品を記録に残しているが、火事で怪我を負い、死亡した人々の名前は、忘却の彼方に葬り去られている。だが、犠牲になったのが重要な人物だった場合、記録に残されることもある。

1654年10月12日、弾薬庫が爆発して、

エフベルト・リーベンス・ファン・デル＝プール《デルフトの火薬庫の爆発　1654年10月12日月曜》1654－60年／油彩、板／37×62㎝／アムステルダム国立美術館

デルフト市を大きく揺るがした。死者100名、負傷者は数千名に及び、街の大部分が焼け落ちてしまった。弾薬庫として使用されていた元修道院には30トンもの火薬が保管されており、管理人が中身を確認しようと扉を開けた瞬間、大爆発を起こしたのだ。この爆発によって、どのくらいの美術品が被害にあったのかはわかっていないが、レンブラントの一番弟子、カレル・ファブリティウスの命を奪い、彼の作品のほとんどを焼き尽くした火災として、今日まで記憶されている。

モマートの火災から1年後、モマートは、クリスマス用の景品のデザインを、チャップマン兄弟に依頼した。チャップマン兄弟が作ったのは、ライターだった。

◉難破

炎はほぼ間違いなく美術品を破壊し、修復不可能な状態にしてしまうが、水は破壊することもあるが、保

上左：《クロアチアのアポクシュオメノス》紀元前4世紀に制作されたリュシッポスによる彫刻の、ローマ時代の複製／1世紀または2世紀／ブロンズ／高さ192㎝／クロアチア、マリ・ロシニ、アポクシュオメノス美術館
上右：《ゼウス（またはポセイドン）》紀元前460－450年頃／ブロンズ／高さ210㎝／アテネ、アテネ国立考古学博物館
下：《リアーチェの戦士たち》紀元前460－440年頃／ブロンズに銅、銀、骨、ガラスの象嵌／高さ198㎝／タラント、レッジョ・カラブリア国立考古学博物館／B像（左）は、元は兜をかぶっており、どちらの像も、盾、槍、剣を持っていたと思われる

存することもできる。水に沈んでいたおかげで、数えきれないほどの古代の彫刻が救われ、保存されてきた。

金属製の美術品は再利用されることが多い。パルテノンの柱廊（ポルチコ）のブロンズの梁が溶かされて、ベルニーニの手で、サン・ピエトロ大聖堂の堂々たる天蓋に作り変えられたり、古代のブロンズ像が、オスマン帝国の人々によって、砲弾に作り変えられたりしている。だが、難破船とともに海底に沈んだブロンズの彫像は、優れた状態で保存されることが多い。実際に、1996年にアドリア海の北にある、ロシニ島のそばで発見された《クロアチアのアポクシュオメノス》や、1972年にイタリア南部のカラブリア海岸沖で発見された《リアーチェの戦士たちの像》、1926年にギリシャのエヴィア島の北で引き揚げられたアルテミシオンの《ゼウス（またはポセイドン）》など、現存する古代の大ブロンズ像のほとんどは、ブロンズ像を乗せた船が難破して水没したおかげで保存されている。石造の作品も同様で、数世紀、ときには数千年もの間海底に沈んでいても、ほとんど無傷の状態で保存されている。

●《クレオパトラの針》

ロンドンの河岸の堤防に設置された《クレオパトラの針》は、難破を乗り越えて生き残った、石造の記念碑である。ヒエログリフが刻まれた背の高いオベリスクで、ニューヨーク市のセントラルパークにあるオベリスクとは対になっており、どちらも女性ファラオ、ハトシェプストの治世（紀元前1479～1458年頃）に作られた。素材は赤い花崗岩で、重さは224トン、高さはおよそ21メートルで、空高く聳《そび》え立っていた。紀元前1450年頃に切り出され、その約2世紀後には、ラメセス2世（在位紀元前1279～1213年）の戦勝の場面が刻まれ、ヘリオポリス市（現代のカイロの一部）に建立された。オベリスクを支えていたブロンズのカニに刻まれた碑文には、紀元前13世紀頃、《クレオパトラの針》が、ヘリオポリスからアレクサンドリアに移されたことが記されている。アレクサンドリアには古代エジプトを治めた最後のエジプト人支配者クレオパトラ7世が建てたカエサリウムと呼ばれるローマ式の神殿があった。クレオパトラの愛人だったユリウス・カエサル、マルクス・アントニウスのうち、どちらが祀られていたのかは定かでないが、エジプトがローマ帝国に支配されてからは、この神殿、皇帝アウグストゥスを崇拝するための中心地となっていたのは間違いない。神殿の前にオベリスクを設置するのは、エジプトの建築習慣だったが、ローマの統治者たちもこれを踏襲し、神殿の前に《クレオパトラの針》を建てた。それからおよそ1300年後、オベリスクは倒れて半ば砂に埋もれていたが、その砂が、オベリスクに刻まれたヒエログリフを何世紀もの間、風化から守っていた。

1801年、アレクサンドリアの戦いに勝ったイギリス軍のラルフ・アバークロンビー卿は、フランスに対する勝利を記念して、倒れていた《クレオパトラの針》を建て直したいと考えた。すると、1819年、エジプトの支配者ムハンマド・アリー・パシャが、（1798年のナイルの海鮮ではネルソン提督が、アレクサンドリアの戦いではアバークロンビー卿が）ナポレオン軍を撃退してくれたことに感謝して、イギリスにオベリスクを贈呈したいと申し出た。だが、贈り物をロ

ロンドン、ヴィクトリア・エンバンクメントに設置された《クレオパトラの針》紀元前15世紀／花崗岩／高さ約21m

『イラストラツィオーネ・イタリアーナ』（1877年9月16日発行）に掲載されたオドアルド・フランシスキのエングレーヴィング。《クレオパトラの針》の周りに隔壁が組み立てられ、耐水の円筒を作るために鉄のプレートが張られている。《クレオパトラの針》はこの円筒に収められて、エジプトからイングランドまで運ばれた

ンドンに輸送するためには莫大な費用がかかり、オベリスクはそれから60年の間、砂の中に放置されることになった。

1877年、皮膚科医で解剖学者でもある、裕福なウィリアム・ジェームス・エラスムス・ウィルソン卿が、成功報酬1万ポンドを提示して、技術者のジョン・ディクソンにオベリスクをロンドンまで輸送する方法を考案してほしいと依頼した。

ディクソンの兄、ウェインマン・ディクソンは、長さ28メートル、幅4・9メートルの巨大な鉄製の円筒を設計した。円筒には、竜骨や梯子やマスト、甲板室が取り付けられ、ぐるりと浮箱でとり囲まれていた。この円筒型のコンテナは、クレオパトラ号と命名され、蒸気船オルガ号でロンドンまで牽引されることに

グレーブセンド沖に到着する浮船クレオパトラ号／『グラフィック』誌　Vol.17　No.427（1878年2月2日発行）のエングレーヴィングより

なった。[*3]

だがこの航海は、悲劇的な結末を迎えることになる。1877年10月14日、ビスケー湾を嵐が襲い、クレオパトラ号は激しく波に揺さぶられ始めた。クレオパトラ号を救うためにオルガ号から救命ボートが出されたが、6人の乗組員を乗せたボートは行方不明になってしまう。やむなく、オベリスクを放棄する決断が下され、クレオパトラ号の5人の乗組員が無事オルガ号に移ると、2艘の衝突を避けるため、引き綱が外された。嵐が治まると、オルガ号の船長は浮箱のついた円筒を探し回ったが、海底に沈んでしまったのか、どこにも見当たらなかった。貴重な積み荷を失ったオルガ号の乗組員たちは、傷心のまま旅を続けた。

だが、ウェインマン・ディクソンの巧みな設計のおかげで、オベリスクは沈むことなく波間に漂っており、グラスゴーの蒸気船フィッツモリス号に救助され、フェロール港まで牽引されていた。

港に着くとフィッツモリス号の船長は、引き揚げ手数料として5000ポンドを要求してきた（訴訟が繰り返された挙句、ジョン・ディクソンが自腹で9000ポンドを支払い、オベリスクを取り戻した）。その後、オベリスクは円筒で輸送され、1878年1月21日にイギリスのテムズ川河口の町グレーブセンドに到着、同年9月12日、ロンドンのヴィクトリア・エンバンクメントに設置された。フランスのジャーナリストが書いているように、齢《よわい》3000年の〝針〟は、長く危険な旅を乗り越え——波に沈みかけ、大海原を彷徨い、ようやく救助されて——ついに寄港地へと辿り着いたのだ。[*4]

◉フラウ・マリア号

《クレオパトラの針》の他にも、古代の青銅器、陶磁器、石像の一部など、失われかけながら海中から無傷で引き揚げられた作品が数多くある一方で、未だに行方がわからないものも数えきれないほどある。1771年10月9日、フィンランドの沖で、木造のオランダ商船フラウ・マリア号が沈没した。船には織物、コーヒー、砂糖、染料、食料といった積み荷の他に、パウルス・ポッテルの絵画《雄牛の大群》（1650年頃）、ヘラルト・テル・ボルフの絵画《身支度をする女》（1660年）、ヘラルト・ドウ、ハブリエル・メッツーなど、オランダ絵画黄金期の画家たちの作品が積まれていた。いずれもエカチェリーナ2世のためにオークションで落札された美術品だった。船は1771年9月5日にアムステルダムを出航、サンクトペテルブルクに向かう予定だったが、[*5]

嵐に見舞われ、フィンランドのユルモ島の沖で岩礁に叩きつけられた。初めは損傷も少なく、積み荷の一部を運び出すことができたが、結局、波に呑まれ、乗組員がポンプで懸命に水を汲み出そうとした甲斐もなく、海底に沈んでいった。後に、船倉に積まれていたコーヒー豆が容器から溢れ出し、ポンプに詰まっていたことが判明した。

フラウ・マリア号はそれから200年の間、海底に眠っていたが1999年に発見され、再び日の目を見ることになった。バルト海の塩分濃度は低く、船も積み荷も比較的良好な状態で保存されているようだった（例えば、木製のマストはほぼ無傷だった）。沈んだフラウ・マリア号を保護下に置くフィンランド政府と、船を発見したフィンランドのトレジャーハンターチームとの間で、所有権の争いが起こり、現在も紛争が継続中だ。ダイバーによってデッキにあった6点の品が引き揚げられたが、船倉の中身は今も海底に沈んでいる。どうやら積み荷は無事らしく、損傷は受けているかもしれないが、絵が完全に朽ち落ちることなく残っている可能性はある。巻かれた状態で、密閉された鉛の箱に保管されていれば（当時の貴重品はそのように保管されていた）、修復することも可能だ。

フィンランド国立文化財委員会は、2009年から2012年にかけて、難破船を引き揚げることなく、接近可能な範囲で調査を実施した。引き揚げには莫大な費用がかかる上に、水中で保存されてきたものが、空気に触れることで劣化してしまう危険性があったからだ。その結果、絵が入っていると思われる箱を引き揚げるためには難破船を解体する必要があること、引き揚げには法外な費用がかかることが判明した。[*6] それを受けて引き揚げプロジェクトは中断され、積み荷の状態は不明のままとなっている。

◉ベラスケス《ラス・メニーナス》

夜は更けていき、アルカサルを包む炎は、次々とかけがえのない絵画を呑み込んでいった。煙がもうもうと立ち込め、絵を救おうと奔走する人々の叫びが飛び交う中、幼いマルガリータ王女と側近たちを描いたベラスケスの大作にも火の手が迫っていた。ひとりの男が、意を決したようにナイフをつかみ、絵を華麗な額縁から切り取り始める。炎が壁を舐めるように這い出したとき、男は絵を素早く巻き、窓から放り投げた。こうしてスペイン絵画史上最も重要な作品は救い出された。

２０１６年12月、アメリカの美術史家ウィリアム・B・ジョーダンは、個人コレクションから1枚の絵画をプラド美術館に寄贈した。それは、ベラスケスがフェリペ3世の顔を描いた習作で、失われた《モリスコの追放》の準備のための細部描写だった。[*7] この気前の良い振る舞いは大いに感謝された。ベラスケスの描いた《モリスコの追放》がどんな絵だったのか、文章による描写はあっても、複製は存在しておらず、だれも知らなかったからだ。

ジョーダンが１９８８年にオークションで落札した当時、その作品は、17世紀のあまり有名ではないフランドルの画家、ユストゥス・サステルマンスが描いた、17世紀スペインの政治家ドン・ロドリゴ・カルデロンの肖像だと考えられていた。だが、スペイン美術の専門家であるジョーダンは、ドン・ロドリゴではなくフェリペ3世を描いたものではないかと考えた。ベラスケスの作かも

ディエゴ・ベラスケス《フェリペ3世の肖像》1627年／油彩、カンヴァス／45.9×37㎝／マドリード、プラド美術館／失われた《モリスコの追放》の制作準備のために描かれた習作

しれないという期待もどこかにあったのだろう。鑑定のために絵をプラド美術館に持ち込むと、ジョーダンの予想が正しかったことが証明された。だが、大きな作品の一部分だろうという推測は外れ、独立した作品であることが判明した。ベラスケスの失われた作品の中でも特に重要な、《モリスコの追放》を制作するための準備として描かれた習作だったのだ。

1734年にアルカサルの火災で救い出された作品のひとつひとつが、小さな奇跡だ。召使も、修道士も、宮廷の役人も、みなできるだけ多くの作品を救い出そうと、燃え盛る宮殿の中を走り回っていた。窓から絵を放り投げ、煙にむせながら、他に救出できそうな作品はないかと、目を凝らしていたのだ。そうして生き残った作品のひとつは、美術史において極めて重要な作品と考えられている。

ベラスケスが1656年に描いた《ラス・メニーナス（女官たち）》は、描かれた1枚の絵であると同時に、絵を描くという行為そのものも表している。イギリスの画家トーマス・ローレンス（1769～1830年）は、このマルガリータ王女を中心とする人々の肖像を、まさに「芸術の原理」だと評し[*8]、イタリアの画家ルカ・ジョルダーノ（1634～1705年）は、1692年に、「絵画の神学」であると述べている[*9]。また、フランスの詩人テオフィル・ゴーティエは、この絵の前に立ち、「それにしても、絵はどこから始まるのかね？」と尋ねたという[*10]。こうした感想は、何を意味しているのだろうか？

この絵に描かれているのは、アルカサルにあったベラスケスのアトリエだ。中央に立つのは、フェリペ4世と、2番目の王妃マリアナ・デ・アウストリアとの間に生まれた、マルガリータ王女（両親は構図の背景に描かれている）。王女の両隣には、ふたりの女官（ラス・メニーナス）、イサベル・デ・ヴェラスコ（ひざを曲げてお辞儀をしているほう）とマリア・アウグスティナ・サルミエント・デ・ソトマヨールが描かれている。小人もふたり描かれている。ひとりは、小太りのドイツ女性マリア・バルボラ、もうひとりの、足で犬を突いている痩せたほうは、イタリア人ニコラシート・ペルトゥサートだ。当時小人は、並外れて知恵が回る愉快な存在と考えられており、道化師や助言者として、スペイン、ハプスブルク家の宮廷において大きな役割を果たしていた。王女の後ろには、養育係のマリア・ウリョアと、身元不詳の護衛官が立っている。そしてアトリエの奥の戸口には、ベラスケスの親戚で、王妃付きの侍従であり王室タペストリー保管官でもあるドン・ホセ・ニエト・ベラスケスの姿がある。

ディエゴ・ベラスケス《ラス・メニーナス》1656年／油彩、カンヴァス／108×81㎝／マドリード、プラド美術館

目を閉じて、再び開いてみると、視線は自然に、透視画法で描かれたこの絵の消失点――奥の開いた戸口――へと引き寄せられる。ベラスケス本人は、大きなカンヴァスの向こうに立っているが、大きさから考えると、これはおそらく、《ラス・メニーナス》のカンヴァスだろう。

この絵には多くの謎がある。まずひとつに、絵の中に、絵筆とパレットを手にしたベラスケス自身が描かれている点が挙げられる。画家よりも、画家が描く対象のほうがずっと重要だった時代に、画家本人を描くのは極めて異例だった。しかも、画家だけではなく、宮廷に実在した人物が何人も描かれている。なぜ、王女の肖像画にわざわざ彼らを描いたのだろうか？　謎は他にもある。部屋の奥には、額に入った絵、もしくは鏡があり、そこに国王と王妃の姿が見える。縁に面取りがされているところを見るとどうやら鏡のようだが、だとすれば、映っているのは誰だろうか？　現実の国王と王妃なのか、それとも、ベラスケスが目の前のカンヴァスに描いている国王夫妻の肖像画なのだろうか？　絵の中の人物たちの視線が、目の前のカンヴァスに――我々鑑賞者のほうに向けられていることから、国王フェリペと王妃が他の人物たちとともに、この部屋の中にいるとする説もある。[*11]

だがベラスケスは、なぜモデルではなくこちらを見ているのだろう？　芸術家の慣習のひとつに、モデルを直接見るのではなく、鏡に映った姿を見て描くという描き方があった。自画像を描くときによく用いられる手法である。自分を見るためには、鏡を見なければならないからだ。だが、画家たちは、自分以外の人間を描くときにもこのやり方を使っていた。描く対象を鏡の額の中に収めることで、より容易く絵画を構成することができ、3次元の客体を、2次元の鏡像に変換することができる。3次元の物体を2次元上に写し取ることこそ、絵画の本質的な行為だ。

この手法で描かれているとすれば、鏡はどこにあるのだろう？　鏡はわたしたちだ。我々鑑賞者は鏡を通して絵を見つめており、絵の中に閉じ込められたシーンを反射してベラスケスに見せている。鏡は片側からしか見通せないガラスの板であり、こちらからは絵の中のシーンを見ることができるが、画中のベラスケスとその他の人物たちは、鏡に映った自分たちの姿しか見ることができない。だがそうやって自分たちの姿を見ることで、彼らはガラスのこちら側にいる我々と視線を合わせている。演劇用語を借りれば、第4の壁を破って、自分たちが絵画の中の登場人物であることを認識し、観客に見つめられていることも知っていると伝えているのだ。哲学者ミシェル・フーコーは『言葉と物』（1966年）の中でこの作品を分析し、ベラスケスは、作品であるという自意識を持つ作品、絵を描くという行為そのものを描いた絵画――初のポストモダン芸術作品を生み出したと述べている。

1734年、《ラス・メニーナス》は燃え盛るアルカサルの中から救い出されたが、無傷というわけにはいかなかった。端の部分は切り落とさざるを得ず、王女の左頬など、塗り直しが必要な部分が何カ所もあった。ベラスケスは、死の4年前に描いたこの作品が自分の代表作となり、長年の夢だった騎士への足掛かりとなることを望んでいたが、実際に、死の数カ月前、念願の騎士の身分を手に入れている（騎士になるためには、王室委員会の許可が必要だったが、ベラスケスの出自――おそらくユダヤ人かイスラム教徒の血が入っていたのだろう――が問題となり、国王は、なかなかベラスケスが切望する身分を与えることができなかった）。騎士の身分を与えられると、ベラスケスは早速《ラス・メニーナス》の中の自分の衣服に新しい肩書を表す紋章、サンティアゴ騎士団の赤い十字を描いた。ベラスケスの死後、フェリペ4世が友人の栄誉を後世に残すために自らその十字を描いたという説もあるが、根拠のない空説にすぎない。[*12]

第4章

偶像破壊と破壊行為

ヴァチカンの壮麗な教皇公邸の中で、ビロードの長衣をまとったクレメンス7世は、だらだらと不快な汗を流していた。ローマの秋はただでさえ暑いが、1524年の秋は特に蒸し暑く、目の前の机に置かれた版画のせいで、ますます気温が上がっているようだった。クレメンス7世はそれを1枚1枚じっくりと検分し、16枚全部に目を通すと、汚らわしげに鼻を鳴らして机から払い落した。「刷られた版画をすべて見つけ出して燃やすのだ！　1枚残らず全部だ！　朝日が昇る前に、必ずマルカントニオを捕らえて、牢に放り込め」。ジャン・マッテオ・ジベルティ枢機卿が立ち上がり、床に散らばった版画を拾い始める。「そんなものは放っておけ！　さっさと行くんだ！」

マルカントニオ・ライモンディ（1480頃〜1534年）は、16世紀に活躍した最も有名で腕の立つ彫版師のひとりである。彼自身、一流の芸術家だったが、ラファエロ公認の版画家としてよく知られており、ラファエロの絵画を基に精美な版画を制作している。

版画制作は、次のような手順で行なう。まず、金属の板（通常は銅板）を彫刻刀で彫り、次に、銅板にインクを塗って拭き取る。すると、刻線に入ったインクだけが残されるので、最後に、湿った紙を銅板に押し付け、刻線で描かれた絵を写し取る。この印刷技術によって、いくらでも複製を作ることが出来るようになり、手ごろな値段で販売され、ヨーロッパ中に広まるようになった。おかげでラファエロの名は、オリジナルを目にしたことがない人々にまで知れ渡り、世界的な名声を

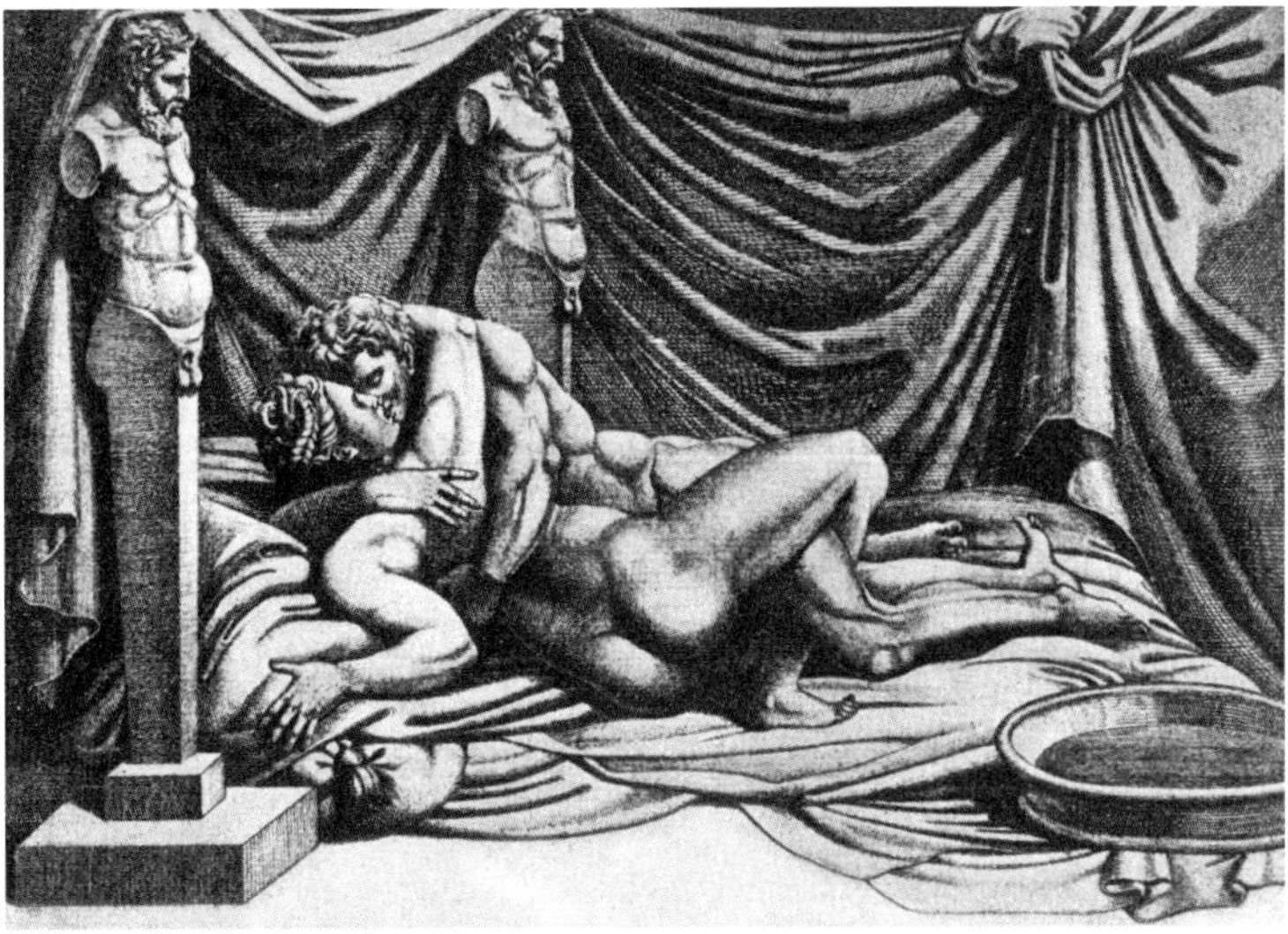

マルカントニオ・ライモンディの《イ・モーディ》（1524年）の失われた版画の複製。この銅版画は、1527年に出版された、ピエトロ・アレティーノによる『ふしだらなソネット』のソネット1の挿絵として制作された

獲得したのである。

だが、ライモンディには図々しいところもあった。1506年にヨーロッパ有数の名版画家アルブレヒト・デューラーが、ヴェネツィアで起こした史上初の著作権裁判では、ライモンディが被告となっている。[*1] ことの始まりは、デューラーがヴェネツィアのダール・ジーザス印刷所で、自分の作品をほぼ正確に模倣した贋作を発見したことだった。ライモンディは、真作であることを保証するデューラーのサイン、大きなAの脚の間に小さなDを描いたマークまで模倣していた。だが狡猾なライモンディは、デューラーの作品とまったく同じにはならないように、ほとんどわからないような違いを作っていた。自分の小さなモノグラムと、ダール・ジーザス印刷所の意匠、キリストのアナグラムの3点を加え、自分の版画は偽造ではなく、あくまで

巨匠に敬意を表しただけだと主張したのである。ヴェネツィアの裁判官が下した判決は、ライモンディにデューラーのモノグラムを削除するよう命じ、ダール・ジーザス印刷所に、本作をオリジナルとしてではなくコピーとして販売するよう要請するものだった。デューラー側の勝訴に終わったものの、圧倒的な勝利とはいいがたい内容だ。

ライモンディは、初期のポルノ出版物《イ・モーディ》（性愛図）、別名『16の愉しみ *De omnibus Veneris Schematibus*』（性交体位のすべて）の版画も制作している。16の性交体位を露わに描いたこの版画は、ラファエロの弟子ジュリオ・ロマーノ（1499～1546年）が、マントヴァにある、フェデリーコ2世ゴンザーガのテ離宮（1630年に破壊された）のために描いた、一連の性愛図を基に彫られていた。1524年、ライモンディがこの版画を出版すると、メディチ家出身の教皇クレメンス7世は、自身の俗物ぶりは棚に上げて強い嫌悪感を示し、ライモンディを投獄して版画をすべて焼き払うよう命じた。興味深いのは、原画の作者であるジュリオ・ロマーノが処罰されていないことだ。公開するためではなく、純粋にマントヴァ公爵の個人的な楽しみのために制作したものだからだろう。

◉《ネプチューンの噴水》 フィレンツェ

破壊行為と偶像破壊の違いは、破壊のターゲットに象徴するものや意味があるかどうかの違いである。偶像破壊《イコノクラスム》（像を意味するギリシャ語の eikon に由来する）とは、象徴するものを理由にターゲットが選択される場合にいう。テロリストがニューヨークのワールド・トレード・センタービルやワシントンDCの国防総省の建物に飛行機を激突させたのも、偶像破壊行為だ。このふたつの建物は、テロリストたちが目の敵とする資本主義や西洋社会を象徴していた。建物自体が気に障ったわけではなく――破壊したいのは、建物が象徴するもの（あるいはこの例では、中にいる人々の活動）だったのだ。一方で、破壊行為とは、象徴的な重みを持たないものや建物をターゲットにして、損傷させたり、破壊したりすることを指す。

破壊行為が美術品に向けられる場合、邪悪な悪意によってではなく、無鉄砲な愚行によって破壊される。憎しみや、ターゲットが象徴するものを破壊するという強い決意に突き動かされて攻撃するわけではなく、情熱は伴わない。実例を見ると、馬鹿馬鹿しい、行き当たりばったりの犯行に思えることも多い。

1565年、バルトロメオ・アンマナーティ（1511～1592年）によって制作された《ネプチューンの噴水》は、フィレンツェのシニョリーア広場の目立つ場所にある。同年12月に行なわれた、神聖ローマ帝国のジョヴァンナ（ドイツ語名ヨハンナ）とフランチェスコ・デ・メディチの結婚式を記念して建造されたものだ。噴水の中心となる海の神ネプチューン（ポセイドン）を象った彫像は、16世紀の批評家たちに「ビアンコーネ」（大きな白いやつ）とあだ名されていた。また、ジョルジョ・ヴァザーリの『芸術家列伝』1568年版によれば、建築家、彫刻家として名高いミケランジェロ（当時87歳）は、この彫像が自分の《ダヴィデ像》とともにヴェッキオ宮殿の前に並び立っているのが不満だったらしく、「アンマナーティめ、美しい大理石を台無しにしおって！」とこぼしたといわれている。[2]

《ネプチューンの噴水》は故意や過失によって、繰り返し損傷を負っていた。地元の人々は、この噴水に洗濯物を持ち込んで洗濯までしており、こうした無頓着で実用的な使い方によって、傷みが早くなったであろうことは、想像に難くない。こういった状況を改善するために、掲示板まで掲げられた。噴水の脇に今も立つブロンズの板には、こんな言葉が書かれている。「この噴水の周囲20エル以内において、塵を捨てること、噴水でインク壺や衣服、その他のものを洗うこと、木や屑を投げ込むことを禁ず。違反した者には、4ダカットの罰金を科し、領主の裁きに付すものとする」。

それでも、今もなお破壊行為は止んでいない。1580年1月25日、噴水が破壊され装飾の一部が盗まれた。アゴスティーノ・ラピーニは1596年に「ドゥーカ広場（シニョリーア広場の当時の名前）の美しい噴水が破壊され、装飾の彫像のうち、残されたのは4体のブロンズ像とサテュロスのみだった」[3]と書い

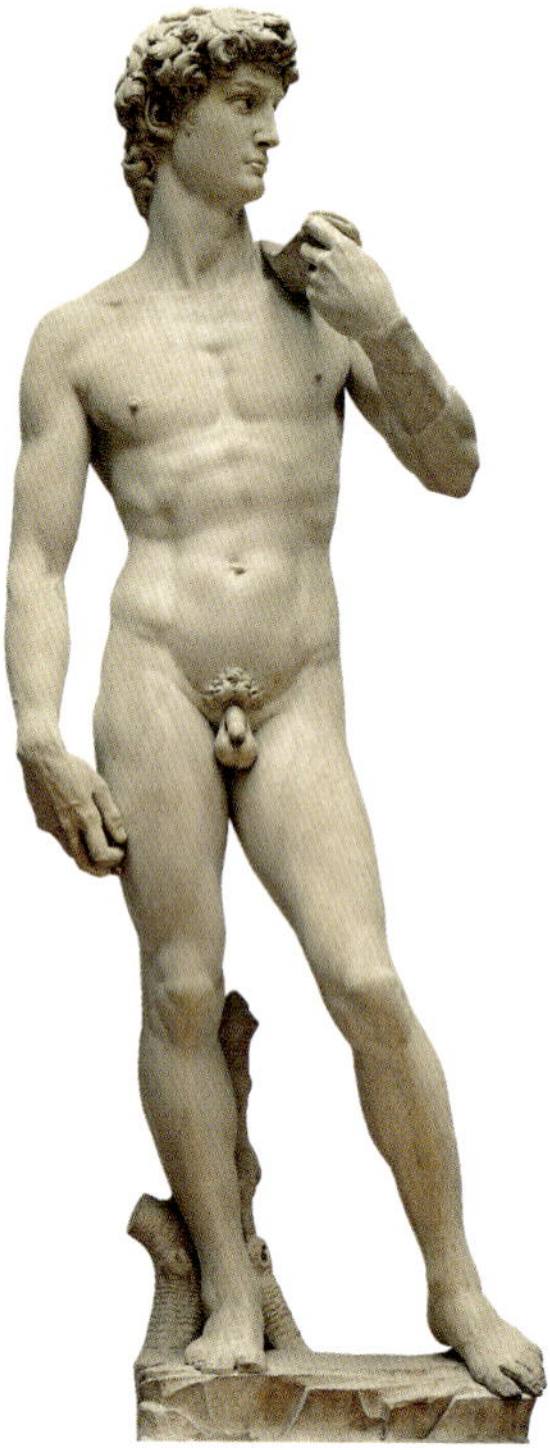

ミケランジェロ・ブオナローティ《ダヴィデ像》1501－4年／大理石／高さ4.3m／フィレンツェ、アカデミア美術館／左足の親指がハンマーで砕かれて失われている

バルトロメオ・アンマナーティ《ネプチューンの噴水》1565年／大理石／高さ約5.6m（中央の彫刻）／フィレンツェ、シニョリーア広場

ている。1830年2月の謝肉祭には、サテュロスのブロンズ像が1体盗まれ、代わりにジョヴァンニ・パッツィが制作した彫像が置かれることになった。

最近の例としては、2005年8月4日の3人の学生による破壊行為が挙げられる。学生たちはネプチューン像に座って写真を撮ろうと彫像をよじ登り、ネプチューンの手と、三叉の鉾《ほこ》の一部を破損させた。この騒ぎはCCTVカメラによって撮影されており、学生たちは捕まった。彫像は2007年に修復されたが、その年の夏に再び4人のティーンエイジャーに破壊されそうになる。このときは厳重に監視されていたため、すぐに警察が駆けつけ、事なきを得た。

◉破壊者　ピエロ・キャナータ

こうした破壊行為は有害な愚行として片づける

こともできるが、よくある反社会的理由からではなく、破壊者が精神的に病んでいるために、執拗に美術品をターゲットにすることがある。イタリアの破壊者ピエロ・キャナータは、美術品を破壊した責任を負ったことはないが、それは、負わせたのが取るに足らないかすり傷だったからというわけではない。

1991年、キャナータはフィレンツェのアカデミア美術館に密かにハンマーを持ち込み、ミケランジェロの《ダヴィデ像》（1501〜1504年）の足に叩きつけて、来館客に取り押さえられ、警察に引き渡された。[*4] キャナータは動機を尋ねられ、パオロ・ヴェロネーゼの絵に唆されたからだと答えている。裁判で精神病だと判定されたキャナータは病院に収容されたが、釈放後も繰り返し美術品を攻撃した。[*5]

1993年、キャナータはトスカーナ州のプラート大聖堂で、15世紀のフィリッポ・リッピのフレスコ画を損傷させて、イタリアの国家治安警察部隊カラビニエリに逮捕された。さらに同じ年に、プラート大聖堂にあった別の絵——16世紀の画家ミケーレ・ディ・ラファエロ・デラ・コロンブによる《イエスの降誕と羊飼いの礼拝》をナイフで傷つけた。その行動についてキャナータは、「内なる力に突き動かされた」と説明している。

1999年には、ローマ国立近代美術館に展示されていた、ジャクソン・ポロックの《起伏のある小道》（1947年）にマジックペンで書き込みをしている。逮捕され、再び精神科病院に収容されることとなったが、キャナータはこのとき、イタリアの画家ピエロ・マンゾーニ（1933〜1963年）の作品を探していたが、場所がわからず、「同じくらい醜い絵があったので、代わりに鉄槌を下した」と話している。[*6]

キャナータが入院中にどんな精神療法を受けていたにせよ、効果がなかったのは間違いない。2005年には、フィレンツェのシニョリーア広場の中央付近、《ネプチューンの噴水》のすぐ脇にあるブロンズの銘板（ジローラモ・サヴォナローラが火刑に処された場所を示している。後記参照）に、スプレーで黒々と×印を描いている。この行為は、キャナータ自身はおそらく知る由もないが、痛烈な皮肉に満ちていた。彼が攻撃したのは、よりによって、おびただしい数の美術品が葬り去られた場所を示し、そこで火刑に処せられた恐るべき偶像破壊者を追悼する飾り板だったのだから。

◉アヤソフィア

破壊行為は、破壊されたターゲットの観点から考える必要のない非行である。破壊者の心理という点では興味深いが、被害者として選ばれたターゲットは破壊者とは何の関係もない。一方で偶像破壊は、攻撃者側も被害者側も、厳しく限定される。マルカントニオ・ライモンディの版画《イ・モーディ》の運命にも表れているように、宗教や政治的イデオロギーに基づく偶像破壊（後述する4つの例）も、良識の名のもとに行なわれる偶像破壊も、ターゲットの示す特性が、攻撃者にとって受け入れがたいものだという信条を反映している。

偶像破壊という言葉は、東ローマ帝国、またの名をビザンツ帝国（330〜1453年）下で

ロジャー・ヘイワード《アヤソフィア》1926年／鉛筆、水彩絵の具、紙／17.8×25.4㎝／オレゴン州、コーバリス、オレゴン州立大学附属バレー図書館

の偶像破壊行為から生まれ、ギリシャ語で「像」を意味する〝eikon エイコン〟と「破壊」を意味する〝klan クラオー〟を語源としている。偶像崇拝の禁止は（モーセの十戒の第2の戒律を、文字通りに解釈して）726年頃、東ローマ皇帝レオーン3世（在位717～741年）の下で初めて制定され、787年まで続いた。この間に、モザイク画、フレスコ画、聖像等、教会にあった数々の像が塗りつぶされ破壊された。787年から813年の間は、イコノデュール（聖像崇拝者）たちが優勢となり破壊行為も中断されていたが、レオーン5世（在位813～820年）の時代になると偶像破壊が再開される。動乱の時代であり、キリスト教徒間の論争は、時として暴力に発展した。

偶像破壊が収まった時期は2度あったが、興味深いことに、いずれも女性が権力を握っ

《聖母と幼子イエス》9世紀中頃／モザイク／高さ約4m／イスタンブール、アヤソフィア

た時代だった。1度目は女帝エイレーネーの時代で、775年から皇后、皇太后、摂政として影響力を持つようになり、797年から802年にかけては自ら統治した。2度目はテオフィロス帝（在位829～842年）の治世下で、妻テオドラがイコノファイル（聖像愛好者）だった。テオドラは息子ミカエル3世（在位842～867年）が帝位についてから13年間、摂政を務めていた。テオドラは843年に偶像破壊主義者のコンスタンティノープル総主教を退け、聖像崇拝に理解のある人間を総主教の座に据えた。以来、聖家族と聖人たちの像は、ビザンツ帝国の、後には、キリスト教正教徒たちの重要な信仰の柱となる。

「聖なる叡智」の意味を持つアヤソフィアは、皇帝ユスティニアヌス1世（在位527～565年）の時代に、わずか5年（532～537年）で建設された。当初、この壮麗な教会には、聖像による装飾は施されていなかった。

現在、この古代の建物を煌びやかに彩っている、美しい黄金のモザイク装飾は、2度目の偶像破壊時代が終わった843年から、第4回十字軍でコンスタンティノープルが陥落し、兵士たちによって数多くの美術品が略奪されることとなった1204年にかけて施されたものだ。それから約250年後の1453年、ビザンチン帝国は、スルタンのメフメト2世（在位1444～1446年、1451～1481年）率いるイスラム教徒たちの手に落ち、コンスタンティノープルはオスマン帝国の首都とされた。新たにやってきた勢力が信仰体系の異なる文化地域を支配すると、往々にして、前述のビザンツ帝国のように、偶像破壊が行なわれることになる。オスマン帝国の征服者たちは、偉大な教会アヤソフィアをモスクへと改装した。改装の際、貴重なモザイク装

アヤソフィア内部の様子、イスタンブール

飾の多くは破壊されず、隠されただけだった。広大な壁や丸天井は漆喰で白く塗りつぶされたが、皮肉にもそのおかげで、聖像を描いたモザイクは、時勢が変わるまで安全に保護されることになった。

1847年、オスマン帝国のスルタンであるアブデュルメジト1世は、スイス系イタリア人の兄弟、ガスパーレ・フォッサティとジュゼッペ・フォッサティに、アヤソフィア修復の監督を依頼した。兄弟が大勢の作業員を雇い、2年間かけて絵の具や漆喰を取り除くと、およそ4世紀ぶりにモザイク画が姿を現わした。このとき、モザイク画はスケッチに残された。

完全に修復されたのは1931年になってからだった。このプロジェクトを率いたのは、アメリカのビザンツ文化研究者、トマス・ホイットモアだ。残念ながら、フォッサティ兄弟がスケッチに残したモザイク装飾の多くは失われ、発見されていない。おそらく1894年の地震で崩落し、残されたものも略奪者やトレジャーハンターの餌食になったのだろう。1934年に保護プロジェクトが終了すると、トルコのムスタファ・ケマル・アタテュルク大統領は、アヤソフィアを博物館にすることを公式に発表した。

◉サヴォナローラと虚栄の焼却

ドミニコ会修道士ジローラモ・サヴォナローラ（1452〜1498年）は、美術史上最大の悪役のひとりだ。フェラーラに生まれ、フィレンツェのサン・マルコ修道院に所属したこの修道士は、だれもが認めるカリスマ説教者として、カトリック教会の腐敗や、貧困層からの搾取、そして自身が世俗的で不道徳と見なした芸術や文化を批判し、盛期ルネサンスのフィレンツェにおいて、存在感を高めていた。サヴォナローラは預言を行ない、1495年にはそれがどのように成就したか解説する本を出版し、多くの信者を獲得することに成功した。「聖書の洪水」を予見し、「北から新たなキュロス王」がやってきて、教会の革新を始めるとも預言しており、1494年9月にフランスのシャルル8世がイタリアを侵略したときには、その預言が成就したように見えた。折しもメディチ家統治に対する不満が高まり、フィレンツェからメディチ家が追放されたところだった。そのすきにサヴォナローラはフィレンツェ共和国の指導者として実権を握り、ヴァチカンのあるローマを差し置いて、フィレンツェはキリスト教世界の新たな中核「ニュー・エルサレム」であると宣言した。

当然、教皇アレクサンデル6世（在任1492～1503年）が面白く思うはずもなかった。フランスの脅威に立ち向かうために結成した同盟に加盟することを、サヴォナローラ率いるフィレンツェが拒否したときには、ますます腹を立てたに違いない。サヴォナローラはローマに召喚されたが、これも拒否し、説教を行なうことを禁じられた。そして1497年5月、教皇はついにサヴォナローラを破門にしてしまう。1498年4月、サヴォナローラは、対立するフィレンツェの説教者から、神に選ばれた者であることを証明するために、火の試練を受けるよう要求された。炎の中を焼けることなく歩くことができれば、主張を認めるというのだ。サヴォナローラが躊躇すると、世論は手のひらを返したように、サヴォナローラを攻撃し始めた。やがてサヴォナローラは

サンドロ・ボッティチェリ《春》1482年頃/獣脂、テンペラ、板/203×314㎝/フィレンツェ、ウフィツィ美術館

逮捕され、拷問によって預言を捏造したと自白。1498年5月23日、絞首刑に処され、その後シニョリーア広場で焼かれた。[*7]

サヴォナローラの遺体を焼いた場所には、キャナータがスプレーで汚した銘板が嵌め込まれている。美術愛好家にとっては特に胸の痛む場所だ。サヴォナローラは清教徒の宗教的な基準に合わない芸術を、容赦なく破壊したといわれている。サヴォナローラに煽動された人々は、フィレンツェをうろついて、民家にまで侵入し、慎みに欠け、信仰にそぐわないと思われる作品を、次々と没収した。何百点もの絵画や彫刻の他に、鏡、サイコロ、本、トランプ、流行の衣服といった、個人の虚栄心や軽薄さに関わる品も標的にされた。こうして集められた「虚栄心」の山は、巨大な焚き火(一番大規模に行なわれたのは1497年2月7日の焚き火である)で燃やされ、1年後、まさにその場所で、サヴォナローラ自身が燃やされるこ

サンドロ・ボッティチェリ《ヴィーナスの誕生》1484年頃／テンペラ、カンヴァス／172.5×278.5㎝／フィレンツェ、ウフィツィ美術館

となったのである。

サヴォナローラの説教には非常に説得力があったため、フィレンツェが誇る偉大な芸術家までもが自分の作品を破壊しようとした。ジョルジオ・ヴァザーリの本によれば、サンドロ・ボッティチェリ（1445～1510年）はサヴォナローラの巧みな説教に感銘を受け、自分の絵を焼き払うために広場に運んでいる。世界的に有名な《春》（1482年頃）と《ヴィーナスの誕生》（1484年頃）は、サヴォナローラの手先、ボッティチェリ自身の手が届かない場所――フィレンツェ郊外にある、メディチ家のカステッロ邸にあったため、無事だった。

◉退廃芸術展

15世紀にサヴォナローラが行なった虚栄の焼却は、1930年代に、ナチによる本や芸術作品

退廃芸術展を見て回るアドルフ・ヒトラー／ミュンヘン／1937年

の焼却という形で再現されることになった。最大の焚書は1933年5月10日に行なわれた。ドイツ政府は第2次世界大戦に先立ち、「退廃的」と見なした芸術作品（近代芸術や、抽象芸術、ミニマルアートに属する作品や、マイノリティやユダヤ人等、好ましくない作者による作品）は、国家によって押収することができるとする政策を実施したのである。1937年には、こうして押収した作品を目玉にして巡回展覧会が実施されている。できるだけ魅力のない作品に見えるように企画され、壁には「ナチはこうした有害なものからあなたの子どもを守っている」というメッセージが貼り出された。[*8]同じ年には、好ましいとされる作品を集めた大ドイツ芸術展も開催されている。

退廃芸術展が大成功に終わると、ナチ政府は計算高くも、オークションを開催し、展示した作品を売り払った。嫌悪する作品が存在するこ

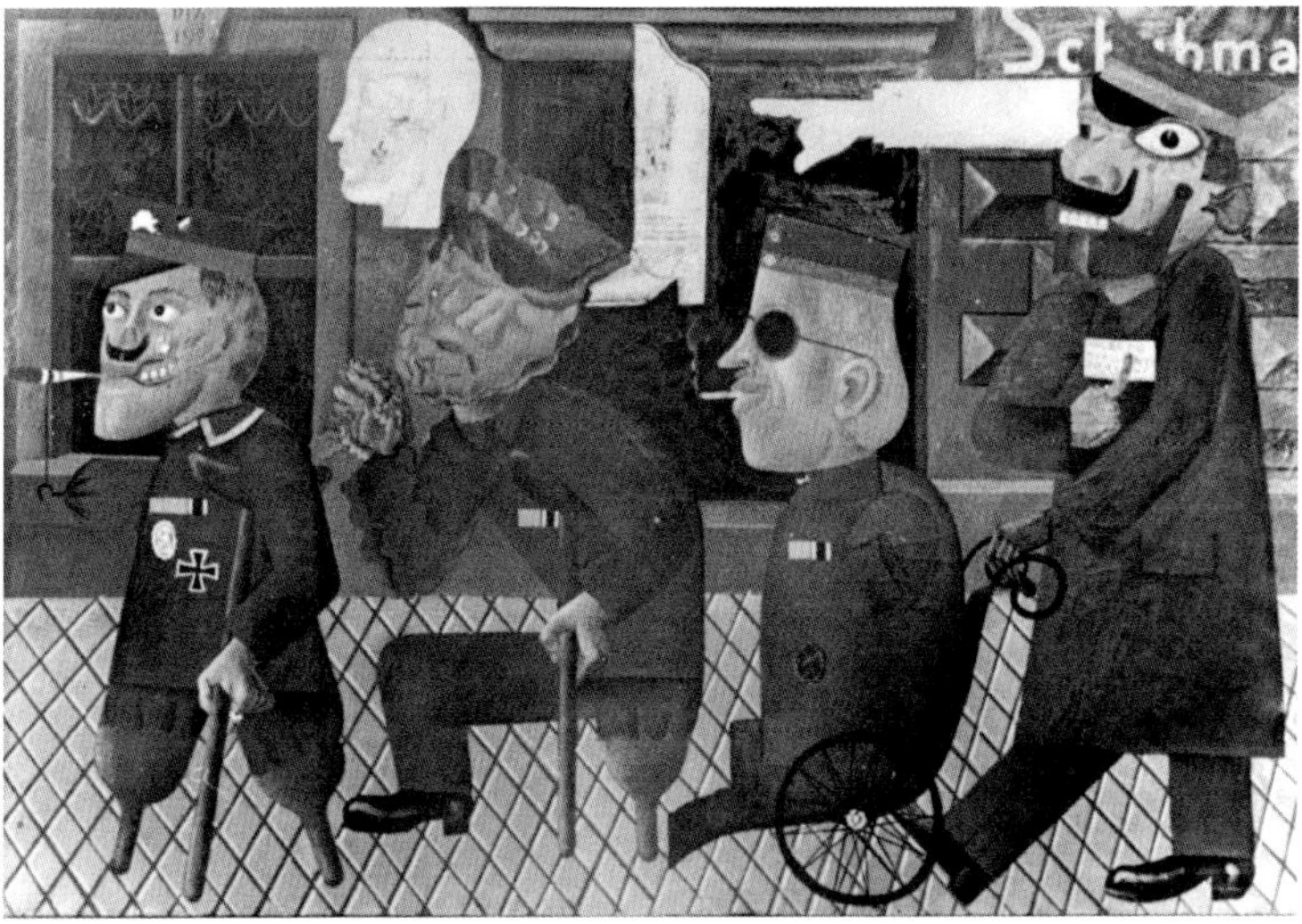

オットー・ディクス《傷痍軍人》1920年／油彩、カンヴァス／破棄されている

とさえ許せなかったサヴォナローラと違い、ナチは、戦争には資金が必要で、こうした作品から利益を得られることをよく知っていた。スイスのルツェルンにあるフィッシャー画廊では、数多くの「退廃的な」作品が高額で落札された。入札者の中には、こうした戦利品を手に入れる機会をどうしても見過ごすことができなかったイギリスやアメリカのコレクターたちもいた。オークションで売れ残った作品は焼き払われた。オットー・ディクスの《傷痍軍人》（1920年）も焼却の運命を辿ったと思われ、退廃芸術展に出品されて以来、だれも見かけていない。残っているのはドライポイント・エッチングの作品だけだ。

◉IS　偶像破壊の偽善

コンスタンティノープルを征服したイスラム

教徒たちは、アヤソフィアの教会で偶像と見なしたものを漆喰で隠しただけだったが、現代のイスラム原理主義者たちは、自分たちの教義に反する芸術作品や建造物を破壊しようとする（ただし、活動資金の足しにできる場合は別だ）。

美術品の窃盗、破壊を繰り返す、過激派組織ＩＳのテロリストたちとの戦いの中で（特に、イラクのモスル博物館の彫像が手当たり次第に破壊された事件や、同じくイラクの古代都市ニムルドがブルドーザーで破壊された事件を受けて）、２０１５年にいくつかの大きな進展が見られた。

ひとつは、世界最古の大学で、エジプトのイスラム教系教育機関であるアル＝アズハル大学の総長アフメド・タイブ師が、古代遺物の破壊を禁ずるファトワーを発したことだ。[*9] ファトワーとは、教令の形をとった権威者によるイスラム法の解釈であり、最高裁判決が根拠とするアメリカ合衆国憲法のように、イスラム教徒に対し心理的な影響力を持っている。イスラム教スンニ派の最高権威が発したファトワーは次のようなものだった。「こうした遺物は、文化的、歴史的に重要な意味を有している。我々人類に残された重要な遺産の一部であり、傷つけることは許されない」。この声明は、古代遺物を売りさばき莫大な利益を得る一方で、反イスラム的な〝偶像〟と見なして破壊するＩＳの偽善を指摘している。こうした偽善的行為について、国連安全保障理事会は安全保障理事会決議２１９９を満場一致で採択し、ＩＳやアルカイダ等のテログループを「文化的遺産の略奪や密輸によって得た利益を、勧誘活動の資金として、また、テロ攻撃を準備、実行する作戦能力の向上のために使用している」として非難した。[*10] その後間もなく、Ｇ７（先進7カ国）も金融活動作業部会声明を出し、ＩＳは「シリアから略奪した文化的遺産を売却することで、数千万ドル

アフガニスタン、ハザラジャートのバーミヤン渓谷、4世紀から5世紀頃に作られた2体の仏像のうち、大きい方があった壁龕。2001年3月、タリバンによって破壊され空洞になっている

もの大金を得ている可能性がある」と指摘した。[11]

２００５年、アメリカ海兵隊大佐マシュー・ボグダノスらは、リヨンで開催された、国際刑事警察機構《インターポール》の盗難美術品に関する年次会議で、テロリスト集団が海外で略奪した美術品を売却し活動資金を調達しているという証拠を提示した。[12]同年に刊行された、ドイツの週刊誌『デア・シュピーゲル』の記事によると、ニューヨークのワールド・トレード・センターに対する9・11テロを実行したアルカイダの構成員モハメド・アタは、１９９９年にドイツに現われ、アフガニスタンで略奪された古代遺物のポラロイド写真を見せて回り、売却方法を探っていたことがわかっている。[13]目的を聞かれると、飛行機を買うためだと答えたという。9・11テロには民間航空機が使われている。おそらく、このテロ計画のために、略奪した古代遺物を売って調達した資金で、アメリカのビルに激突させる

ISに破壊される以前の、ニムルド、アッシリア王アッシュールナツィルパル２世（在位紀元前884－859年）の宮殿の入口の様子。入り口の両脇にある像は、ラマッスという人頭有翼獅子（または雄牛）の姿をとる魔除けの神

2016年11月、ISに破壊された後のニムルドの様子

ための航空機を購入したのだろう。ベルギーのドキュメンタリー番組「ブラッド・アンティーク～古美術品盗掘の実態～」の制作者たちは、盗掘美術品取引の現場に潜入し、ブルドーザーで墓を暴いて、買い手がつきそうな古美術品を盗掘する地元農民の実態や、そうして略奪された古代遺物がタリバンの手に渡る過程を、明らかにしている。[*14] こうした古代遺物の密輸ルートは主に航路で、パキスタンを経由してベルギーのブリュッセルへ運び込まれるが、この番組では、ブリュッセルの美術商たちが盗掘された美術品を合法的な商品に見せかけ、一般市場でできるだけ高値で売るにはどうすればよいか語る様子もカメラに収められている。

人を処刑し、芸術作品や遺跡を破壊する様子を撮影したISの動画を見ると、芸術とテロリズムの関係が、最終局面を迎えていることがわかる。テロ組織が古代遺物の価値を認めつつ破壊する様子は、ナチの「退廃的な」芸術作品に関する、筋の通らな

ジェームズ・ファーガソン《復元されたニムルドの宮殿》オースティン・ヘンリー・レヤードの『ニネヴェの記念碑　第2シリーズ』(1853年、マレー社、ロンドン) 第1版より。 紀元前9世紀に存在したニムルドの建築物と、アッシュールナツィルパル２世の宮殿を想像して描いたもの

い偽善的な理屈を想起させる。ナチの最高司令部に嫌われた作品は破壊されたが、資金源として利用できる場合は別だった。〝劣等人種〟による作品も、完全に抹殺されたわけではなく、役に立ち、無理なく保持できる場合は、経済的価値のある商品として利用されていた。ＩＳとナチはよく似ている。ＩＳは既存の宗教の歪んだ解釈に執着しており、ナチはアーリア人種至上主義に基づく宗教めいた思想を自ら作り出している。

ＩＳによる古代アッシリアの都市ニムルドの破壊行為は、２００１年にアフガニスタンのタリバンが、バーミヤンで6世紀の重要な仏像を爆破した行為に影響を受けて行なわれた。ニムルドは紀元前１２５０年頃、アッシリア王シャルマネセル1世によって、メソポタミアの中心を流れるチグリス川と大ザーブ川の湾曲部に築かれた都市で、6世紀にわたって繁栄した。当時は約３６０ヘクタールに及ぶ大都市で、聖書（創世記10章）にもカルフという名で登場している。[1] 紀元前9世紀、アッシュールナツィルパル2世がニムルドに首都を建設。ISが遺跡を破壊する前に発掘された建物のほとんどが、この時期に建造されている。ニムルドは10万人もの住民を擁し、宮殿や神殿のみならず、動物園や植物園まであった。だが1世紀後、サルゴン2世がドゥル・シャルキンに首都を移してから衰退の一途を辿ることになる。紀元前7世紀の終わりには、バビロニア人、スキタイ人、ペルシャ人といった侵略者が次々と瀕死のアッシリア帝国に襲い掛かり、ニムルドは滅亡した。

遺物の中で代表的なものは、建物の入り口に守護神として置かれていた、神話上の生物ラマッス（頭部は髭を生やした男性で、翼を持ち、胴体と足は獅子の姿）の巨大彫像である。ISが動画の中で破壊しているのは、当時まだそこに残っていたラマッスのひとつだった。ニムルドの遺跡は1845〜1847年の間と1949〜1951年の間に、オースティン・ヘンリー・レヤードによって適切に発掘され、移動できる遺物のほとんどは博物館に移されていたため、偶像破壊者の魔の手を逃れることができた。2017年1月、ISがニムルドから追われると、ようやく被害状況が明らかになった。遺跡は完全に破壊されていたが、地元住民のひとりが、安堵のため息をついていったように、「幸い、瓦礫は残っており、遺跡は修復可能だ」[16]。

◉ライモンディ《イ・モーディ》

1972年、ロンドン。大英博物館の版画・素描部の学芸員は、収蔵品目録カードをタイプライターに差し込むと、厚紙に貼られた9枚の版画をしげしげと見つめた。どれも明らかに、大きな版画から切り取られたものだ。おそらく、きわどい性描写を除くために切り取られたのだろう。だが、メディチ家の教皇の厳しい検閲をかいくぐって生き残った、マルカントニオ・ライモンディのオリジナル版であることは間違いない。後に、この見解には異議が唱えられることになる。この版画は皆複製であり、クレメンス7世は、ライモンディが発行した性愛図を一部残らず破棄することに成功したのだと。だが、そんなことを知る由もない学芸員は、カードに1524年と打ち込んだ。

性的に刺激が強い芸術作品の最古の例は、紀元前4世紀に彫刻家プラクシテレスによって作られた彫像（既に失われている）、《クニドスのアフロディーテ》だ。言い伝えによれば、プラクシテレスはコス島の島民たちから、神殿に祀る彫像を作ってほしいと依頼された。プラクシテレスは、2体のアフロディーテ像（着衣像と裸像を1体ずつ）を制作したが、コス島の島民たちは裸像にショックを受けて受け取りを拒否。裸像のほうは、現在のトルコの南東に位置するクニドスのアフロディーテ神殿に設置された。古代ギリシャ美術における初の女性全裸像として有名で、性的興奮を引き起こすほど生き生きとした彫像だった。ある晩、若い男が神殿に侵入し、この彫像と交わろうとして、大理石の太ももの部分に染みを残したとする伝承も残っている。

とはいえ、プラクシテレスの彫像は、あくまで宗教的な作品だった。一方でライモンディの版画は広く配布する目的で制作されており、「ポルノ」と呼ばれるのにふさわしい性質を備えているといえる。しかし、原画を描いたジュリオ・ロマーノはこの版画の存在を知らず、イタリア・ルネサンスを代表する人物で好色で知られる作家のひとり、ピエトロ・アレティーノ（1492〜

1556年）が訪ねてきた際に聞かされて初めて知った。アレティーノは機知に富んだ人物として知られ、画家ティツィアーノの親友でもあった。ヴェネツィアの邸宅で度々賑やかなパーティーを開き、その歯に衣着せぬ毒舌ぶりから、「王侯の懲らしめの鞭」と呼ばれていた。彼の人となりを知るには、臨終のエピソードを知だけでも十分だろう。妹をネタにした下品な冗談に笑いすぎて脳卒中を起こし、笑い死にしたといわれている。アレティーノは戯曲やソネットを書いく作家だったが、ライモンディの版画をいたく気に入り、《イ・モーディ》によせて、16篇の露骨な性描写のあるソネットを書いた（「ふしだらなソネット Sonetti lussuriosi」）。そして、交渉によって投獄されていたライモンディを釈放させると、1527年、《イ・モーディ》の版画の第2版に自分の文

《コロンナのウェヌス》1−2世紀頃／大理石／高さ203cm／ローマ、ヴァチカン美術館、ピオ・クレメンティーノ美術館／ローマ時代に制作されたプラクシテレスの《クニドスのアフロディーテ》（紀元前4世紀）の複製

章をつけて出版した。これは、官能的な文章と絵が組み合わされた初めての作品であり、わいせつ画（素晴らしい芸術家による、美麗な絵ではあるが）が大量生産された初の例でもあった。

教皇クレメンス7世は、依然として《イ・モーディ》を目の敵にしており、この第2版もすべて破棄するよう命じた。一部の研究者は、大英博物館にある版画の断片は、この第2版から切り取られたものであり、ライモンディによるオリジナル版は完全に破壊されたと見ている。[*17] だが、教皇の包囲網には漏れがあったらしい（おそらく教皇には他の問題で手一杯だったのだろう。1527年には、カール5世率いる背教者たちが、ローマ劫掠を起こしている）。1550年頃には、粗雑な海賊版の複製が、ヴェネツィアで出版されている。

ポルノのブラックマーケットは、どうやら16世紀から存在していたようだ。1580年代には画家であり版画家でもあるアゴスティーノ・カラッチ（1557～1602年）が、アレティーノの再版された詩にオリジナル版を複製したと思われる版画をつけており、その一部は現在も残っているはずだ。[*18] 17世紀には、オックスフォード大学オール・ソウルズ・カレッジの研究員ふたりの監督により、オックスフォード大学出版局で、イギリス版『アレティーノの性愛図 *Aretino's Postures*』が印刷された。当時の学部長は、版画の印刷に使われた銅板を没収している。[*19]

アゴスティーノ・カラッチが《イ・モーディ》に興味を抱いたことにより（芸術的興味にせよ、肉体的興味にせよ、あるいはその両方にせよ）、性愛図に描かれた数々のポーズは、ローマのファルネーゼ宮の大広間のフレスコ画に取り入れられ、美術史に後々まで大きな影響を与え続けた。ファルネーゼ宮の大広間の装飾を手掛けたのは、弟のアンニーバレ・カラッチ（1560～

MArte malateſtiſſimo poltrone
Coſi ſotto una donna non ſi reca
E non ſi fotte Venere a la ceca
Con aſſai furia, e poca diſcretione,
Io non ſon Marte, io ſon Hercol Rangone,
E fotto uoi, che ſete Angela Greca,
E s'io haueſſi qui la mia ribeca,
Vi ſuonerei fotendo una canzone;
E uoi ſignora mia dolce conſorte
Su la potta ballar fareſte il cazzo
Menando il culo, & in ſu ſpingendo forte,
Signor ſi, che con uoi fotendo ſguazzo,
Ma temo Amor, che non mi dia la morte;
Con le uoſtri armi, eſſendo putto e pazzo;
Cupido e mio ragazzo,
E uoſtro figlio, e guarda l'arme mia
Per ſacrarle a la Dea poltronaria,

ピエトロ・アレティーノ『ふしだらなソネット』（1527年）より。このソネット集は、マルカントニオ・ライモンディが、ジュリオ・ロマーノの原画を基に制作したエングレーヴィング《イ・モーディ》に寄せて作られた。

ジュリオ・ロマーノの原画を基にしたマルカントニオ・ライモンディの《イ・モーディ》
1524年頃／エングレーヴィング、紙／24×27㎝／ロンドン、大英博物館／9片の比較的大きな断片、現在は失われている

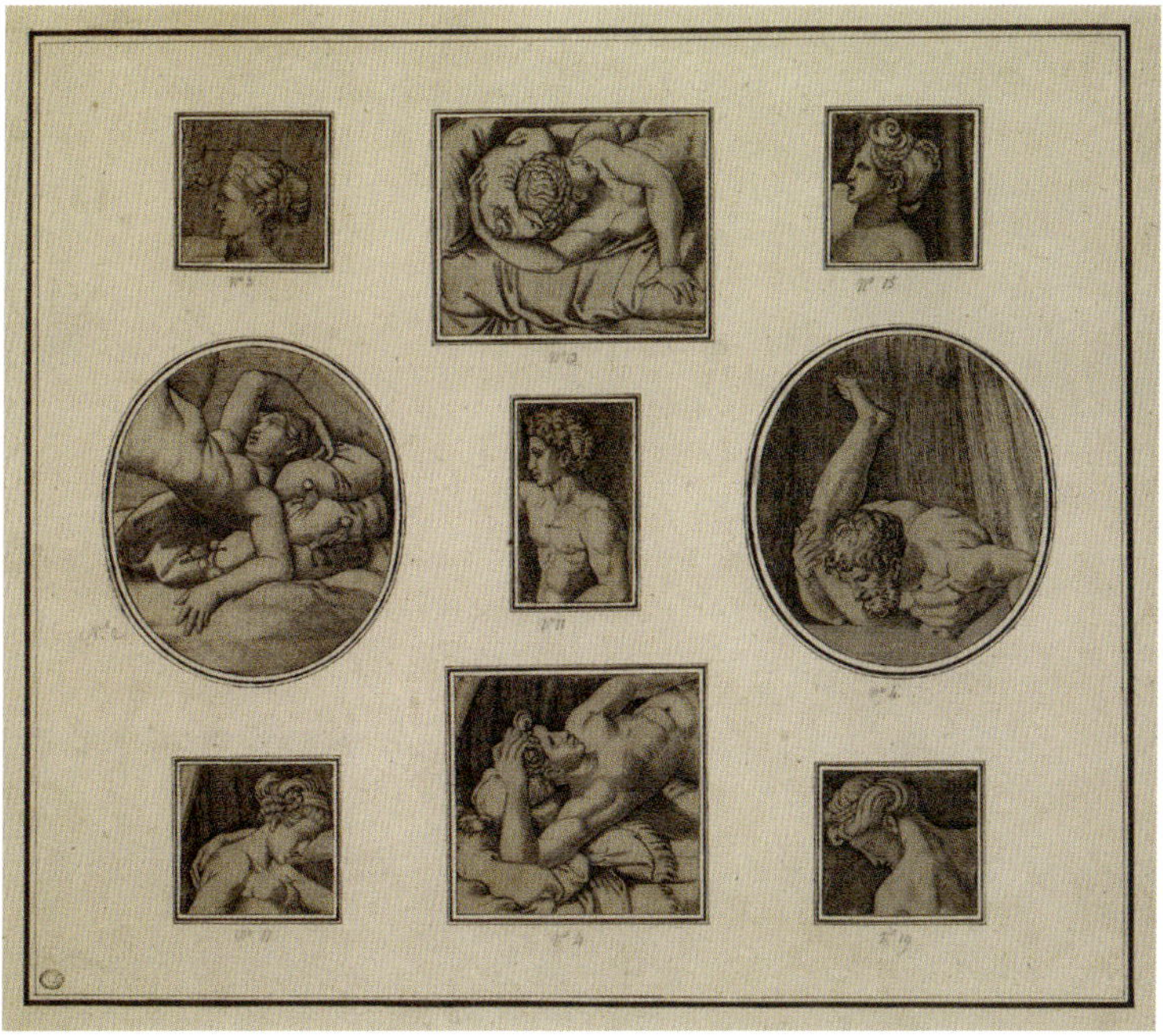

アンニーバレ・カラッチ《バッカスとアリアドネの勝利》1597－1600年頃／フレスコ画／中央のパネル、ガレリアの天井の詳細、長さ（ガレリア）20.2m／ローマ、ファルネーゼ宮／連作《神々の愛》の一部

1609年）と兄のアゴスティーノ・カラッチ、従兄のルドヴィーコ・カラッチらからなる工房で、彼らは17世紀のバロック絵画の先駆けとなった。（カラッチ一族は、ボローニャで絵画アカデミーも運営していた）。このファルネーゼ宮の大広間（現在はフランス大使館として使用されている）の天井には、有名なオウィディウスによるラテン語の詩『変身物語』に登場する、人間を誘惑する神々を主題にした壮大な絵画が描かれている。アンニーバレ・カラッチの《神々の愛》は、《イ・モーディ》より幾分大人しいが、（既に失われていたとしても）ライモンディの版画の影響がはっきりと見てとれる。

第5章

天災

8月24日第7時頃、私の母が叔父の所に来て、大きさも形も、これまで見たことがない雲が見えると告げました。……その雲煙の格好や形は、他のいかなる木よりも松の木にそっくりでした。天空高く聳えた松の幹の如く、四方へ何本かの枝を伸ばしていました。私が考えるのに、これは噴煙が最初の爆発で高く立ち昇り、その後爆風の勢いが衰えるにつれ、浮遊力を失ったか、あるいは自らの重さに負けたかして、広く空中に拡がり、稀薄になった結果の現象でしょう。噴き上げられた土石や灰の量に従って、雲煙のある部分は白く眩しく輝き、ある部分は汚れて白黒の斑模様でした。

小プリニウスは歴史家のタキトゥスに、79年の8月24日に目撃した出来事をこう書き送っている。[*1]
その日、イタリアのヴェスヴィオと呼ばれる火山が噴火し、2日間にわたって火を噴き続けた。予兆は幾つかあった。だが、62年に起こった大地震も、その2年後に起こったやや小さな地震も、危険な兆候とは認識されていなかった。[*2] 現代の火山学者たちは、火山が排出した二酸化炭素を吸ったためだろうと見ているが、小セネカは最初の地震の後、「汚れた空気」で羊が死んだと書いている。「羊が何百頭も死に、彫像はひび割れ、錯乱してどうすることもできず、彷徨う人々もいたという」[*3]。
だが、こうした予兆にもかかわらず、1万5000人にも及ぶこの都市の住民たちは、避難しよ

ピエール=ジャック・ヴォレール《ヴェスヴィオ火山の噴火》1771年／油彩、カンヴァス／116.8×242.9㎝／シカゴ美術館

うとはしなかった。当時の人々が知る限りでは、火山が噴火したことなど一度もなく、ありえないことだと思われていたからだ。[*4] 小プリニウスもそのくらいの地震は珍しいことではなく、特に警戒もしなかったと認めている。

79年の8月24日、小プリニウスは、ミセヌムに住む作家であり哲学者でもある叔父、大プリニウスを訪ねていた。ミセヌムはポンペイからナポリ湾を挟んだ向かいにあり、危険が及ぶほど近くはなかったが、広島に落とされた原爆の数万倍の熱エネルギーを放出したとされるこの噴火を目撃することは、十分に可能だった。[*5] ナポリ湾の向かい側にいた小プリニウスは、ヴェスヴィオ山が、ガスや灰や岩を33キロメートルの高さまで噴き上げ、溶岩や灰を毎秒約150万トンも吐き出す様子を目にしている。住民たちは、まずヴェスヴィオ山から放出された有毒ガスによって窒息死し、降り注ぐ灰に埋まり、冷えて固まった灰の中に閉じ込められた。[*6] 被害に遭ったのは人や動物ばかりではない。この噴火によって、絵画、フレスコ画、彫刻、宝飾品、硬貨といった無数の美術品が、分厚い灰と軽石層の下に埋まり、18世紀もの間、失われることとなった。

失われた作品の多くは、意図的であるか否かを問わず人災によって失われているが、逆に人間にはまったく責任がないケースも多い。自然や時間といった、いわゆる天災によって奪われた至宝は数知れない。幸い、火山の噴火はめったに起こることではないが、特に古代において、しばしば美術品が失われる原因となったのは、地震だった。

◉《ロドス島の巨像》

古代の世界7不思議のひとつに、巨大なブロンズ像がある。大きさはニューヨークの自由の女神像の3分の1程度（33メートル）、太陽神へーリオスを象った彫像で、エーゲ海のロドス島のマンドラキ港の入り口に建っていた（よく誤解されているが、港口をまたいでいたわけではない）[*7]。この像は、マケドニアの隻眼王《モノフタルモス》アンティゴノス1世を撃退したことを記念して作られた。紀元前305年、ロドス島にマケドニア軍が侵攻、島の人々が応戦していたが、紀元前304年にはエジプトのプトレマイオス王がロドス島に艦隊を送り、マケドニア軍を追い散らしている。

彫像は紀元前292年に着工され、完成したのは紀元前280年。リンドスのカレス（紀元前4世紀に活躍した、ロドス島の有名な彫刻家リュシッポスの弟子）によって設計され、広大な作業場で、利用できるものを徹底的に利用して、建造された。マケドニア軍は、大量の武器や攻城兵器（その中には、世界初の可動式攻城塔といわれるヘレポリスもあった）を残して敗退していた。1世紀の初め、大プリニウスは、ロドス島の人々が、こうした攻城兵器類を銀貨300タラントで売却し、武器やブロンズでできたヘレポリスを鋳潰して、この戦争記念碑を建設するための資金と材料を調達したと書いている。

大プリニウスや、紀元前3世紀のエンジニア、ビザンチウムのフィロンが残した、初期の資料によれば、巨像は鉄の骨組みに真鍮の板の〝肌〟を張って作られていたようだ。当時、実物大や、実物大以下の銅像は失蠟法（ロストワックス法）で制作されていた。まず粘土で、原寸大の像、あるいは像の一部を作り、蠟で覆う。上からさらに粘土で覆い、薄い蠟の層を粘土の層で挟んだサンドイッチ状態にする。これを火で焼くと蠟が溶け出して空間ができるので、そこに溶かしたブロンズ

シドニー・バークレー《ロドス島の巨像》リュシアン・オージュ・ドゥ・ラッシュの『世界7不思議への旅 *Voyage aux sept merveilles du monde*』（1878年）より／エングレーヴィング／ロドス島の巨像が、港入り口の脇に建っていたことがうかがえる

マルティン・ファン・ヘームスケルクが描いた絵画を基にしたエングレーヴィング／16世紀／伝説に倣い《ロドス島の巨像》が港入り口をまたいでいるが、このポーズはおそらく誤りである

を流し込む。冷えてから外側の粘土を取り除くと、元の粘土の像とそっくり同じ形のブロンズ像が現われるというわけだ。細かい部分は金属が冷えた後に加工された。この製法で巨像を構成するパーツが作られ、鉄骨に取り付けられたのではないかというのが通説だが、鋳造したのではなく、ブロンズの板を叩いて作ったとする説もある。

この威風堂々たる像は高さ15メートル、直径18メートルの大理石の台座の上に建てられていたが、台座の上に立つ足は、石を彫刻して作られ、上からブロンズで覆われていた。石でできた踵から8本の鉄骨が突き出しており、そこに曲げたブロンズの板を張って足を形作っていった。次第に高くなっていく彫像を完成させるために、土砂でスロープを築いている。おそらくカレスはこの巨像建造の技術を、師匠であるリュシッポスの助手として、別の巨大ブロンズ像――高さ22メートルのゼウス像や、イタリア南部タレントゥム（現在のタラント）のヘラクレス座像――を作った際に学んだのだろう。大プリニウスによると、リュシッポスは生涯で約1500点もの作品を作っており、そのすべてがブロンズ像だったという。リュシッポスの作品の多くは失われ、今ではローマ時代に作られた大理石の複製が残るのみだが、オリジナルだと思われる作品が1点だけ残っている。この作品は《勝利した若者の像》（別名ゲティ・ブロンズ）と呼ばれ、カリフォルニアのゲティ美術館に展示されている。

《ロドス島の巨像》の運命は、厳しい自然に翻弄されることとなった。立っていたのはわずか54年にすぎず、紀元前226年、ロドス島が大地震に見舞われほぼ壊滅状態となったとき、巨像は膝から折れて倒壊し、仰向けに転がった。エジプトのプトレマイオス3世が巨像の修復費用を出すと申し出たが、デルポイの神託で、地震が起こったのは、太陽神ヘーリオスの怒りに触れたためだと告げられたロドス島の人々は、その申し出を断った。ストラボンは、倒壊した彫像や台座は倒れたままの状態で放置されていたと書いている。[*8] 倒れた巨像は、物見高い旅行者たちが訪れる観光名所になっていたようだ。大プリニウスの記述によれば、あまりに巨大だったため、落ちた親指は大人が両手を回しても届かないほどだったという。[*9] だが証聖者テオファネス（760頃～818年）が、653年にムアーウィア1世率いるアラブ軍がロドス島を征服、彫像のブロンズは鋳潰されて、エデッサから来たユダヤ商人に買い取られ、900頭のラクダで運ばれたと記述している。[*10]

2008年、ギリシャ政府は、この巨像を光る彫像として再建する計画を発表した。ギリシャの政治的・経済的混乱が続く中、具体的にいつ再建されるのか、そもそも再建できるのかすら定かではないが、少なくとも2015年の時点では計画は中止されていない。[*11]

◉アレクサンドリアの大灯台

古代の世界7不思議（他にも、古代の紀行作家たちがお勧めの名所を挙げ、直に見に行くことができない人々のために現地の様子を紹介したリストは無数にあったが、ルネサンスの頃にはほぼこの7つに確定した）のうち現存するものはわずかで、[*12] 今も完全な姿を見ることができるのは、ギザの大ピラミッドだけだ。破壊されたことがはっきりしていないのはバビロンの空中庭園だけだが、そもそも実在したかどうかも怪しい（第9章参照）。他のふたつ（《ロドス島の巨像》他）は自然災

《アレクサンドリアの大灯台の想像図》ヨハン・ベルンハルト・フィッシャー・フォン・エルラハのデッサンを基にした彩色銅版画／1700年頃

害に見舞われて崩壊している。

プトレマイオス1世ソーテール（エジプトを統治したアレクサンドロス大王の後継者。ギリシア人）の命により、紀元前286年から246年頃にかけて、ナイル川のデルタ地帯にある、アレクサンドリアの港に灯台（ファロス）が建設された。これがアレクサンドリアの大灯台である。石灰岩でできた塔状の建造物で、頂上には炉を備えており、炉に灯した炎で港に近づく船に信号を発していた。30メートル四方の基礎の上に建っており、高さは103〜118メートル。

956年に始まった一連の地震で損壊し続け、最後の1323年の地震で完全に倒壊した。瓦礫のほとんどは、1480年にカーイト・ベイの要塞を築く際に利用されたが、1968年、アレクサンドリアの港で、大灯台の残骸の一部が発見されている。1994

ギザの6基のピラミッド群。大きい方の3基は、左から、《メンカウラーのピラミッド》、《カフラーのピラミッド》、《クフのピラミッド（ギザの大ピラミッド）》。造営時期は紀元前2575年−2465年

年にはジャン＝イヴ・アンプルール率いる水中考古学者のチームが、組織的にアレクサンドリアの東港の海底遺跡を発掘し、オベリスク５本、スフィンクス32体、エジプト王朝の柱６本、ローマ・コリント式の柱頭と柱脚を引き揚げた。２０１５年には、エジプト考古最高評議会が大灯台の再建計画を発表している。

◉ハリカルナッソスのマウソレウム

小プリニウスの記述によると、ハリカルナッソスのマウソレウムは、紀元前３５５年に亡くなったカリア国のマウソロスのために、未亡人（妹でもある）アルテミシアが建立した壮麗な墓だ。アルテミシアは紀元前３５３年に亡くなり、霊廟はその後に完成した。マウソロスはペルシャ帝国の州知事（サトラッ

プ）で、現在のトルコの南西部にあるハリカルナッソスを治めていた。以後、すべての霊廟は彼の名に因んでマウソレウムと呼ばれるようになるが（現在では地上に築く墓一般を指す言葉として使われている）、この霊廟はその元祖である。

マウソレウムは底辺32×38メートル、高さ40メートルの長方形の建造物で、彫像や、ラピテス族とケンタウロスの戦いやギリシア人とアマゾン族の戦いを描いたレリーフ彫刻で装飾されていたという。この霊廟の外観については、数世紀にわたって議論されており、諸説様々だ。古代の記述によれば、霊廟の側面には、有名なギリシアの彫刻家――ティモテオス、ブリュアクシス、パロスのスコパス（別の古代7不思議のひとつエフェソスのアルテミス神殿の彫刻も手掛けている）、レオカレスらによって、彫刻が施されていたという。上部には、1辺に10本の柱を備えたロッジア（片側に壁がない屋根付きの柱廊）があり、屋根はピラミッド型で頂上は平らになっていた。その頂上には、4頭の馬に引かれた戦車の彫像、クァドリガが設置されていたようだ。第4回十字軍（1204年）の際に、コンスタンティノープル競馬場から略奪されたクァドリガが、現在ヴェネツィアのサン・マルコ寺院に展示されているが、おそらく、それに近いものだったのだろう。

マウソレウムは、ハリカルナッソスに対する度重なる攻撃（紀元前334年にはアレクサンドロス大王によって、紀元前62年と58年には海賊によって襲撃を受けている）を生き延び、1600年の間、港を見守り続けた。だが、12世紀から15世紀の間に度々地震に見舞われて廃墟となり、1404年には、土台のみとなっていたことが報告されている。霊廟の残骸の一部は、1494年にロドス島の聖ヨハネ騎士団が建てたボドルム城に利用され、残りは1522年に、

《ハリカルナッソスのマウソレウムの想像図》1882年／エングレーヴィング

オスマン帝国の侵略に備えて都市の要塞を拡張した際に再利用された。騎士団がマウソレウムの廃墟を発掘したとき、主埋葬室は空だったという。地下にはトンネルがあり、遠い過去のどこかの時点で盗掘されたと見られている。騎士たちは残っていた大理石の彫刻を焼いて石灰を取り、漆喰として再利用したが、いくつかは持ち帰り、ボドルム城に飾った。失われた6つの古代の不思議の中で、最後まで残っていたのが、この霊廟である。

◉ラクイラとアッシジ

ときには地震まで予知する現代の高度な技術をもってしても、すべての遺物を守ることはできない。2009年、リヒター・マグニチュード5・8の地震が、イタリア、アブルッツォ州、ラクイラの町を無残に破壊した。大聖堂の袖廊の一部は崩れ、アブルッツォ国立博物館を収容するスペイン要塞（フォルテ・スパニョーロ）の3階も崩壊、18世紀の聖アウグスティヌス教会のクーポラ等、数々の重要な遺物が犠牲になった。少なくとも308名が死亡し、2012年には6名の科学者と1名の政府関係者が地震発生の危険性と規模を軽視したために、避難などの措置をとることができず犠牲者が増えたとして、過失致死罪で有罪判決を受けた。2014年に判決は覆されたが、この事件は、ある程度、自然災害を予測することができる現代においても、人間の対策が、事態を緩和するには不十分だという現実を浮き彫りにした。[*13]

その数年前、1997年に起こった地震は、イタリア、ウンブリア州のアッシジに壊滅的な被

1997年の地震の後に行なわれた、サン・フランチェスコ大聖堂のジョットのフレスコ画の修復作業／アッシジ

害をもたらし、ジョット（1267頃〜1337年）ら数々の巨匠が描いた、世界的に有名な、サン・フランチェスコ大聖堂のフレスコ画も被害にあった。フレスコ画を救出し、できる限り震災前の状態に戻すために、直ちに保存修復チームが結成された。

サン・ニコラ礼拝堂のフレスコ画が修復され再び展示されたとき、修復の試みは成功したかに思われた。保存修復師のブルーノ・ザナルディ（この現場で作業するチームのメンバーではなく、客観的な立場に立っていたと考えられる）も、「2011年に現場を見たときには、いい仕事ぶりだと感じた」と述べている。だが、2015年に帰国したときには意見が変わっており、『ラ・レプッブリカ』紙に「元の絵とはまるで違う印象を受けた」と語った。[*14] ザナルディ以外の美術界の重鎮たちも、目にした光景に驚きを隠さなかった。修復を監督した文化遺産省のチームを率いるフランチェスコ・スコッポラは、「だれよりも衝撃を受けて」いた。修復されたフレスコ画はキアロスクーロ（光と影の劇的なコントラスト）が失われ、ジョットが描いた元の絵からかけはなれた、はるかに単調で平板なものになっていたからだ。特に、十字架の前で気を失う聖母マリアの絵は、見る影もないほど生気に欠けている。[*15] だが、これは主観的な意見にすぎないのかもしれない。[*16] 地震によって聖堂には1000トンもの瓦礫が降り注いでおり、光と影といった細かいところにケチをつけるのは、野暮というものだろう。コントラストがどうこういえるのも、フレスコ画が生き残ったからこそであり、そのこと自体が奇跡なのだから。

念のためにいえば、ジョットの作品は、別に地震のような〝天災〟に魅入られているというわけではない。2014年にはパドヴァのアレーナ礼拝堂（スクロヴェーニ礼拝堂）に雷が落ちたが、鉄の十字架が避雷針代わりとなり、ジョットの連作フレスコ画は無傷だった。[*17]

●海と塩：ヴェネツィア　フォンダコのフレスコ画

水（それも海水）の都にフレスコ画を描くのは、あまりいいアイディアではない。湿気が多いヴェネツィアでは、フレスコ画は完成から数十年と経たないうちに色褪せ、下の漆喰が剝がれ始める。ヴァザーリは1550年に「特に海の近くでは、塩分を運んでくるシロッコ（初夏にアフリカからイタリアに吹く非常に湿度が高く高温な風）ほど、壁画に有害なものはないと私は考える」と述べている。[*18] ヴェネツィアで生き延びることができるのは、モザイク画くらいだろう。だが、かつてフォンダコ・デイ・テデスキの外観を彩ったフレスコ画は、来訪者にとっては見どころのひとつであり、ヴェネツィア人にとっては誇りだった。

フォンダコ（「倉庫」を意味するアラビア語に由来）は外国商人の拠点であり、フォンダコ・デイ・テデスキはドイツ系商人のための商館だった（この言葉が指すドイツは現代のドイツだけではなく、北ヨーロッパの大部分を含む）。リアルト橋が架かるカナル・グランデに面し、商品の倉庫や、取引の場として利用され、上層階には、取引のためにヴェネツィアに来た外国商人たちの住居もあった。１２２８年に最初の建物が建築されたが、火事で焼失し、１５０８年に今ある建物が建てられた。完成した年には、グランド・カナルに面するファサードに描かれた、見事なフレスコ画連作も披露された。描いたのは、当時のヴェネツィアの若手を代表する芸術家、ティツィアーノ（１４９０頃～１５７６年）とジョルジョーネ（１４７８頃～１５１０年）だ。

ジョルジョーネとティツィアーノは、ともにジョヴァンニ・ベリーニ（１４３０頃～１５１６年）に師事し、工房の期待の新星だった。しかし、フォンダコのフレスコ画を完成させた後、ふたりの人生はまるで違う方向へと舵を切ることになる。2年もしないうちに、ジョルジョーネはペストに罹り死亡してしまうのだ。若死にしたためにジョルジョーネの作品は非常に少なく（現存する作品は20点から40点程度だが、正確な数については議論されている）、多作で長命な友人の作品よりもずっと高い価値があるとされている。一方でティツィアーノは86歳まで生き、数十年にわたり、羽振りの良い大工房の主人として数多くの絵画を制作し、スペインの宮廷にまで影響力を持つほどだった。ジョルジョーネとティツィアーノの関係は謎に包まれており、ジョルジョーネはそもそも

ジョルジョーネ《裸婦》1507－8年／フレスコ画／ヴェネツィア、フォンダコ・デイ・テデスキのファサードに描かれていた。現在は、ヴェネツィアのフランケッティ美術館（カ・ドーロ）に収蔵されている

ジョルジョーネ《正義の勝利》1507–8年／フレスコ画／おそらくホロフェルネスの首を持つユディトを描いたもので、フォンダコ・デイ・テデスキのファサードに描かれていた。現在は、ヴェネツィアのフランケッティ美術館（カ・ドーロ）に収蔵されている

存在せず、ティツィアーノの別名だったとする説さえある。[*19] こうした陰謀めいた説はさておくとして、ふたりがベッリーニの工房の花形だったのは間違いない。

フォンダコのフレスコ画を制作した当時は、キャリアにおいても、資質においても、ジョルジョーネのほうが数段上だった。ジョルジョーネの死後（死亡したのは1510年10月頃と見られている）、ティツィアーノは、ジョルジョーネの描きかけの絵をいくつか完成させている（どの作品にどの程度まで関わっているのかについては、やはり議論なされている）。そのため、ふたりが残した作品は、どれがどちらの作品だかわからないほど、複雑に絡み合っている。それが最も顕著に表れているのがこのフレスコ画連作だったが、ヴェネツィアの高い湿度が災いし、もはや見ることはできない。1966年にフレスコ画の残存した部分が壁から剝がされ、1927年に美術

ジョルジョーネ《戦いのフリーズ》1507－8年／フレスコ画／ヴェネツィア、フォンダコ・デイ・テデスキのファサードに描かれていた。おそらくヘラクレスの12の功業の第6の試練、アルカディアのステュムパリデスの怪鳥（巨大なくちばしとツルのような首を持つ鳥が描かれている）を退治するヘラクレスを描いたもの

館として公開されたカナル・グランデ沿いの邸宅、カ・ドーロに移された。以来、研究者たちによって、修復が試みられている。

ルネサンスの芸術といえば、やはり頼りになるのはヴァザーリの『芸術家列伝』だが、このフレスコ画のうち《正義の勝利》には、切り落とされた巨人の頭と、剣を携えて腰を下ろした女性（ドイツ人を体現する、ゲルマニアの象徴として描かれていたようだが、ホロフェルネスの首を持つユディトだろう）が描かれていて、女性は「下にいるドイツ人と言葉を交わしている」と記載されている。[*20] この絵はフレスコ画連作の目玉で、フォンダコの正門の上に描かれていた。このフレスコ画を基にしたと思われる17世紀の版画を見ると、ユディトのそばにいるドイツ人が、鎧を身にまとい、背中に剣を隠し持っているのがわかる（これが、本当に商館の入り口の上に描かれていたのだとすれば、ヴェネツィアのドイツ商人は何を伝えようとしていたのだろうか）。また、エルミタージュ美術館には、ジョルジョーネが１５００～

ザッカリア・ダル・ボによるフォンダコ・デイ・テデスキのファサードに描かれていたジョルジョーネとティツィアーノによるフレスコ画のスケッチ／1896年／水彩、厚紙／31.5×39.8㎝

1505年頃に描いた、もう少し穏やかで優雅な《ユディト》の絵が所蔵されており、こちらもフレスコ画との繋がりを思わせる。座るユディト（ゲルマニア）の上には、ふたりの裸婦と、獅子の首を従えた別の人物、短い杖を持ち、キューピッドの姿をしたプットが描かれ、そばには、いくつかのリンゴが描かれていたという。

このフレスコ画は、ヘラクレスの12の功業を描いたものだとする説もある。だとすれば、座る女性はヘラクレスの母アルクメーネーで、切断された首はホロフェルネスではなく、エウリュステウスということになり、獅子はネメアーの獅子、プットはメリクリウス（マーキュリー）、リンゴはアトラスが盗んだヘスペリデスの黄金のリンゴを指すことになる。[*21] 説得力のある説ではあるが、残念ながら真偽のほどは定かではない。元のフレスコ画自体が断片的にしか残っていない上、派生的な作品（フレスコ画を基にした版画等）も欠けていたり、不正確だったりするからだ。文献（ヴァザーリによる描写等）についても、どの程度正確に描写されているのかわからない以上（そもそも、ヴァザーリが、直接そのフレスコ画を見ているのかさえわからない）、鵜呑みにすることはできない。

完成したフォンダコはヴェネツィアの名所となり、フレスコ画は巷の評判になった。このフレスコ画は、建物の正面に窓を取り囲むようにして描かれており、トロンプ・ルイユ（騙し絵）等の技法を取り入れて、建築の要素に溶け込んでいた。この仕事によってジョルジョーネの名声は確立し、ティツィアーノの前途も大きく開けることになった。だが完成からわずか数十年の間に、塩気を含んだシロッコによって蝕まれ、フレスコ画は徐々に人々の記憶から消えていき、その影響力も長くは続かなかった。19世紀のヴェネツィアの画家ザッカリア・ダル・ボ（1872〜1935年）は、残ったフレスコ画をスケッチして水彩画を描いている。雰囲気のある絵だが、ぼんやりとして細部が描かれていないのは、おそらく、その時点でフレスコ画自体の細部が失われていたからだろう。フォンダコ・デイ・テデスキのフレスコ画は美術史の要ともいうべき重要な作品でありながら、ヴェネツィアの運河の湿気と、塩気を含んだ風によってかき消された、目に見えない傑作のひとつである。

◉洪水：アルノ川の泥に消えた至宝

フォンダコ・デイ・テデスキに残されたフレスコ画が、失われないように安全な場所へ移されたのは1966年のことだったが、偶然にも同じ年にアルノ川が氾濫し、フィレンツェの誇るルネサンス芸術の多くが失われた。

記録によれば、フィレンツェは1333年から8度にわたり洪水に見舞われているが（不思議なことに、そのうちの3件が11月4日に起こっている）、中でも1966年11月の4日から5日にかけて起こった洪水の被害は、甚大なものだった。[*22]

およそ2・5メートルの雨（年間降水量の約44％にあたる）が、2日間にわたって降り続けた。いつもは穏やかなアルノ川の堤防が決壊し、小さな都市の中心部に密集していたルネッサンスの宝が、突如として、思いがけない危機に瀕することになった。最も大きな被害を受けたのは、1296年に建築されたサンタ・クローチェ聖堂で、3メートル近くまで浸水。[*23] 101名にのぼる人命が失われたが、世界の関心はフィレンツェの芸術を救うことに集中していた。世界各国から駆けつけてきたボランティアたちは、泥の天使《アンジエリ・デル・フアンゴ》として知られるようになった。降り続く雨がようやく止むと、油や下水の混じった分厚い泥の層から慎重に、書籍や写本、美術品、石造建築等を掘り起こすことがボランティアの主な仕事になったからだ。

ある推計によれば、数百万点に及ぶ文化遺産——書籍や写本が約300万点、移動可能な美術品が約1万4000点（そのうち1500点ほどが重要な作品だった）——が失われたという。[*24]

チマブーエ《十字架》1288年頃／ディステンパー、木／448×390㎝／1966年撮影。洪水とその後の乾燥により、激しい損傷を受けた

サンタ・マリア・ノヴェッラ教会に描かれていた、パオロ・ウッチェロの《創造と堕落》（1443〜1446年）やアンドレア・ディ・ボナイウートの《教会の伝道と勝利》（1369年頃）といったフレスコ画や、フィレンツェ・ルネサンス絵画の祖チマブーエによる、木製の巨大な《十字架》（1288年頃）も犠牲になった。この作品は、4メートル近くまで浸水したサンタ・クローチェ聖堂にかかっていたため、水を吸って3インチも膨張していたという。[*25] 絵の具は剝げ、木片も剝がれ落ちていた。水から引き揚げると、ひび割れが悪化し、木はかびて、絵の具はますます剝がれた。この十字架は、チマブーエが材料として使ったカゼンティネジの森のポプラの詰め物で丁寧に修復され、今も存在しているが、失ったものの大きさを象徴するような痛々しい傷跡は残っている。

土石流（およそ60万トンもの泥や汚水や瓦

礫）もまた、ドナテッロの《悔悟するマグダラのマリア》（1455年）やロレンツォ・ギベルティの《天国の門》（1425〜1452年）といった重要な作品を危険にさらした。《天国の門》のパネルは3枚が外れ、5枚の板絵からなるジョルジョ・ヴァザーリの傑作《最後の晩餐》（1546年）は、4世紀近く過ごしたサンタ・クローチェ聖堂の中で泥に埋もれることになった。[*26]

●保存と修復

だがこの災難によって、重要で明るい変化ももたらされた。[*27] フィレンツェで、今では世界有数の美術保存修復施設となっている、国立輝石修復研究所（ＯＰＤ）が設立されたのだ。そして、この洪水での経験を活かし、写本を保存する技術や、壁からフレスコ画を剥がすための技術が新たに開発された。[*28] 当時の修復技術は、Ｘ線のような光スペクトルを使って美術品を分析するという点では進歩していたが、損傷を受けた美術品を洗浄、修復したり、劣化するのを防いだりといった手作業による技術は、１９６６年になるまでそれほど進歩していなかった。この洪水を契機に、世界の関心は、その場から動かすことができない場合もある美術品をいかに救済するかという問題に向けられることになった。

保存修復師は、板絵やカンヴァス画を修復する際に様々な問題に取り組む。主に泥や塵の洗浄、剥がれかけた絵の具の再定着、湿度の変化による板やカンヴァスといった支持体の反り返りの防止といった作業を行なうことになる。洪水の直後、ヴァザーリの《最後の晩餐》のような冠水した板絵にとられた措置は、まず、絵の表面に細く切った楮《こうぞ》の和紙を貼り、上からメタクリル酸樹脂を塗って、剝がれかけた絵の具を固定することだった。この方法は、湿気によって下のゲッソー（膠《にかわ》を混ぜた漆喰）の固着力が不安定になったときに用いられ、浮き上がった絵の具を再定着させることができる（絵の具を剝がさないように和紙を剝がすのは難しいが、これはあくまで応急処置であり、この問題については、2010年には解決されている）。[*29] 作品はゆっくりと時間をかけて乾かされたが、湿度の変化によって、木製の支持体（板絵の板やカンヴァスの木枠）が湾曲し、絵の具にひびが入っていた。1966年に緊急の修復師として採用された23歳の大工チロ・カステリ（現在は主席保存修復師）は、板の裏に切り込みを入れてポプラの木屑を詰めることによって、板が収縮しないようにする技術を考案した。[*30]

また、損傷を受けたフレスコ画を壁から剝がすという課題もある。定義によれば、フレスコ画とは、壁や天井に塗った漆喰が乾かないうちに絵の具を乗せて描いた絵のことで、描かれた建物と一体になっている。フレスコ画を傷つけないように漆喰ごと剝がし、移動できる支持体に移す技術は、1966年の洪水の後にフィレンツェで開発され、現在、最も有効な方法として広く用いられている（この技術は、フォンダコ・デイ・テデスキの、ティツィアーノとジョルジョーネによるフレスコ画を移す際にも使われている）。〝ストラッポ法〟（ストラッポとはイタリア語で〝剝がす〟の意）と呼ばれる技法だ。まず、亜麻布をフレスコ画に貼り、上から、動物の骨を煮出して作った薄い接着剤を塗る。そうすることで、絵を傷つけることなく（反転はするが）、絵の具を亜麻布に付着させることができる。それから、イントナコと呼ばれる、フレスコ画が描かれた漆喰の最上層を、

ジョルジョ・ヴァザーリ《最後の晩餐》1546年／油彩、板／サンタ・クローチェ聖堂の食堂で修復作業が行なわれているところ。この絵は洪水の際、12時間以上（下部はそれ以上の時間）水に浸かっていた

外科医のようにメスを使って慎重に壁から切り離す。切り取ったものは、絵の具を、亜麻布と漆喰のイントナコ層で挟んだ〝サンドイッチ〟状態になっている。漆喰の裏を、軽石で磨いて滑らかにしてから、カンヴァスで覆い、亜麻布を湿らせる。濡れると膠の接着力が弱まるので、亜麻布は綺麗に剝がせるようになる。こうして、動かすことのできない壁と一体となっていた絵は、薄い漆喰の層ごと真新しいカンヴァスに移し替えられ、美術館に展示されるというわけだ。

フレスコ画を別の場所に移し替えるこのストラッポ法は、今ほど洗練されてはいないが、紀元前59年には、既にスパルタで使用されていたようだ。ローマの作家ウィトルウィウスは「壁からレンガごと絵を切り抜いて、木の枠に収めていた」と記述している。[*31] 興味深いことに、木の枠に移された壁画はポンペイの遺跡でも発見されている。[*32]

●ポンペイ　ヴェスヴィオ火山の噴火

1738年の早春。ナポリの東、ポルティチでは、新しい王のために新たな宮殿が建設されていた。石工たちの怒号が飛び交い、石灰を積んだ荷車を引くラバの臭いが立ち込める中、ふたりの男が交代で、王族が使う井戸を掘っていた。地面はまるでセメントのように硬く、男たちは、焼けつくような日差しに汗をだらだら流しながら、毒づいた。3日目、穴の底から古びたブロンズ像が現われた。長い衣をなびかせて踊る、小さな踊り子の像だ。もうひと掘りすると、紫水晶のビーズを散りばめた、古めかしい銀のブレスレットが現われた。現場を監督していた男が、包んで国王に届けるよういい、男たちは更に掘り進めた。

ヴェスヴィオ火山の噴火で埋まった町が最初に「再発見」されたのは、1709年のことだった。井戸掘り人夫によって古代の彫像が2体発掘されているが、当時、その発見の重要性はまったく認識されていなかった。だが1738年、別の井戸を掘っていた際に再び古代遺物が出土したため、ナポリを治めていたスペイン・ブルボン王朝のカルロス3世は、詳しく調査するよう命じた。すると、18世紀の町レジーナの数十メートル下から、失われた都市ヘルクラネウムが、およそ1700年ぶりに日のもとに姿を現わしたのである。続いて1748年にはポンペイが発掘され、その15年後、REI PUBLICAE POMPEIANORUMと刻まれた碑文が見つかり、灰に埋もれた町の名前が明らかになった。[*33]

こうした初期の発掘を行なったのは、経験を積んだ考古学者（18世紀には考古学という学問は存在しなかった）ではなく、カルロス3世に仕える建築家や技術者たちだった。カルロス3世は、古美術品の熱心なコレクターで、そのプライベート・コレクションを基にナポリの国立考古学博物館が設立されたほどだった）。

スイスの建築家、カール・ウェバー（1712〜1764年）と、スペインのフランチェスコ・ラ・ベガ（1737〜1804年）は、ヘルクラネウムとポンペイの発掘現場をいくつか監督し、発掘した物や場所を細かく描いた詳細な日誌を残している。当時、遺跡にやってくる人間といえば、埋蔵された宝を掘り出して、持ち逃げすることを目論んでいるような輩ばかりだったが、そんな時代に書かれたこの発掘記録は、考古学者や歴史家にとって貴重な資料となっている。ナポリがフランスに占領されると（1806〜1815年）組織的な発掘が行なわれるようになり、作業は著しく進展した。ポンペイには1500人もの作業員が投入され、西から東へと発掘されて、フォーラムや入浴施設といった重要な公共設備が見つかった。1860年までにポンペイの4分の3が発掘されたが、ヘルクラネウムのほうはまだ半分も発掘されておらず、現在も考古学者によって発掘作業が続けられている。

意外なことに発掘された町は、装飾や色で溢れていた。当時、古代ローマといわれて頭に浮かべるのは純白の大理石と象牙色の石灰華だったが、実際はまるで古代ギリシアの都市のように色彩に溢れており、色鮮やかな神殿が立ち並び、浴場も売春宿も宮殿もフレスコ画やモザイク装飾で彩ら

19世紀に行なわれたポンペイの発掘作業の写真

れていたのだ。

ポンペイとヘルクラネウムのおかげで、研究者たちは、ローマの壁画がどのようなものだったか理解することができた。考古学者のクリスピン・コラードは、こう述べている。「寝室の壁には、別荘の風景や、静物画、海の景色、人間のように日常生活を営むいたずら好きのキューピッド、親族の肖像といった絵が描かれていました。ローマ人は遠近法を使い、明確で矛盾のない消失点を備えた、奥行きのある実物大の建物を描いたのです」[*34]。絵画技法は著しく進歩しており、中世の間失われ、ルネサンスの芸術家が学び直されなければならなかった概念も既に現われていた。コラードは、ポッペア・アド・オプロンティス邸の一室（15番）の壁画がローマの壁画技術の高さを雄弁に物語っていると述べている。

「東の壁の壁画は、しっかりした遠近法と正確な消失点が見られるだけではなく、細部まで丁寧に描かれており、描き手が優れた技術を持っていたことがわかります。絵の中央の、正面玄関の両脇に立つ柱の縦溝をよく見て下さい。まるで立体のように影を落としているのがわかります。これはローマ人が壁画を描く際に用いた技術で、建築物が実際にそこに立っているように見せるために影を描き込んでいるのです。それだけではありません。例えば古代の壁画制作者たちは、影を落とす方向と部屋の光源が矛盾しないように、細心の注意を払って描いていました。オプロンティス邸のこの部屋は海に面しており、窓は壁画の右側に位置していました。つまり光は右側から入ってくることになります。柱が、絵ではなく実際にそこにあったとした

アポロン神殿を描いた壁画の細部、デルポイの神託に使われた3脚台

アポロン神殿を描いた壁画の細部、正確な遠近法が適用され、装飾用の演劇の仮面や、フレスコ画が描かれている

ポッペア・アド・オプロンティス邸（オプロンティスのポッペア邸）の主室（タブリヌム）、東側の壁にはアポロンの神殿を描いた壁画がある

ら、縦溝は光源とは逆の方向、つまり左側に影を落とすはずです。実際に、影は左側に描かれています。この絵はそういった、細かいけれど重要な部分まで、しっかりと描き込まれているのです」

ドナテッロやブルネレスキといった15世紀の芸術家たちは、古代の失われた技術を再発見するためにローマに数年滞在し、壊れた彫像や建物の廃墟を研究した。ふたりは見事に目的を遂げ、ドナテッロはロストワックス鋳造法を蘇らせて肉厚の薄いブロンズ像を制作し、ブルネレスキはローマの工学技術を利用して、フィレンツェの大聖堂に当時世界最大の丸天井を建設することに成功した。

失われ（そして見出された）ローマの建造物とそれを装飾していた作品は、後世の芸術家に影響を与えるのみならず、それまでの古代世界観を完全に塗り替えた。１８３２年に発掘されたアテナイのアクロポリスは、いわゆる「ポリクロミー（多彩装飾）論争」を引き起こした。建物から塗料の残留物が見つかり、従来の想像に反して、色とりどりに彩色が施されていたことが窺えたからだ。ポンペイとヘルクラネウムが発掘され、当時の栄華の名残を留めた彩り鮮やかな古代都市が現われたことで、この論争には終止符が打たれた。

第6章

一時的にしか存在しない作品

1976年のある晩、アムステルダムのデ・アペル・ギャラリーを訪れた人々は、薄暗い明かりの中で、アーティストのいう〝写真の客観性〟を目の当たりにした。係員たちは、全員が窓のない部屋に入ったのを確かめてから、ドアを閉めた。ざわめきが徐々に静まり、最後まで聞こえていた忍び笑いの声も途絶え、暗い室内には呼吸の音だけが響いている。その時、現像室を思わせる黄緑色の明かりが灯り、三方の壁に掲げられた9枚の大きな写真が浮かび上がった。

パフォーマンス・アートは、一時的にしか存在しない芸術だ。イベントや、アートとしての破壊を記録したもの（写真、文章による記述、動画等）は残されるが、作品そのものは、観客の有無にかかわらず、ある特定の場所に、特定の短い期間しか存在しない。

コンセプチュアル・アーティスト、ウーライ（1943年～）がデ・アペルで行なったパフォーマンス《Fototot Ⅰ》の観客たちは、写真殺しの目撃者になった。[*1] ギャラリーの壁にかかった9枚の写真は、帽子とオーバーコートを身に付けスカーフで顔のほとんどを覆って変装したアーティスト自身を、砂利道の様々な角度から撮ったものだった。現像されてはいるがまだ定着はしていない。暗い室内に明かりが灯り写真に光が当たると、現われかけていた像は掻き消され、真っ黒な画面だけが残った。写真が完全に消えるまで、15秒から30秒——fototot（「写真の死」を意味するドイツ語）がやってくる前に、観客が写し出された像を目に焼き付けるには十分な時間だった。数週間後、

《Fototot》の2回目のパフォーマンスが、同じ観客を招いて行なわれた。ギャラリーの中央のテーブルに写真集が広げられ、傍らには読書灯が置かれた。写真集の写真は、前回と同じように定着しておらず、その中には最初のパフォーマンスを撮影した写真も入っていた。観客が写真を見ようとして読書灯のスイッチを入れると、自分たちの姿が消えていくという落ち着かない光景を目にすることになった。

このふたつの関連するパフォーマンスは、儚く、不安定な写真の性質を物語っている。ウーライは戦後、生まれ育ったドイツで写真屋を営んでいたが、1968年にポラロイド社の初の公式写真家のひとりとなる。1970年にはアムステルダムに移住し、アーティストとしての活動を始めた。この当時はフォトショップも無かった。しかし、ソ連やチェコスロバキア社会主義共和国といった国の政府は歴史に〝エアブラシ〟をかけ、人々の記憶の中から消したい個人の姿を、化学の力で除去していた時代だった。《Fototot》のパフォーマンスの2年後に書かれた、チェコの小説家ミラン・クンデラによる『笑いと忘却の書』（西永良成訳／集英社／1992年）も、そうしたシーンで幕を開ける。1948年2月21日に撮影された写真には、ウラジミール・クレメンティスとクレメント・ゴットワルトが肩を並べて写っている。だが、1950年にクレメンティスが反逆罪で告発されると、政府はクレメンティスを写真から消去してしまう。写真は真の歴史を記録したものであり、カメラは客観的な記録装置であるという前提が、大きく揺さぶられることになるのだ。

デ・アペルの来館者たちは暗い室内で、カメラの中にいるような気分を味わっていただろう。このブラックボックスに光が入るのが許されるのは、カメラマンがシャッターボタンを押したときだ

ウーライ《Fototot I》1976年／デ・アペル・ギャラリー、アムステルダム／画像が消える前の最初の展示状態

けで、その瞬間に中のフィルムに画像が投影される。だがそれ以上光に晒されると、画像はフィルムに現像、定着する前に失われてしまう。画像は、アーティスト——カメラマンが、カメラを操ることによって生み出されるのだ。ウーライは《Fototot》で、観客とカメラの両方をからかうように、わざわざ現像し画像を浮かび上がらせてから、目に触れて数秒以内で消えてしまうように仕組んでいる。「破壊なくして創造はない」とウーライは主張するが、芸術活動の一環として破壊するために写真を現像するこのパフォーマンスは、まさにその実例といえるだろう。また、大抵のパフォーマンス・アートは、ショーの主人公であるパフォーマーの行動を中心に構成されるが、《Fototot》ではウーライは全く姿を見せない——消えていく写真の中に奇術師のよう

ウーライ《Fototot I》1976年／デ・アペル・ギャラリー、アムステルダム／光に晒されて真っ黒になった写真

に登場するだけだ。

この作品にコンセプチュアル・アートとしての深みや複雑さを添えているのは、それだけではない。《Fototot I》は他のパフォーマンス・アート同様、そのときその場所にいた観客のためだけに上演されているので、その記録はイベントの間に撮影された写真か、アーティスト自身やその場に居合わせた人々による口伝えという形でしか残されない。消えていく写真の写真である。パフォーマンス・アートは束の間だけ姿を現わし、消えていくのだ。

◉貴族と教会のための一時的な作品

美術史を研究していると、いかに多くの素晴らしい作品が失われているかを思い知らされ、大きな落胆を覚えることがある。

当時の人々に傑作と讃えられながら、束の間しか存在することを許されなかった作品が無数にあるからだ。名だたる芸術家たちが、結婚式や饗宴、馬上試合、凱旋パレードといった、大きな祝祭行事の展示物や装飾物を制作するために貴重な時間とエネルギーを浪費している。背景幕や彫刻、さらには、行事が終われば解体されて廃棄されてしまうような建物を作るために駆り出されることもあった。制作された壮麗な装飾物のいくつかは絵画に描き残されているが、ほとんどの作品は、畏敬の念に打たれた当時の人々の描写によって窺い知ることができるのみである。作品自体は遠い昔に失われている。

宮廷画家だったヤン・ファン・エイク（1390頃～1441年）は、壁画や板絵を描く仕事とは別に、一時的な絵画の制作やデザイン関係の事業にしばしば参加しなければならなかった。実際のところ、板絵の制作は宮廷画家にとって優先順位が低く、主な仕事は公邸の壁画の制作、写本の彩飾、王侯貴族の行事の演出等だった。板絵についてはフランドルの宮廷の目録にほとんど記載がないことから、あまり重きが置かれていなかったことは確かだろう。板絵を描くとすれば大抵の場合、歴史的な記録として保管される肖像画だった。

ブルゴーニュ公国でのヤン・ファン・エイクや、フィレンツェのジョルジオ・ヴァザーリ（1511～1574年。多くの教皇に仕えたが、主にトスカーナ大公コジモ・デ・メディチのために働いた）のような宮廷芸術家たちが任されていたのは、祝い事やその他の行事のために、手の込んだ壮麗な舞台装置を制作するといった、決して後世には残ることのない仕事ばかりだったのだ。現代の行事でそれに近いものといえば、オリンピックの開会式だろう。映画監督のダニー・ボイルが演出を務めた2012年のロンドンオリンピックの式典には、膨大な手間と、約2700万ポンドもの費用がかかっているが、その壮大なパフォーマンスは映像にしか残されていない。

たとえば1454年、ブルゴーニュ公フィリップの命により、キジ祭りと呼ばれる饗宴が催されている。宴では台所から巨大なパイが登場し、その中に入っていた「28人の演者が、順番に違う楽器を演奏した」[*2]という。もしファン・エイクが生きていたなら、こうした宴会の演出（おそらく食事の飾りつけまでやっていただろう）に忙殺されていたことは間違いない。素晴らしい作品の数々が束の間で消えてしまったことを思い、パイの中から飛び出す演者たちのために鳥の衣装を作る時間があったら、どれだけの傑作を描くことができたかを想像すると、胸が痛む思いだ。

ジョルジオ・ヴァザーリもまた、神聖ローマ皇帝カール5世（在位1519〜1556年）のフィレンツェ訪問の儀式や、1539年に執り行なわれた、ヴァザーリのパトロン、コジモ・デ・メディチとエレオノーラ・ディ・トレドの結婚式といった、大きな行事の演出を任されている。こうした行事は、近代のような美術館が存在しなかった当時、芸術家たちにとって、自分の才能を訪れる人々に印象付けるチャンスだった。そもそも、人々が芸術家たちの作品を見る機会は行事のために宮殿や教会を訪れるときぐらいしかないため、貴族たちの行事の演出をするのは芸術家たちにとって時間と金を注ぎ込むに値することだったのだ（後世の人間にとっては残念なことかもしれないが）。ボローニャで行なわれたコジモとエレオノーラの結婚式では、ふたりがコジモの街に移る前に、フィレンツェの芸術をボローニャに運んで披露する必要があった。その準備のために数十名の芸術家と職人が募られたが、ヴァザーリもそのうちのひとりだった。ヴァザーリは1カ月かけて巨大な実物大の下絵を描き、黙示録の20の場面を題材に（結婚式には珍しいテーマだが）、３枚の大きな板絵を描いた。[3]

そして１５６７年春には、教皇ピウス５世の命により、ローマで仮設の建造物――本人の言によれば、マッキナ・グランディッシマ（巨大な装置）[4] を制作している。ピエモンテ州ボスコ・マレンゴのサンタ・クローチェ聖堂の主祭壇の側に設置された木造の凱旋門で、30枚以上の絵で装飾されており、両脇に柱を備え、上には彫刻と大きな十字架が取り付けられていた。[5] ヴァザーリの記述によれば、「凱旋門に似た巨大な装置《マッキナ・グランディッシマ》で、前面と背面にそれぞれ１枚ずつ大きな板絵があり、そのほかに、人物の詳細まで描写した小さな絵が、30場面以上あった」[6]。装置《マッキナ》という奇妙な表現を使っていることから、車輪がつくなど可動式だったか、開閉できるなど動く箇所があったと考えられる。この装置はサンタ・クローチェ聖堂で何かの行事に使用された後、解体された。

●金襴の陣

一時的な作品の中でも最高傑作のひとつは、芸術作品というよりむしろ建築物に近かった。金襴の陣は、イングランドのヘンリー８世（在位１５０９～１５４７年）とフランスのフランソワ１世（在位１５１５～１５４７年）との間で、馬上試合という形で行なわれた富と権力と股袋《コッドピース》の大きさを競うコンテストであり、たった数週間のために、立派な城のある村が丸ごとひとつ作られた。

ルネサンス時代、ヘンリー８世とフランソワ１世、カール５世の間には、三つどもえの複雑な対

ジョルジオ・ヴァザーリ《マッキナ・グランディッシマ》を描いた作者不明の絵画と、ルーヴル美術館に保存されているヴァザーリのデッサンを基に、パヴィア大学コンピューター・ヴィジョン・マルチメディア研究室が3D復元したもの

立関係が形成されていた。その背景には、だれが神聖ローマ帝国の皇帝になるのかという思惑や、同盟関係と領土争い、ヘンリー8世のイングランドとカール5世の大帝国に挟まれたフランスの不安、宗教紛争や戦争といった数々の問題があった。だが、そこには、ほとんどコミカルといっていいほど勇ましい国王たちの、自国の軍力や恵まれた肉体、富や知性をひけらかしたいというエゴも絡んでいた。フランソワ1世とカール5世の軍勢は度々対戦していたが（フランスの王が捕虜になったこともある）、あるときには膠着状態を破るために、両国の支配者たちが一対一の決闘をする事態にまで発展した。それぞれの顧問が、ふたりの君主を説得して、どうにか決闘を思いとどまらせたときには、話は武器を選ぶところまで進んでいた（フランソワ1世は槍を使い、最後は短剣で戦う中世スタイルを、カール5世はより紳士的な細身の短剣レイピアとマントでの決闘を希望していた）。だが、金襴の陣はこのふたりではなく、フランソワ1世とヘンリー8世にまつわる物語である。

1520年6月、両国の王は、カレー近郊のバランゲム（イングランドの領地だが、フランスの領地に囲まれていたため、中立的な場所と考えられていた）で会見を行なった。表向きは、両国を脅かしていたカール5世の大帝国からお互いを守るため1518年に締結したロンドン条約を、確固としたものにするという名目だった。ウルジー枢機卿の画策によって締結されたロンドン条約は、ヨーロッパの権力の均衡を保ち、大国間の平和を維持することを目的としていたが、激しくいがみ合うカール5世とフランソワ1世のせいで破棄の危機に瀕していた。このふたりはできるだけ引き離しておかなければならない。ウルジーはまず、ヘンリー8世とカール5世に不可侵条約を再

《金襴の陣》1545年頃／油彩、カンヴァス／168.9×347.3cm／王室コレクション、ロンドン、ハンプトン・コート宮殿収蔵

確認させ、次に、ヘンリー8世とフランソワ1世に会見をさせて、同じように条約の再確認をさせることにした。

再確認を受けての会見が、金襴の陣だった。約18日間にわたって開催されたこの催しでは、趣向を凝らした豪華な饗宴が毎日のように開かれ、馬上試合のような余興がふんだんに盛り込まれていた。だが、話題になったのはふたりの会見自体ではなく、会見が開かれた舞台のほうだった。

両国の王はこの会見を、自国の富や文化、偉大さ、趣味の良さを誇示するチャンスだと考えていた。金に糸目をつけることなく、一流の職人、芸術家、料理人、建築家を呼びよせ、互いに相手を圧倒しようとしたのだ。それは一種の決闘だったが、武器は槍や銛ではなく、金とセンスだった（馬上試合が、若き王たちの強健な肉体を誇示する場となったのはいうまでもないが）。

金襴の陣を彩ったのは、煌びやかな装飾と見事な建造物だった。ヘンリー8世が馬上試合で身に付けた鎧は、56・7キログラムの金と、1100個もの大粒の真珠で装飾されていたといわれており、ヘンリー8世の相談役デヴォンシャー公とお付きの者たちは、金糸や銀糸を織り込んだ服を身に着けていた。だが、豪華な衣装よりもさらに目を引いたのは、建造物だった。バランゲムはイングランドの領地にあったため、ヘンリー8世はこの会見のために素晴らしい建造物を用意し、ライバルを圧倒してやろうと考えたのである。

聖人の像や、遺物、ステンドグラスを備え、35人もの司祭が奉仕する巨大な教会が建てられた。ヘンリー8世の従者たちが宿泊するテントは、金糸が織り込まれた高価な絹織物で飾り立てられていたという。このテントは非常に華奢で壊れやすかったが――絹織物が、雨はもちろん、馬上試合を中止に追い込んだ暴風に耐えられたとは思えない――実用性は二の次だったのだろう。

元からある城の前には、仮設の宮殿も立てられた。他のものと同じように、会見の後には取り壊されてしまったが、大きさは100メートル四方で、高さ2メートルのレンガの基礎の上に、カンヴァスにレンガを描いて木枠に貼った高さ10メートルの壁が取り付けられていた。屋根も張りぼてで、油布に鉛のタイルを描いてそれらしく見せていたという。様々な記述によれば、何もかも精巧にできていて、馬鹿馬鹿しいほど金がかかっていたが、映画のセットに使われる騙し絵のようなものだったらしい。だが単なる見かけ倒しではなく、きちんと使用することもできた。広さは1万平方メートルに及び、わずか2週間で役目を終える場としては、あきれるほど広大だった。そして、あらゆる芸術で彩られていた。1569年に出版された年代記の中で、リチャード・グラフトンは、次のように述べている。

アーチを描く宮殿の正門は、一見すると実に見事な石造建築で、建物の四方には素晴らしい装飾が施された塔が立っていた。門や塔の窓の中には、巨大な石を投げようと身構える戦士たちが描かれ、戦闘の最中であるかのように装われていた。また、ヘラクレスや、アレクサンドロス大王といった古代の英雄たちの姿も、金や白をふんだんに使って描かれ……この塔もまた、見た目には素晴らしい石造建築であり……弓を射る者、石を投げる者、剣を振り上げる者、大砲に火を点ける者、様々な戦士の姿が描かれていたが、どれも実に堂々たる姿であった。[*7]

このにわか作りの宮殿の中にはふたつの噴水があり、水の代わりに赤ワインが噴き出していた。この催しのために用意されたのはワインばかりではなく、膨大な食料も運び込まれていた。参加した人々のうち、人数が記録されているのは貴族の兵士だけだが（王たちはそれぞれ、約5００人の騎兵と3０００人の歩兵を伴っていた）、少なくとも22００頭の羊が消費され、宮殿に泊めるほど重要ではない参加者のために28００棟のテントが設営されている。ヘンリー8世は、オスマン帝国のスルタン、壮麗帝スレイマン1世からの贈り物である2頭のサルに金箔の服を着せて同伴していた。金ピカのサルたちはフランソワ1世に大いに気に入られたらしく、ウルジー枢機卿は、フランソワ1世がこのサルたちを見るたびに大笑いしていたと述べており、すべての饗宴に同席させることを決めている。[*8]

金襴の陣は、短期間で終了しその後すべてが処分されてしまう催しで、富や影響力、食事のために用意できる羊の頭数が誇示された、極端な例といえるだろう。そこまで極端ではないにせよ、ル

クリスト&ジャンヌ=クロード《梱包されたポン・ヌフ　パリ、1975−85年》

ネサンス時代にはこうした催しのために、凝った芸術的な作品が何百と制作されており、芸術家たちが後世に残るような大仕事に取り組むことを妨げていた。才能が無駄に使われたことは残念でならないが、見ごたえはさぞかし素晴らしいものであったに違いない。

◉万人のための一時的な作品

アーティストのクリスト（1935年〜）と妻ジャンヌ=クロード（1935〜2009年）は、だれでも体験することができる、一時的なアートでキャリアを築いたが、現在、その作品は、写真やプロジェクトのドローイングの中にしか残っていない。[*9] ふたりのアートは、体験できる期間が短いという点だけではなく、遠隔地で開催されることが多いという点も魅力のひとつとなっており、彼らのプロジェクトは、いわば芸術の巡礼地のよ

クリスト＆ジャンヌ＝クロード《門、ニューヨーク市、セントラルパーク、1979－2005年》

うになっていた。

１９８５年の9月22日から10月5日にかけて、パリのセーヌ川に架かるポン・ヌフが4万平方メートルの砂色の布で包まれた。作品を鑑賞するために、およそ３００万人の人々が訪れ、布に覆われた橋の上を歩いた。そしてその20年後、ニューヨークのセントラルパークで《門》が展示され、風にそよぐサフラン色の布を掛けた７５０３基の鉄骨の門が設置された。この作品が存在したのも短期間で、２００５年2月12日から2月27日の間だけだった。

クリスト＆ジャンヌ＝クロードのプロジェクトはすべて、プロジェクトのドローイングを販売することによって調達した自己資金で実現されていた。《アンブレラ》には、米ドルで２６００万ドルもの費用が掛かっている。このプロジェクトでは、黄色い傘１７６０本がカリフォルニア南部のテホン牧場に、青い傘１３４０本が日本の茨城県に設置された。このプロジェクトは、(展示された作品をすべて鑑賞するためには、飛行機で太平洋を横断する必要があっただろうが) 1991年の10月9日から27日にかけて行なわれた。

この《アンブレラ》が悲劇に見舞われたのは、激しい嵐がカリフォルニアを襲うと予報されていたある日のことだった。ひとりの女性客とその夫が警察の警告を無視して会場に立ち入ったところ、強風でふたりの近くに立っていた重い傘（220キログラム）が吹き飛ばされた。女性は傘を避けようとして転び、頭を打って死亡。傘に当たったためではないが、他にも数人が負傷した。[*10]

●破壊されるために作られた作品

物理的な形を持った作品が意図的に破壊されることもある。こうした作品は初めから破壊されるために作られており、破壊は作品を完成させるために不可欠な行為として捉えられている。

1960年、ジャン・ティンゲリー（1925〜1991年）は、ロバート・ラウシェンバーグの協力を得て、《ニューヨーク賛歌》を制作した。この高さ8・2メートルに及ぶ巨大な機械は、ニューヨーク近代美術館（MoMA）で展示された。また、ティンゲリーは似たような機械をもう1台制作しており、こちらのほうは《世界の終わりのための試作 №.2》（1962年）と名付けられ、ラスベガス、ネバダ近郊の砂漠で展示された。どちらも自らを破壊するよう設計された、自動の自殺マシンだった。ニューヨーク近代美術館で機械の自殺が披露された際、250人の観客のひとりとしてその場にいた『タイム』誌の記者は、次のように書いている。「1時間半

ジャン・ティンゲリー《世界の終わりのための試作　No.2》1962年／自己破壊する作品、サイズ可変／バーゼル、ティンゲリー美術館

後、自殺するよう設計された機械は炎を上げ内部から崩壊し始めたが、制作者が繰り返し蹴りつけて止めようとしたにもかかわらず、しぶとく向きを変え、心配した消防士が水をかけてとどめを刺さなければならなかった……」[*11]。

こういった破壊的なパフォーマンスは、反体制運動が盛んだった1960年代に流行した。1966年の9月には、科学者や詩人、オノ・ヨーコ、グスタフ・メッツガーらアーティストがロンドンに集まり、「芸術における破壊行為のシンポジウム」を開催している。

この流れの一環として、コンセプチュアル・アーティストのジョン・ラサム（1921〜2006年）は、大英博物館の外に、本を積んで作った3つの塔《Skoob Towers》（skoobとは、booksを逆さ

ジョン・ラサム《Skoob Tower Ceremony》1966年3月／北ウェールズ、バンガー

に読んだ言葉である）を展示し、最後には火を点けている。[*12] このパフォーマンス作品は、ポーランド系ユダヤ人のアーティスト、グスタフ・メッツガーが1959年にイギリスで発表した自己破壊的芸術運動の流れを汲んでいる。メッツガーは、1962年、前衛美術誌『アーク』に掲載された記事「機械、自己創造的芸術と自己破壊的芸術」の中で、戦争がもたらす無用な荒廃について、ダダとニヒリズムの要素と遊び心を取り入れながら、論じている。[*13]

◉一時的な作品の再演

2012年、スロヴェニアのリャブリャナ近代美術館で、アーティストは他の観客たちに交じって窓の無い部屋の中に入っていった。失われた作品が蘇ろうとしている。その日の観客たちは、これから何を目にするのか、もうわかっていた。ざわめきが徐々に途絶えていき、人々は、再び写真の死を目撃する瞬間を待ち構えた。

一時的にしか存在しないパフォーマンス・アートの作品が意図的に失われた後で、再び現われるとしたらどうだろう？　その晩の展示は、1976年に行なわれたウーライの《Fototot》を知る我々全員に見覚えのあるものだったが、ひとつだけ大きな違いがあった。今回は真っ暗な部屋にいきなり明かりが点き、あたりが見えるようになったその瞬間、目の前で写真の画像が消えていったのである。

二度と戻らない数秒の間、あえて一時的に生み出さ、失われる作品（芸術が「失われる」こと自

ウーライ《Fototot Ⅱ》2012年／スロヴェニア、リャブリャナ近代美術館／アーティストは最前部にいる

体が作品のテーマとなっている）が、再び現われた。だがそれは、ほんの一瞬だった。この一時的という要素によって、パフォーマンス・アートは、その名の通り、ごく短期間だけ（ときには一晩だけ）上演される演劇作品になるのだ。記録には残されているが（ビデオや写真、その場にいた人々の口頭または記述による回想といった形で）、作品そのものは残っていない。

失われた一時的な作品を再び目にするためには、今回のようにアーティストがもう一度パフォーマンスを行なうしかない。最初に上演された時に感じた、目新しさや独創的な印象は失われるかもしれないが、魔術師が生み出す幻影（複雑な知性を感じさせ、そこにいる喜びを覚えずにはいられない）の只中にいるという感覚が失われることはない。消えていく写真の儚さや、ほんの少しの間しか見ることができないという思いが、強力な秘薬となってアドレナリンを放出させ、鑑賞者たちは32秒間、スタンダール症候群に罹る。そして長い間失われ、再び目にする日を待ち焦がれてきた――だが、ほんの一瞬しか見ることのできないその作品を、絶賛することになったのだ。

第7章

所有者による破壊

レオナルド・セライオは蠟燭を引き寄せ、インク壺に羽根ペンの先を浸すと、目の粗い紙切れに日付を記した。1518年2月5日。人気《ひとけ》のない静まり返った工房に、羽根ペンの走る音だけが響き渡る。セライオは師であるミケランジェロ・ブオナローティに、彼の描いた素晴らしい素描や下絵を焼却するよう指示され、返信をしたためていた。「わたしにとっては辛い仕事ですが、ご指示の通りにいたします」。

ジョルジョ・ヴァザーリは、ミケランジェロ(1475~1564年)が自分の描いた絵を「死の少し前に」焼き払ったと書いているが、ミケランジェロの助手セライオの手紙を見ると、定期的に焼却していたことが窺える。

ヴァザーリは素描を保存し、展示するにふさわしい芸術作品として収集するようになった初期のコレクターだった。ルネサンス時代の画家、建築家であり、自分と同じ芸術家たちの伝記を書いた作家でもあるヴァザーリは、世界初の美術史書として知られる著書『芸術家列伝』(1550年)の中で取り上げた芸術家たちの素描を集めていた。『芸術家列伝』を書くために、芸術家たちの経歴や逸話といった情報を集めるだけではなく、芸術家の遺物として素描を集め、彼らの創作の過程を辿っていたのだ。

失われた芸術の至宝の中で特に惜しまれるのは、ヴァザーリが収集した《素描集》である。*1 この

《素描集》の基になったのは、フィレンツェの偉大な彫刻家ロレンツォ・ギベルティ（1378〜1455年）から譲り受けた、素描のコレクションだった。ヴァザーリはこのコレクションに、自分が集めたチマブーエやミケランジェロといった芸術家たちの素描を加え、白紙の本に貼りつけて数巻に及ぶ素描集を作り上げた。芸術家たちの素描に刺激を受けたのか、彼らに敬意を表するように、余白には自身の素描まで描き込んでいる。それは、現代のような美術館の概念が影も形もない時代に作られた、いわば、持ち運びのできる個人美術館だった。

美術商やコレクターたちが素描を収集するようになるのは、それから何世紀も後のことだ。当時、素描は絵画や彫刻を制作するための単なる下絵と考えられており、家を建てるための青写真のようなものだった。家は大事にしても、青写真まで取っておくとは限らない。

16世紀のイタリアの芸術家たちは、作品を制作する際、努力の跡を見せないよう細心の注意を払っていた。いわゆるスプレッツァトゥーラの精神である。なにげなさ、計算された無造作、汗ひとつかかずに（比喩的な意味に限らず、実際にも）容易くできたように見せかけること、といった意味を表すイタリア語だ。この言葉の意味は、1528年に出版された、バルダッサーレ・カスティリオーネの有名な『宮廷人』（清水純一、岩倉具忠、天野恵訳／東海大学出版会／1987年）の対話の中で、詳しく書かれている。

ミケランジェロはできるだけ完璧に絵画や彫刻を仕上げるために大量の下絵を描いていたが、イタリア人としてスプレッツァトゥーラを重視していた彼は、その努力の跡をこの世から消し去ろうと自分の素描を焼き払っていたのだ。ヴァザーリは『芸術家列伝』の1568年版を出版した後、ミケランジェロの人生だけを抜粋した抄録、『偉大なミケランジェロ・ブオナローティの人生』

ジョルジオ・ヴァザーリ《素描集》より／1480－1504年頃／フィリッピーノ・リッピ、サンドロ・ボッティチェリ、ラファエリーノ・デル・ガルボによる素描、茶色のインク、茶色と灰色の淡彩による装飾、紙／56.7×45.7㎝／個人蔵／1524年以降にヴァザーリが台紙に貼り、枠をつけた

(1568年)も出版しているが、その中で次のように述べている。

……また私の知るところでは、死の少し前に無数の自作素描、スケッチ、カルトンを焼却した。だれにも彼の続けた苦心のほどや、彼の才能による試みを見せたがらず、完璧でないものは見せないためであった。[*2]

◉喜びと地位のための収集

特定の芸術家が制作した美術品を集めるというコレクションの形が始まったのは、ヴァザーリの時代であり、ヴァザーリはコレクターの先駆けだった。それまではある種の作品、例えば受胎告知のような絵画が求められ、芸術家もそういった作品を描いていたが、ヴァザーリの『芸術家列伝』が出版されたことにより偉大な芸術家の熱狂的なファンが増え、特定の芸術家の作品を所有したいという願望が助長されることになったのだ。とはいえ、美術品の売買が始まり、今日のように美術品にとてつもない高値がつけられるようになったのは(我々現代人の目から見ると、何百万ドルという高値がつく作品を、買い手や作り手が自ら破壊するとは驚き以外の何物でもない)、実際には18世紀になってからであり、その先駆けの地となったのはイングランドだった。

イングランドで美術収集が広まったのは、プライベート・ギャラリーやオークションハウスの設立によるところが大きい。1744年にはサザビーズ、1760年にはコルナギ、1766年にはクリスティーズが設立されている。1792年には、美術収集の発展に大きく寄与する重要な出来事が起こった。オルレアン公の美術品コレクションが処分されたのだ。これにより、主にフィリップ・ド・オルレアンによって1700年から1723年の間に購入された500点を超える絵画や、膨大な量の宝飾品が市場に流れ、貴族に憧れや幻想を抱く人々の手に届くようになった。

新興富裕層《ヌーヴォー・リッチ》である中産階級は、アンシャン・レジーム（旧体制）の高みへのし上がろうとしていた。旧体制では、趣味の良さや高貴さは生まれつきのものだと考えられていた。だが、高貴な生まれにもかかわらず、財政難に陥りコレクションの売却を余儀なくされた人々がいた。新たな所有者はその装飾品を身に付けることによって、貴族の世界を綺羅星のごとく彩った貴人たちに自分を重ねることができたのだ。1649年に共和制国家が、処刑されたイギリス国王チャールズ1世の財産を売却したことは、力によるアンシャン・レジームの解体を政治的に象徴していた。一方で、貧しい貴族から新たな富裕層への富の再分配は（最終的に後者の利益に資するものではあったが）互いの協力のもとに行なわれた事業だった。新興富裕層は、金はあっても、その社会的な地位は人工的で不安定だった。「正統な」貴族によって収集された美術品の数々は、新しい所有者が作り上げようとしていた社会的地位の礎を揺るぎないものにしたのだ。今日でも美術品を売却する際、来歴の過去の所有者の中に著名な人物がいると、値段は一気に跳ね上がる。

ロンドンのブリティッシュ・インスティチュートは、1857年から毎年展覧会を開催し、個人コレクターがその年に購入した作品を展示するようになった（個人コレクションがより正式な形で公開されるようになるのはずっと後のことだ）。購入した美術品を通して、自分の富や趣味の良さ、社会的地位を誇示する姿は、当時の美術収集の有り方を表している。それはもはや私的な愉しみにとどまらず、自分の大物ぶりを人々に――主に、コレクター自身がその意見を重視する仲間たちに――示す、絶好の機会だった。

展覧会が行なわれる以前の1840年代にはすでに、コレクターは近代都市ではお決まりのキャラクターとなり、風刺画や文学でパロディー化された。オスカー・ヴァスケスは「コレクターは西欧社会のほぼ全域で題材とされるようになり、以前なら収集できると見なされていなかったものまで、コレクションの対象とされるようになった」と述べている。[*3] バルザックの『従兄ポンス』（1847年）やフローベルの『ブヴァールとペキュシェ』（1881年）の主人公もコレクターだ。また、グスタフ・ヴァーゲンの『イギリス美術名宝 *Treasures of Art in Great Britain*』（1854年）や、ヨハン・ダヴィド・パサヴァンの『ドイツ人芸術家のイギリス探訪 *Tour of a German Artist in England*』（1836年）のように、個人コレクションを鑑賞するために海外を訪れた人々がその素晴らしさを讃えた本も出版されており、コレクターたちを喜ばせている。

コレクターのアイデンティティーは収集する対象によって表されていた。「実際のところ、コレクターが欲しがる作品こそ、自分自身の理想像を表していた」のである。[*4] コレクションとは自己を完成させるための試みであり、当然ながら理想とする社会的地位と関わりがあった。集めた美術品は、コレクターたちが自分にふさわしいと信じていた社会的地位を築く上で、揺るぎない礎を与えてくれるものだったのだ。

個人コレクターは、名士と見なされる訪問者たちに――多くの場合、社会的地位が近い同類か、外国の知識人に――喜んで門戸を開いていた。ヴァスケスは次のように述べている。

19世紀の個人コレクションの多くは非公開で公の目に晒されることがなかったにもかかわらず、その意味や価値は公開のコレクションと同様に文化的、経済的価値の変化によって変わり……州の定める財産目録、財産分割や世襲財産の法律文書、記録公文書等を通じてコレクションを分類、記録、保存することは、既存の社会構造の分類を拡張することといえるだろう。[*5]

このように、19世紀半ばは美術収集に関する議論が盛んに交わされた。そのために批評家や美術史家がプライベート・ギャラリーに行くようになり、結果として美術収集の社会的地位が向上した。

◉利益のための収集

ミシェル・フーコーは『言葉と物』（１９６６年）の中で分類することについて触れているが、それは美術収集にも当てはまる。美術収集も、分類し、整理したいという欲求を伴い、それによってコレクション自体の、ひいてはコレクターのアイデンティティーとヒエラルキーが生まれる。収集物の価値は、コレクション内の他の収集物との関係だけではなく、他のすべてのコレクションとの関係によっても決定される。

中には自分のコレクションを増やすため、犯罪手段に訴えるという誘惑に抗えない人間もいる。美術品と金銭の境目が曖昧になっていることも、美術犯罪を引き起こす要因のひとつとなっている。つまり、美術品が人々の目にその購入価格として映るようになったため、犯罪者たちの標的になったということだ。また、有名な画廊やオークションハウスで美術品が購入されるようになると、芸術作品の金銭的価値について議論が交わされるようになり、本も出版された。美術品そのものが大衆の関心を集めることは滅多になかったが、購入代金は注目を集め、その結果、その美術品やコレクターが有名になった。

美術犯罪は、場所によってはかなり大っぴらに行なわれている。スペインを旅した英国人ウィリアム・ジョージ・クラークは、『ガスパチョ――スペインの夏季 *Gazpacho: or Summer Months in Spain*』（1850年）という変わったタイトルの著書でこのように述べている。「セビリア人の半分は、絵の窃盗や偽造で生活している。わたしは毎日のように、内陣仕切りの断片を売りつけてくる者たちに悩まされた。しかも、磨の聖人の半分は、亜鉛と銅でできた楕円形の破片に描かれていた」。一方で、当時、美術品市場の中心だったロンドンでは、美術犯罪は合法な取引に紛れて水面下で行なわれていた。

●美術館のための収集

18世紀と19世紀は、国立美術館が次々と創設された時代でもあった。1753年にはロンドンの大英博物館、1781年にはウィーンのベルヴェデーレ宮オーストリア絵画館、1793年にはパリのルーヴル美術館、1808年にはアムステルダム国立美術館、1819年にはマドリードのプラド美術館、1824年にはロンドンのナショナル・ギャラリー、そして、1830年にはベルリンの旧博物館が設立されている。

ナショナル・ギャラリーは、ジョージ・ボーモント卿（1753～1827年）から7500ポンドの出資を受けて創設された。収蔵作品の基盤となっているのは、リヴァプール卿が国に代わって購入した、有名なジョン・ジュリアス・アンガースタインの絵画コレクションである。ボーモント卿は、このコレクションが売却される前に、ドーヴァー男爵に手紙を書き、懸念を示している。

［アンガースタインの絵画コレクションは］国に渡すより、卿の手元に残してもらいたいところですが、いかに確かな地位や趣味の良さを備えた方だとしても、やはり個人が所有するよりは、美術館が所蔵するほうが良いように思われます。趣味の良さは受け継がれることがなく、3世代に渡って栄える一族はまれです。思うに、完璧な状態で保たれている数少ない例においても、決して死ぬことのない組織の庇護の下ほど安全であるはずがありません……[*6]

こうして、決して死ぬことのない組織――国立の美術館に種が蒔かれることとなった。リヴァプール卿が国のためにコレクションを購入すると、ボーモント卿は、再びドーヴァー男爵に宛てて、次のように書き送っている。「大衆は既に、芸術作品は鑑定家の玩具ではなく、国家の関心事だと感じ始めているようです」[*7]。

また、ボーモント卿の手紙の中で、趣味の良さが受け継がれることがない、という見解があるのは興味深い。趣味の良さが貴族だけに遺伝するものではないとすれば、中産階級の富裕層でも趣味の良い人間になれるかもしれず、いつか自分も貴族になれるかもしれないという希望を持つことができる。第1章で取り上げたモルガン家の人々も、まさにそれが目的でゲインズバラの《デヴォンシャー公爵夫人、ジョージアナの肖像》を手に入れようとした。少なくとも名目上は繋がりがあることが判明した家系にまつわる芸術作品を手に入れることで、自分たちの富と教養を誇示することができただけでなく、金では買うことのできない、貴族の血筋だという証拠を手に入れることができたのだ。

こうしたことを念頭に置くと（とりわけ経済的な問題を考慮すれば）、自ら作品を破壊する所有者が存在することは奇妙に思える。

貴重な芸術作品を故意に破壊するのには様々な理由がある。わざわざ作品を購入しておきながらそれを破壊するコレクターはめったにいないが、新しい作品を制作するために過去の作品を破壊する芸術家は、そこまで珍しくはない。一番ありふれているのは、ミケランジェロが、今日の市場では数億ポンドの値がつくようなデッサンを焼き捨てたように、自分の作品を、気に入らないこと、恥ずかしいこと、隠しておきたいことを明らかにしてしまうといった理由で破壊する芸術家だ。

◉パトロンによる破壊

長い肖像画の歴史を通じて、賢明な画家たちは、進んでごまかしを行なってきた。モデルの隠された真実を明らかにするのが素晴らしい肖像画だという意見もあるようだが、モデルにわからないように、上手く真実を隠して肖像画を描き、報酬を得ている画家もいる。画家がモデルを見てどう感じたとしても、最終的に報酬を払うのがモデルである以上、喜んで支払ってもらうためにはモデルを満足させなければならない。肖像画家が、描く対象を気に入っているとは限らず（ゴヤがスペインのカルロス4世を気に入っていなかったのは有名な話だ）、モデルの風貌が美しいとも限らない。賢明な画家は、そういった美しさに欠けるモデルを描く際、それなりに似せるだけにとどめ、好ましくない細部には〝エアブラシ〟をかけた。例えば、ピエロ・デラ・フランチェスカ（1415頃～1492年）は、1472～1473年にウルビーノ公フェデリーコ・ダ・モンテフェルトロの肖像画を制作しているが、このモデルは、槍試合によって、顔の右側に激しい損傷を負っていたため、正面からではなく、横顔を描いている。奇しくも、この構図は、古代の皇帝の横顔が描かれた硬貨のデザインと同じだったが、そうした歴史を参照したわけではなく、傷を隠すのが主な目的だった。とはいえ、肖像画の画家は、過去の仕事ぶりを参考に選ばれているため、パトロンが画家の絵に腹を立てることはめったになかった。だが、画家を選んだのが第三者だった場合、問題が起こることもある。

◉サザーランド《ウィンストン・チャーチル》

ウィンストン・チャーチルはお世辞にも美形とはいえなかったが、彼の肖像画を描いた画家たちの多くは、チャーチルを喜ばせるためにできるだけのことをした。だが、そうしなかった画家もいる。イギリスの画家グレアム・サザーランド（１９０３〜１９８０年）は１９５４年に、イギリス議会から１０００ギニー（現在の約2万６９００ポンド相当）という高額の報酬で、チャーチルの全身の肖像画を依頼された。作品は国の式典で華々しく披露されたが、問題はその後だった。

サザーランドは広く尊敬を集めるモダニズムの画家だったが、彼を肖像画の画家として選んだのはチャーチル本人ではなく、彼の80歳の誕生日に長期政権の功労を讃えたいと考えた国会議員たちだった。チャーチルは当初、この肖像画制作に大いに乗り気で、ご自慢のガーター騎士団員の衣装で描いてほしいと頼んだほどだったが、議員たちは、国会に出席するときの服装のほうがいいといって譲らなかった。サザーランドは肖像画の準備のため、１９５４年の8月、チャーチルの住むチャートウェルを数回訪ね、木炭でチャーチルの顔と手のスケッチを描いた（昔から一番描くのが難しいのは手と顔だと考えられている。工房制度では、マスターは受注した絵のデザインと監督だけ担当し、実際に描くのは工房の他のメンバーであることが多かったが、通常、手と顔だけは描かずに残し、マスターが描いていた）。サザーランドは肖像画の着想を得るために、チャーチルの記憶に残る数々の名言の中から、「わたしは岩だ」という言葉を参照している。

１９５４年11月20日、出来上がった作品がチャーチル夫人のクレメンタインに披露されたが、

グレアム・サザーランド《ウィンストン・チャーチル》1954年／油彩、カンヴァス／1955年に損壊

反応は思わしいものではなかった。チャーチル夫人は絵を見て、「本当に気味が悪いほど似ているわ」と漏らしたといわれており、チャーチルの息子ランドルフは、なんだかうんざりしたような顔だと思ったと述べている。そして、当のモデル本人は、端からその絵を毛嫌いしていた。肖像画の写真を見たとたん、「実に……醜悪だ」と吐き捨てたという。[*8] 式典の10日前、チャーチルはサザーランドに手紙を書いて、絵を拒絶し、式典は肖像画なしで行なうと宣言した。だがチャールズ・ダウティ議員に宥めすかされ、波風を立てないよう、式典で肖像画を受け取ることにした。贈呈式はBBCで放映されることになっていたため、チャーチルは絵を賞賛しなければならなかったが、「力強く率直」で「モダンアートの顕著な一例」であると、気のない賛辞（お世辞といったほうがいいかもしれない

が）を述べるにとどめた。チャーチルの政敵のひとりは、肖像画を「素晴らしい作品」だとべた褒めし、同志のひとりは「悪趣味だ」だと切り捨てた。

この作品は、チャーチルの死後、国会議事堂に常設展示されることになっていたが、まずは首相本人に贈呈された。その直後に破棄されたが、それがわかったのは1978年になってからだった。チャーチル夫人は肖像画をチャートウェル邸の地下室にしまい込んでいたが、チャーチル家の秘書グレース・ハンブリンは夫人の指示で、夜に紛れて肖像画を運び出し、ひそかに焚き火で燃やすよう手配していた。[*9] 噂によると、チャーチル夫人が廃棄処分にしたチャーチルの肖像画は、それだけではなかったようだ。[*10] ポール・マゼとウォルター・シッカートが描いた肖像画も、同じように姿を消している。サザーランドは肖像画が破棄されたことを芸術に対する破壊行為だと見なしていたが、肖像画は――公の場で展示することを目的とした公共性の高いものは特に――見た目の記録であると同時にプロパガンダであり、それを考慮すれば、モデル自身が見栄えが悪いと考えている特徴を、嫌がられるような描き方でそっくりにまねるのは、当然ながら控えるべきだっただろう。

●リベラ《人間　宇宙を支配する者》、《デトロイトの産業》

《十字路の人物》（のちにメキシコで描きなおされ、《人間　宇宙を支配する者》と改題された）はメキシコの画家、ディエゴ・リベラ（1886〜1957年）が1933年に制作した壁画で、ニューヨークのロックフェラー・センターの目玉となっていたが、ロックフェラー家によって破壊

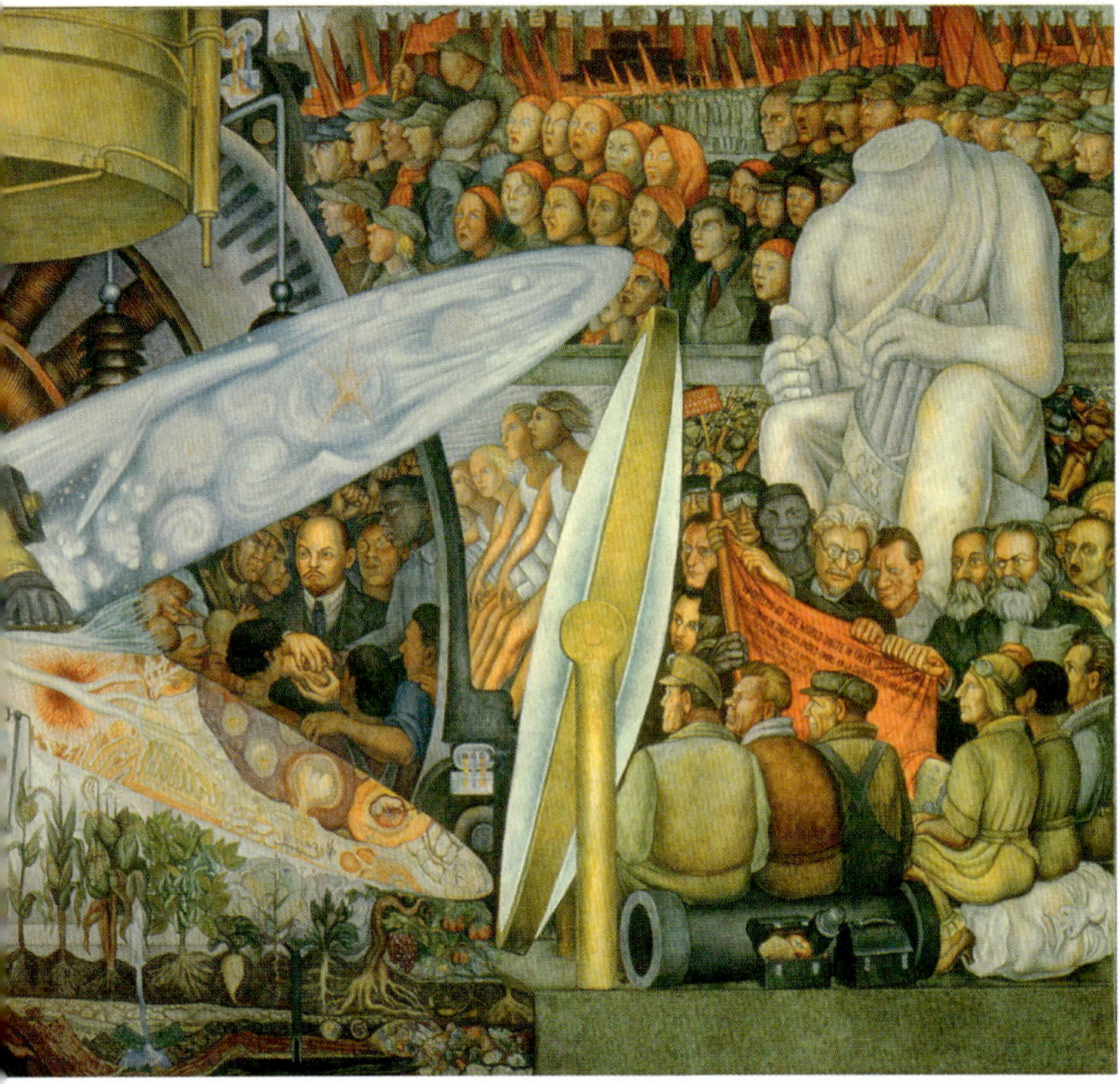

後に制作された複製

された。

そもそも、保守派のジョン・D・ロックフェラー・ジュニアが、メキシコ共産党員だったリベラと仕事をしようとしたこと自体が間違っていたのかもしれない。だがロックフェラーは、当代きっての才能あるアーティストに仕事を依頼したにすぎなかった。最初の下絵は、大勢の人々の中央で3人の男――兵士、農民、労働者が手を握り合っているという構図で、依頼主にも承認されていた。だが、実際に壁画を描く段階で、リベラはロックフェラーの許可を得ずに内容を変更してし

ディエゴ・リベラ《人間　宇宙を支配する者》1934年／フレスコ画／4.85×11.45m／メキシコシティ、ベジャス・アルテス宮殿／ロックフェラー・センターのフレスコ画が破壊された

まったのだ。その後に起こったことは未だに多くの議論を呼んでいるが、２０１４年にワシントンＤＣのメキシコ文化研究所で開催された展覧会「十字路の人物――ディエゴ・リベラがロックフェラー・センターに描いた壁画」では、リベラが保守的な資本主義の象徴であるロックフェラーに「寝返った」として、左翼の同志や共産主義者の団体に謗られ、揶揄されていたことがほのめかされている。リベラは依頼主を裏切ることを決意し、「共産主義の絵を描いてほしいなら、描いてやろうじゃないか」と、助

手にレーニンの写真を取り寄せるよう指示したといわれている。[*11]

作品が発表された際に新聞や雑誌に躍った見出しは、ロックフェラー家の神経を逆なでするものばかりだった。『ワールド・テレグラム』紙は「共産主義活動を描いたリベラの絵に報酬を払ったジョン・D・ジュニア」と書き立てている。しかもリベラは「ふしだらな女」とマティーニを飲むロックフェラーの姿まで描き込んでおり、息子デヴィッド・ロックフェラー・シニアの言によれば、父親はまったく気に入らない様子だったという。レーニンを一方に、ロックフェラーをもう一方に配置するという構図だったが、レーニンのほうが魅力的な人物として描かれていた。この作品は、濡れた漆喰に直接描くフレスコ画の技法で描かれており、絵が壁と一体化していたため、こするくらいでは消すことができない。ロックフェラー側は問題を解決しようと、リベラにレーニンの部分を削除するよう要求したが、癇癪持ちのこの画家は「作品が損なわれるのを見るくらいなら、破壊されたほうがいい」といい張り、とうとう壁画は壁から削り落とされた。

ロックフェラー家の人々は、こうなることを予見できたはずだ。リベラが米国で手掛けた前回の作品、デトロイトのフォード・モーター・カンパニーを描いた壁画はスキャンダルを巻き起こし、危うく破壊されるところだった。ドイツの美術評論家ヴィルヘルム・バレンティナーに雇われて、デトロイト美術館に展示する巨大な連作フレスコ画を制作することになったリベラは、計27枚にのぼるパネル画を描いた。この連作の目的は、当時、世界最大だった成長著しいデトロイトの産業をあらゆる面から描くことであり、労働者を讃えるという趣旨を考えれば、マルクス主義者であるリベラはまさに適任だった。また、リベラは当時、アメリカの絵画界ではおそらく最もよく知られた

ディエゴ・リベラ《デトロイトの産業》1932－3年／フレスコ画／下のパネル5.4×13.7m／イリノイ、デトロイト美術館／聖家族を描いた場面は右上にある

人物であり、カリフォルニア美術学校（現サンフランシスコ芸術大学）で好評を博した壁画《町の建物を描いたフレスコ画の制作過程》（1931年）を完成させたばかりでもあった。この壁画のためにデトロイト美術館は、フォード・モーター・カンパニーのエドセル・フォードと共同で2万ドルを出資している。

几帳面なリベラは3カ月にわたってデトロイトの産業を研究し、工場を訪れ、数百枚もの下絵を描いて制作に備えた。そして、わずか8カ月（この規模の壁画としては驚異的な速さだ）で依頼品を完成させている。作業は休みなく続けられ、助手たちの多くが1日に15時間働いていた。この期間に、リベラの体重は100ポンド（45キログラム）落ちたといわれている。[*13]

この連作壁画の制作が始まったのは1932年の大恐慌の真っ只中で、地元の政治的雰囲気は、数万ドルもの大金が絵の制作に注ぎ込まれることを支持するようなものではなかった。デトロイトの労働者の4分の1が仕事を失い、中国のような海外に次々と工場が移転していた状況で、その絵が外国人に描かれるとなれば、なおさらである。フォードの工場で働く労働者たちはストライキを起こして「飢餓行進」を行ない警察と衝突、大勢が負傷し、数名が死亡した。[*14] リベラは政治的には労働者を支持しながら、同時に、労使紛争の敵役である使用者側から絵の報酬を受け取っていた。

除幕式に出席した多くの人々は、壁画を見て憤慨した。そこには聖家族が描かれており、ヨセフは医者、マリアは看護師、東方三博士は科学者として描かれ、幼いキリストはヨセフに予防接種を施されていた。人々は、無神経にも資本主義国アメリカの中心地でマルクス主義の宣伝活動が行なわれていると受け止め、作品を破壊するよう要求した。『デトロイト・ニュース』紙は壁画を「悪趣味で……非アメリカ的」だと非難。[*15] 十数年後、デトロイト美術館は壁画の横に、「リベラの政治的思想と売名行為は忌むべきものである」[*16] という言葉で始まる注意書きを掲載した。これは、依頼主である機関が、作品の素晴らしさや重要性、保存する価値を認めながら、芸術家を非難せずにはいられなかった、史上初めてのケースといえるだろう。

●ゴッホ《医師ガシェの肖像》

1990年5月15日、日本のビジネスマン齊藤了英《りょうえい》は、ゴッホの《医師ガシェの肖像》（1890年）を8250万ドルで購入した。その2日後、《ムーラン・ド・ラ・ギャレットの舞

フィンセント・ファン・ゴッホ《医師ガシェの肖像》1890年／油彩、カンヴァス／67×56㎝／行方不明

踏会》と名付けられた、ルノワールの作品2点のうちの小さいほうを、7810万ドルで購入（大きいほうのカンヴァスは、パリのオルセー美術館に展示されている）。入手した後に齊藤は、自分が死んだら、ゴッホの絵も一緒に焼いてほしいと宣言。齊藤の同僚たちは、この発言は作品に対する情熱を表した表現にすぎないと説明したが、美術界はファン・ゴッホの傑作のひとつが失われるのではないかと懸念していた。

その後、齊藤は、遺言で美術館に寄贈することを検討すると述べたが、以来作品は表舞台に現われることもなく、1996年に齊藤が死亡。2007年に公表された報告書によれば、齊藤は、このゴッホの絵をオーストリアのコレクター、ウォルフガング・フロッテルに売却しているが[*17]、現在の行方はわかっていない。

ファン・ゴッホ（1853〜1890年）がガシェ医師本人に贈呈するために描いたとされるもう1枚の肖像画は、現在パリのオルセー美術館に展示されているが、真作であるかどうかは疑視されている。ファン・ゴッホは通常、白いカンヴァスに直接絵を描いているが、鑑定の結果、この肖像画には下描きが描かれていることがわかったからだ[*18]。

ルノワールのほうは、齊藤の事業に対する貸付の担保として使用されていたが、資金繰りが悪化した際に貸付を行なった銀行によって売却された。スイスの個人コレクションに収蔵されていると考えられているが、1990年以来、目撃されていない[*19]。

◉芸術家による破壊

自分の作品を破壊するという芸術家の行為は、ほぼ現代にしか見られない現象だ。画廊や美術市場が台頭する18世紀以前、特に絵の具の製造が工業化され、チューブや缶に入った絵の具が手頃な価格で手に入るようになるまでは、画材や彫刻の材料は非常に高価だったため、作品を破壊するなど愚行以外の何物でもなかった。作品は依頼があって初めて制作され、買い手や展示者が見つかるまで、芸術家が工房に入ることもなかった。そのため、ボッティチェリが信仰心に突き動かされて、自分の作品をサヴォナローラの虚栄の焼却の犠牲として差し出したような特殊な例を除けば、現代以前の芸術家が、自分の作品を破壊するような余裕はまったくなかったのだ。

近代以前の芸術家は画材を再利用して保存している。ルネサンスの時代、絵を描くための上質皮紙や紙は安いものではなかった。大変な手間をかけて成形され、継ぎ合わされる板絵用の板ほど高価ではないにせよ、それでも、容易く捨てることができるような品ではない。その結果、紙や上質皮紙は、表も裏も、余白があればすべてスケッチで埋められることになった。カンヴァスも再利用されることがあったが、現代の技術を用いることで、最上層の絵の具の下に描かれたものを見ることができる。

◉カジミール・マレーヴィチ

2015年、カジミール・マレーヴィチの代表作《黒の正方形》（1915年とあるが、マレー

カジミール・マレーヴィチ《黒の正方形》1915年／油彩、カンヴァス／80×80cm／モスクワ、トレチャコフ美術館

ヴィチは作品の日付を遡って記載することが多かったため、制作念については諸説ある）をX線で解析したところ、下には別の絵がふたつも隠れていた。[*20] カンヴァスに直接描かれた最下層の絵は、マレーヴィチ（１８７８〜１９３５年）が１９１０年頃に模索していた、色彩豊かなクボ・フトゥリズム（対象を様々な視点から見た、幾何学的な形状に分割するキュビズムの手法と、過去から自由になり、まったく新しい美的語彙を追求する未来派《フトゥリスト》の概念を融合したもの）と呼ばれる傾向の作品だった。そして、その絵の上には（《黒の正方形》の下ではあるが）、絶対主義《シュプレマティズム》の試作が描かれていた。シュプレマティズムは、マレーヴィチが先鋒となって提唱した運動で、具象芸術を否定し、現実との対応関係を排除した幾何学的図形を多用したもので、その典型的な例が、《黒の正方形》だった。保存修復師はさらに、マレーヴィチの直筆によるロシア語の文章の一部（余白

カジミール・マレーヴィチ《黒の正方形》の下から発見された絶対主義的絵画の原型／1910年頃／2015年11月、モスクワのトレチャコフ美術館で開催された記者会見でスクリーンに映し出された画像

に書かれていた大部分は消されていた）を発見した。書かれていたのは「洞窟で戦う黒人」という言葉で、それこそが《黒の正方形》の背景にあるコンセプトだと解釈されてきた。同じく黒い正方形を描いた作品に、フランスの作家アルフォンス・アレーによる《真夜中に穴蔵で戦う黒人》（１８９７年）があり、おそらくそれに触発されて描いたものと思われる。

《黒の正方形》は、従来の宗教的なイコンの究極の否定として生み出され、宗教的なイコンを否定することによって、新たなイコンとなった。白い四角の中に黒い四角が描かれており、黒い四角はひび割れて（経年と湿度により、絵の具が膨張と収縮を繰り返したため）美しい模様が入っているが（傷んでいるという人もいるかもしれない――数十年間、適切に保管されていなかったのだ）、もともとは滑らかで光沢のない黒だった。究極の黒はあらゆる色を含み、究極の白は一切の色を含まないが、どちらも形はない。マレーヴィチはこれを「フォルム・ゼロ」と呼んだ。この作品が初めて展示されたのは、1915年の「最後の未来派絵画展 0、10」である。イタリアで大きな広がりを見せた、詩人のフィリッポ・トンマーゾ・マリネッティ（1876～1944年）が提唱する未来主義は、過去や歴史、伝統からの離脱を促し、新しいタイプの芸術を発展させ過去を消し去るために、美術館や図書館をすべて破壊することとさえ勧めていた。マレーヴィチは、当時の革命的なムードと足並みを揃え、従来の型通りな芸術を否定することで、過去からの独立を宣言したのだ。

◉パブロ・ピカソとクロード・モネ

絵画をX線や紫外線、赤外線等で分析することによって、表層部の絵の具の下に埋もれていた絵がはっきりと表れることがある。こうした光線を当てて表層部を消すと、下に描かれている絵の、ペンティメントと呼ばれるぼんやりとした輪郭が浮かび上がってくる。この方法によって、有名なパブロ・ピカソの青の時代の作品《老いたギター弾き》（1903～1904年）の下に、別の絵が描かれていたことが判明した。母親の乳房を吸う幼子や、牛や羊が描かれており、おそらくキリストの降誕を描いたものと考えられている。[*21] このように現代のテクノロジーは、葬り去られていた亡霊たちを召喚する鍵にもなる。

ピカソ（1881～1973年）もマレーヴィチ同様、芸術の名の下に自分の作品の一部を犠

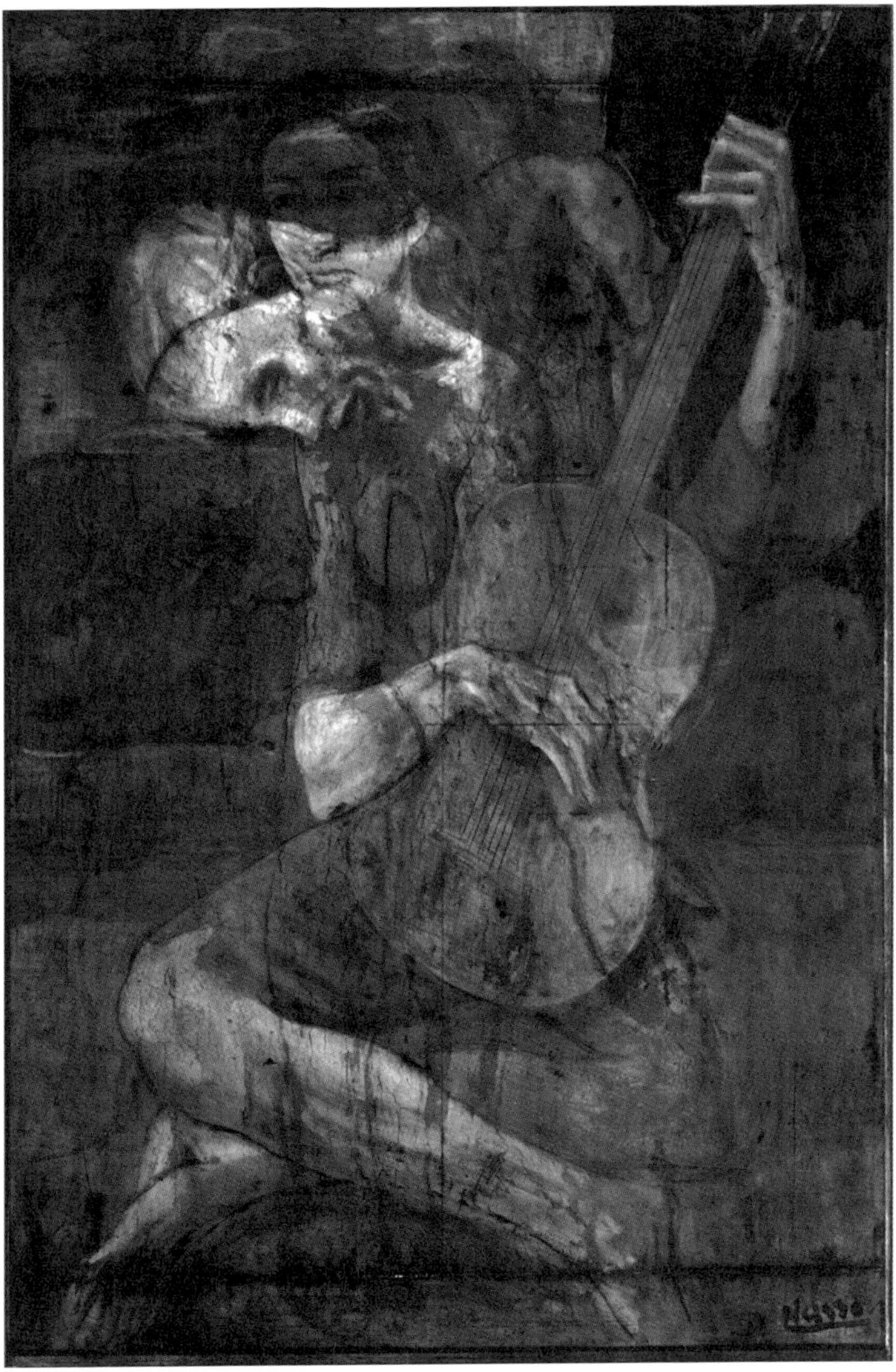

パブロ・ピカソ《老いたギター弾き》1903−4年／油彩、カンヴァス／123×83㎝／シカゴ美術館／X線を当てると、下に描かれていた《キリストの降誕》が浮かび上がった

映画「ミステリアス　ピカソ――天才の秘密」（1956年）のスチール写真

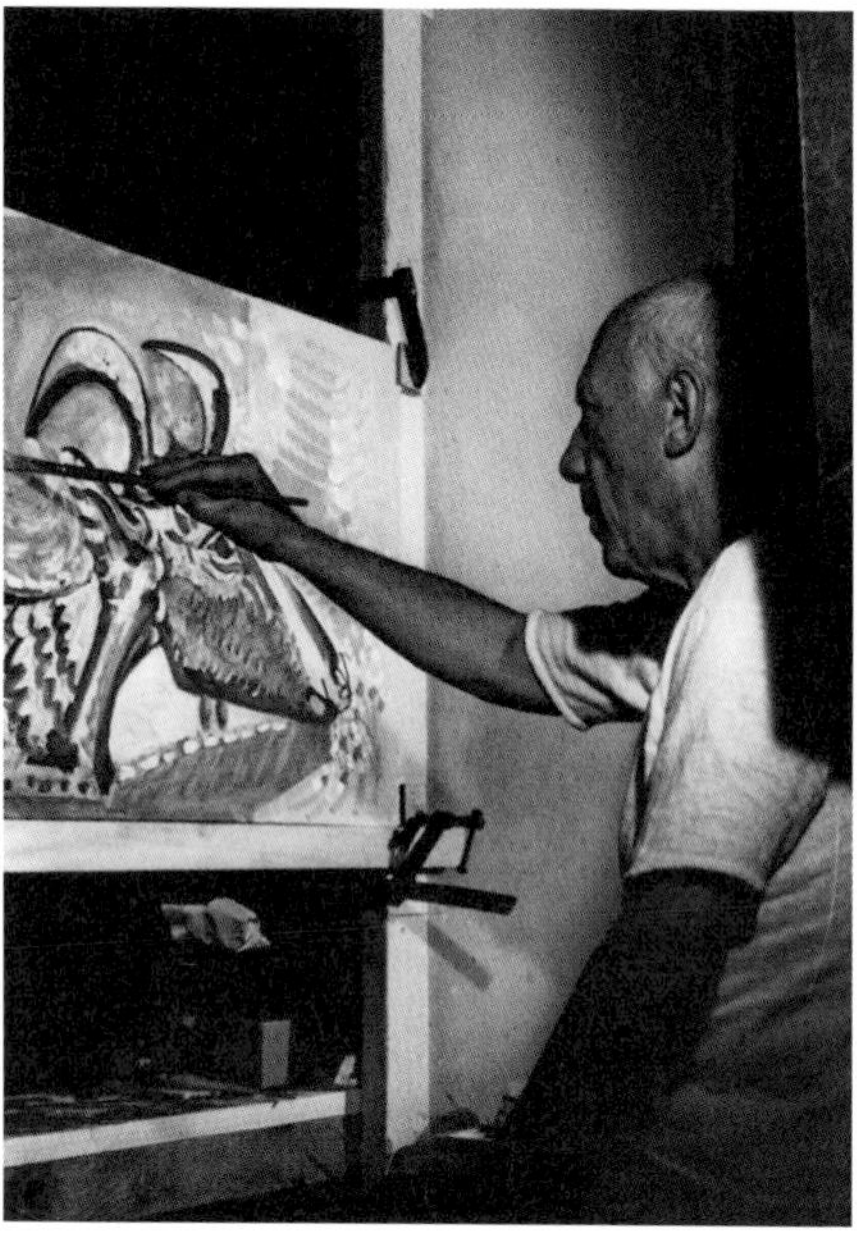

性にしており、その様子は映像に残っている。アンリ・ジョルジュ・クルーゾー監督と撮影監督クロード・ルノワール（画家ピエール＝オーギュスト・ルノワールの孫）によるフランスの映画「ミステリアス　ピカソ――天才の秘密」（1956年）は、制作中のピカソを撮った貴重な映像である。映画のなかでピカソは、オリーブの枝をくわえた胴に女の顔がある鳩や、横たわる裸婦を描く髭面の画家といった絵を、インクで描いている。「ミステリアス　ピカソ――天才の秘密」は、制作中のピカソを撮った2本しかない映画（もう1本は1949年に公開されたベルギーの作品「ピカソを訪ねる Bezoek aan Picasso」）のひとつであり、単なるドキュメンタリーにとどまらない、極めて質の高い映画だ。カンヌ国際映画祭特別審査員賞も獲得し、1984年、フラン

ス政府はこの映画を国宝に指定している。[*22] 映画制作者も芸術家本人も、作品が映画の中だけに存在するというアイディアを気に入ったため、ピカソがカメラの前で制作した絵画はすべて撮影終了後に破棄された。[*23]

パトロンが作品の出来に我慢ができず廃棄することは滅多にないが、常に自分の仕事に満足しているとは限らない芸術家本人は、そういった行動に出ることがある。1958年にニューヨーク近代美術館で発生した火事は、大災害になる前にどうにか消し止められたものの、モネの《睡蓮》2枚を含む6点の絵画が焼失している。だが、モネ自身の手で失われた作品はもっと多い。1908年、モネ（1840〜1926年）はパリのデュラン゠リュエル画廊で開催された展覧会の直前に、自分の作品に満足できず、カンヴァス15枚を破り捨てている。[*24]

◉ゲルハルト・リヒターとジョン・バルデッサリ

ゲルハルト・リヒター（1932年〜）もモネ同様、完璧主義者だ。[*25] 1960年代初めに制作された初期の作品は、わざとピントを外したようなぼやけた写真を基に描かれている。本人の言によれば、絵の出来が気に入らなかったリヒターは、カッター・ナイフで自分の絵を切り裂き、60点は焼却したという。リヒターはコンテンポラリー・アーティストの中で最も作品が高価なアーティストのひとりであり、今日の見積もりによれば、この60点は約6億5500万ドルに相当する。リヒターは、自分の作品を破壊するという複雑な感情について説明し、切り裂いて破棄する前には、写真を撮っていたと述べている。『デア・シュピーゲル』誌の取材には、こう答えている。「破棄した作品の写真を見ていると、ときどき思うよ。早まった。これとこれは残しておけばよかったとね。だが、絵を切り裂くのは、自分を解放する行為だったんだ」

この数世紀の間に、芸術家自身が、満足のいく作品を追求し、良い作品を自分の仕事として後世に残すために、ためらいもなく破棄したり再利用したりした作品がどれだけあったのか、だれにもわからない。だが、作品が展示、売却されるまで——芸術家の手を離れて世に出るまで、芸術家自身が、どの作品を発表し、どの作品をお蔵入りにするか決めることができるのは（芸術の愛好家や、歴史家の観点から見ると残念に思えても）、当然のことだ。

主にコンセプチュアル・アーティストとして知られるジョン・バルデッサリ（1931年〜）は、作品が売れず、自分を変えなければならないと考えた。そこで再出発をしようと、死体安置所で《火葬プロジェクト》（1970年）というイベントを行ない、1953年から1966年にかけて制作した絵画を焼却している。[*26]

◉ロバート・ラウシェンバーグとウィレム・デ・クーニング

ロバート・ラウシェンバーグ（1925〜2008年）は、1952年から1953年にかけて、ヨーロッパと北アフリカを旅しながら変わったゴミを集め、後に《コンバイン　結合》と名付けるコラージュを制作し有名になった。作品はフィレンツェやローマのギャラリーに売却したが、

ロバート・ラウシェンバーグとウィレム・デ・クーニング《消されたデ・クーニングの絵画》1953年／ドローイングの描画材の痕跡、ラベル、金縁／64.14×55.25㎝／サンフランシスコ現代美術館

売れなかったものは保管場所を探したり、米国の自宅に送ったりする手間を省くために、フィレンツェのアルノ川に投棄した。[*27] そのため、この時代の作品で現存するものは、知られている限りでは38点しかない。[*28]

1953年、ラウシェンバーグは、抽象表現主義者のウィレム・デ・クーニング（1904〜1997年）の絵画を入手して、その絵を消すというパフォーマンスを行ない、残った白紙に《消されたデ・クーニングの絵画》というタイトルを付けた。1998年にはサンフランシスコ現代美術館に収蔵されており、目録には「ドローイング……ドローイングの描画材の痕跡とラベルと金縁」と記載されている。消される前のデ・クーニングの絵の写真は残っていないようだが、美術館の保存修復師がデジタル技術を使って、消された絵の痕跡を浮

ヘザー・ベニング《ドールハウス　夕暮れ#3》2007年、2011年印刷／コダック・エンデュラ・デジタルCプリント／50.8×76.2㎝

かび上がらせている。

ある作家に「品の良い偶像破壊」と称されたラウシェンバーグのこの行為には、[*29] 象徴的な意味が込められている。コレクターは自分で合法的に購入した美術品を破壊する権利があるが、芸術家が別の芸術家の作品を破壊すると、新しい芸術が生まれるのだ。このケースでは、事前に作者であるデ・クーニングが破壊行為に賛同している。ラウシェンバーグはデ・クーニングのアトリエを訪れ、芸術活動としてデ・クーニングの作品のひとつを消去したい旨を伝えた。興味を持ったデ・クーニングは自分の作品を1点提供。むしろ大いに乗り気で、捨てるつもりだった鉛筆書きの絵ではなく、簡単には消せないようにと、インクやクレヨンも使って描いた作品を提供している。ラウシェンバーグは手に入れた作品をこすり続け、1カ月かけて絵を消した。

ヘザー・ベニング《ドールハウス　炎#2》2013年／コダック・エンデュラ・デジタルＣプリント／50.8×76.2㎝

◉ヘザー・ベニング

新たな作品を生み出すために、作品を破壊するアーティストもいる。２００７年、カナダのアーティスト、ヘザー・ベニング（１９８０年〜）は廃屋となった農家を利用して、原寸大のドールハウス《ドールハウス》を制作した。廃屋を修繕し18カ月かけて作られた素朴な家は、絵本に出てくるような部屋を備えており、片側の壁は本物のドールハウスのように取り払われて、ガラスが嵌め込まれ、中は丸見えになっていた。まさに子どものおもちゃを大きくしたような、現実離れした美しい作品であり、同時に、他人の生活をのぞき見したがり、リアリティーテレビ番組を好んで観るような、我々の好奇心について、興味深い見解を示していた。

あいにく、この建物の基礎は１９６８年頃に作られており、２０１３年には傷みが激しくなっていた。倒壊は免れないと判断したベニングは、起こりうる災難を、新たな芸術に変えることにする。現在、このドールハウスを撮影した美しい写真は残っているが、建物そのものはもう存在しない。その年、ベニングは建物に火を放ち、《ドールハウスの死》という新たな作品を生み出した。[*30]

◉ジャン・オーギュスト・ドミニク・アングル

芸術家が自分の作品を破壊するケースは、虚栄心や完全主義によるところが多いが、動機はそれだけではない。アングル（1780〜1867年）が再婚したとき、新しい妻は工房にあった、死んだ前妻の美しい裸の肖像画にいい顔をしなかった。[*31] この肖像画の行方はわかっていない。おそらく廃棄されたか、画家自身が、円満な夫婦生活を送るために人に譲ったのだろう。だが在りし日の姿は、1852年に工房で撮られた、銀板写真の中に残されている。

◉ミケランジェロ

セライオは寒さをしのぐために外套を身体に巻きつけると、紙をめくって手紙を書き続けた。

「ご存知の通り、わたしが懸念しているのは、工房の扉の鍵を持っている人間があまりにも多いということです。既に多くの絵が盗まれています。バルトロメオ・アンマナーティ、ナンニ・ディ・バッチョ・ビジョ、バッチョ・バンディネッリ、皆あなたを敬愛するあまり絵を盗ってしまったと

ミケランジェロ・ブオナローティ《キリストとサマリアの女》1536−42年／インク、ゲッソー、板／77.7×69.9㎝／リヴァプール、ウォーカー・アート・ギャラリー

白状しています。あなたの才能を羨み、あなたの成功の秘訣を作品から解き明かそうとしているのです」

だが、ミケランジェロが懸念すべきは、盗難ばかりではなかった。建築家のピエロ・ロッセッリは、1526年2月4日、ミケランジェロに手紙を書き、彼の建築画の贋作を見つけたと伝えている。ミケランジェロの望みは自分の素描をすべて破棄することだったが、実際にはかなりの数（およそ600点ほど）が残っている。[*32] 盗まれたり、売り払われたり、置き忘れたりといった、ミケランジェロが防ぐことのできなかった事故によって破棄されるのを免れたのだ。

そのうちの多くはミケランジェロの友人、ヴァザーリによって保管されていた。若い芸術家たちは、絵画のみならず彫刻や建築にも才能を発揮したミケランジェロの素晴らしい芸術が、その素描の中に集約されているのを見たのである。

［ミケランジェロの作品だけが］絵画作品に、浮彫り性を付与すべく、線描きや輪郭、明、暗による素描術の、完璧性の何たるかを示すことができるのである。また、彫刻においては正しい判断力で制作し、建築術では、心地よく確実で清潔であり、軽快で比例がとれ、さらに多様な装飾にみたされた建物の制作を行なうのである。[*33]

ヴァザーリが素描をつぶさに調べ、仲間である他の芸術家たちが完成した絵画や彫刻にしたように、〝読んだ〟（解釈し、研究した）ことは、画期的なことだった。今日、我々が、偉大な芸術家の

アリストーティレ・ダ・サンガッロ、ミケランジェロの《カッシナの戦い》の模写／1542年／油彩、板／76.5×129㎝／ノーフォーク、ホウカムホール

素描を完成した絵画や彫刻と同じ様に収集することができるのは、ヴァザーリのおかげだ。ミケランジェロの素描を数点保存してくれたことにも感謝しなければならないだろう。さもなければ、ミケランジェロは自尊心に突き動かされ、努力の痕跡を消し去って、スプレッツァトゥーラを装うために、すべて火にくべていたに違いない。[*34]

齊藤が所有していたファン・ゴッホの《医師ガシェの肖像》が再び現われ、ミケランジェロ自身の意志に反して焼却を免れていた素描がさらに発見される望みはまだ残っている。作品の芸術としての価値は売却価格によって計ることができるが、1998年には、「個人が所有する、ミケランジェロの最後の素描の1枚」といわれる《キリストとサマリアの女》が、サザビーズで740万ドルで売却され、[*35] 2000年には《キリストの復活のための習作》が、クリスティーズで1300万ドルで売却されている。こうした素描は、思考を表現したり、アイディアを試したり、芸術様式を発展させたりするのに利用されており、芸術家の制作過程について貴重な情報を提供している。ジョルジョ・ヴァザーリはそれをよく知っていたのだ。

そもそも制作されなかったり、失われたりした絵画や彫刻の下絵だけが存在する場合も多い。下絵を見れば、ミケランジェロがフィレンツェのヴェッキオ宮殿の壁を彩るはずだったフレスコ画《カッシナの戦い》を、どのように描くつもりだったのかがわかる。レオナルドの著名な失われた作品、《アンギアーリの戦い》の向かいに描かれるはずだった作品だ。ふたり同時に依頼されたのは、訪れる人々がフィレンツェの誇る巨匠ふたりの作品を見比べて楽しむことができるように、芸術家同士に一種の決闘をさせようという趣旨だったのだろう。だが、ミケランジェロはフレスコ画を完成させることを拒んだ。ミケランジェロが描くことになっていた壁は、レオナルドが割り当てられた壁よりも日当たりが悪かったため、対決するには不利だと考えたのだ。一方、レオナルドは《アンギアーリの戦い》の場面を描き始めたが、完成には至らず、その絵は後に別の壁画で塗りつぶされることになった。現存するのは、ミケランジェロが壁画のために描いた素描の模写（弟子であるアリストーティレ・ダ・サンガッロによる模写）のみである。

第8章

覆い隠され、見出されたもの

2014年7月24日。イラク北部モスル市の周辺に広がる砂漠は、灼熱に焙られていた。市の東部、ニネヴェの古代遺跡に、突然、爆音が響き渡った。ナビ・ユヌス・モスクの脇に立つ14世紀の光塔《ミナレット》が爆破されていた。崩れ落ちたわけではない。ナビ・ユヌスの霊廟を木っ端みじんに破壊するために、塔に爆薬が仕掛けられていたのだ。数時間後、人々はその様子をYouTubeで見ることになる。砂塵がもうもうと空へ立ち上っていく。

ナビ・ユヌス（キリスト教では預言者ヨナ）の墳墓は、新アッシリア帝国の首都ニネヴェの遺跡にある。ニネヴェは古代の遺丘（同じ場所にくり返し村落が築かれた結果、丘のように盛りあがった土地）から発掘された都市の遺跡で、1852年の発掘調査で発見された碑文には、センナケリブ王（在位紀元前705～681年）がこの地に、レバノン杉の梁と銅の扉、石造彫刻を備えた宮殿を建てたことが書かれていた。宮殿は、後の王たちによって増築や改築が繰り返されたが、紀元前612年、新アッシリア帝国を終焉に導いたニネヴェの略奪の際に、破壊された。初期のキリスト教時代には、丘の上に教会が建設され、いつしか、その遺丘と教会は、ヨナ（聖書によれば、ニネヴェの人々に預言するために神に遣わされた預言者）の墓の上に築かれたとする伝説が生まれた。そして、この教会はアッシリアのキリスト教徒たちの巡礼地となった。

14世紀末、モンゴルの征服者タマーレンの支配下に置かれると、宗教が変わっても、それまでの

14世紀、古代都市ニネヴェに建てられたナビ・ユヌスの霊廟／イラク、モスル／ISによって破壊される前

聖地を神聖なものとして扱う、お馴染みの方法がとられた。教会はモスクとして再建され、その内部にあったヨナの霊廟も破壊されることはなかった。19世紀の探検家で考古学者でもあるオースティン・ヘンリー・レヤードは、アッシリアの宮殿を発掘するために邪魔なモスクを破壊したくてたまらなかったはずだが（霊廟にヨナの遺体があるとは信じていなかったのだから、なおさらだろう）、この頑固なイギリスの帝国主義者も、さすがにそこまで異文化を踏みにじることはできず、モスクはそのまま放置されていた。

だが、ＩＳの野蛮な破壊者たちにとっては、歴史的、文化的に重要な遺跡を破壊することなど何の倫理的障害にもならなかった。ＩＳは２０１４年の夏、周到に準備して可能な限り効率的にナビ・ユヌスの霊廟を爆破した。しかも、古代のモスクとその中にあるものを破壊しただけでなく、アッシリアの遺物を盗掘してブラックマーケットに売り払い、利益を得ている。

まだ存在してはいるが、覆い隠されている作品は、〝失われたが、失われていない〟という、ひとつのカテゴリーを作っている。遺跡の発掘により見出される遺物もこのカテゴリーに属する。埋もれている作品は絵画でもありえる。油絵は再利用されやすいため、しばしば作品が上書きされるからだ。大抵の場合、その作品を消して別の作品に置き換えたいという積極的な希望があるわけではなく、単に画材を再利用しているにすぎない。

画材の再利用の背景にある心理的な動機は、特に興味を引くようなものではないが、上書きされた作品は興味深いものであることが多い。第7章で取り上げた、マレーヴィチの《黒の正方形》の下から発見された2つの作品と文字は、マレーヴィチの芸術家としての変化や、彼が興味を持った芸術様式を示しており、真っ黒に塗り潰した絵という表現を選択させたインスピレーションの源まで暗示している。この作品の場合、再利用のために上書きされたわけではない。マレーヴィチが生きた時代は、紙の隅々まで無駄なく利用していたルネサンス時代とは違い、画材はそこまで高価ではなかった。再利用などしなくても、古いカンヴァスを捨てて新しいカンヴァスに描き始めればよかったはずだ。だが、マレーヴィチの芸術哲学は、ロシア革命という時代の空気に強い影響を受けており、過去の芸術様式を捨て、新たな芸術を模索するものだった。したがって、自分の過去の作品を、反イコン的な絶対主義の作品で塗り替える行為の背景には、自己偶像破壊とでもいうべき心理が働いているのだ。

◉マザッチオ《聖三位一体》

建造物の改築により再び日の目を見る幸運に恵まれるまで、壁画が失われる場合もある。有名な例としては、本書の冒頭で紹介した、ジョルジオ・ヴァザーリがフィレンツェのヴェッキオ宮殿にある500人広間を改築したケースが挙げられる。この時ヴァザーリは、レオナルドが既に一部完成させていた《アンギアーリの戦い》の上に、新しいフレスコ画を描くよう依頼された。ヴァザーリがレオナルドの壁画を塗り潰すのではなく、手前にもう1枚壁を作って壁画を描き、レオナルドの作品を保存したという説には裏付けがある。ヴァザーリはそれ以前にも、サンタ・マリア・ノヴェッラ教会で、少なくとも1度は同じ手を使っているのだ。

1568年10月、ヴァザーリのパトロンであるコジモ1世は、ヴァザーリに教会を改装するよう依頼した。それは、ヴァザーリが『芸術家列伝』で、その「簡潔さと、生き生きとした感覚」を讃えたマザッチオの傑作《聖三位一体》等、数々の極めて貴重なフレスコ画に彩られた壮麗な教会で、改装するにはフレスコ画を消すか、どうにかして移動させるしかなかった。コジモ1世が、身廊と内陣を隔てる内陣仕切りを撤去して、主祭壇を前に出し、マザッチオの有名なフレスコ画の上に、ヴァザーリが《ロザリオの聖母》を描くことを望んでいたからだ。ヴァザーリにはコジモの希望に従って改装するほか選択肢はなく、自らが賛嘆してやまないこの壁画をできるだけ良好な状態で保存するために知恵を絞るしかなかった。この難題を解決するのにだれが適任かといえば、知識の面でも技術の面でも、建築家でもあるヴァザーリほど打ってつけの人物はいなかっただろう。

マザッチオ《聖三位一体》1427年頃／フレスコ画／667×317㎝／フィレンツェ、サンタ・マリア・ノヴェッラ教会

［コジモは］わたしに、内陣仕切りを撤去させ、サンタ・マリア・ノヴェッラ教会はその美しさを失ったが、わたしたちは、建物の大部分を占めていた古い聖歌隊席を取り払い、祭壇の後ろに新たに豪奢な聖歌隊席を取り付けた。すると、まるで真新しい壮麗な教会が現われたように見えた。まさしく、生まれ変わったようだった。[*1]

ヴァザーリが当初この計画をどう思っていたかについては、引用の冒頭にある「わたしに、内陣仕切りを撤去させせ」という言葉に表れているが、結局は仕事に誇りを持つことができたようだ。ヴァザーリはマザッチオの壁画の前に壁を作り、そこに自分の作品を描いた。記録に残されていないため、それがヴァザーリ自身の独断だったのか、許可を得てそうしたのかはわからないが、ヴァザーリが古い壁画を保存していたという事実は、1860年、教会が改築された際に判明した。同年、マザッチオのフレスコ画の上部が発見され、壁から剥がされて、後方の扉のそばに移された。そして1世紀後、下半分が発見され、《聖三位一体》は復元された。[*2] 15世紀のイタリア絵画に多大な影響を与え、長らく失われたと思われていたマザッチオの最も重要な絵画のひとつが、墓から掘り出されたのである。

《聖三位一体》は、その背後にある着想、素晴らしいインヴェンツィオーネ（創意）によって、様々な美術史概論において研究された重要な作品のひとつである。父と子と聖霊を、一体であると同時に、それぞれ別の独立した存在として描くのは極めて難しい。神とキリストと聖霊は概念の上では連続体だが、3つの異なる姿で描かなければならないからだ。マザッチオはこの問題を、それぞれの姿を重ね合わせることで解決した。十字架に架けられたキリストの真後ろに父なる神の姿を描き、ふたりの間に聖霊を描いたのだ。聖霊は慣例通り鳩として表現され、襟のように父なる神の首元を飾っている。1428年に完成したこの作品は（ブランカッチ礼拝堂にあるマザッチオのもうひとつの壁画同様）フィレンツェの芸術家たちに多大な影響を与えた。マザッチオは、視覚的、数学的革命ともいうべき一点透視画法を、その技法がフィレンツェ・ルネサンス絵画の主流となる前にいち早く披露している。この作品では、描かれた建築空間によって直角に交わる線が強調され、見る者の視線がキリストの膝の辺りにある消失点に引き寄せられるようになっている。これは1420年代の終わりにおいて極めて斬新な技法だったが、マザッチオは、聖母マリアを描く際にも大胆な試みに挑んでいる。キリストがフレスコ画の前に立つすべての者たちの罪を背負って死んだことを思い起こさせるように、十字架の上で苦しむ息子を指し示しながら、鑑賞者の目を真っすぐに見つめてくる聖母を描いたのだ。フィレンツェ中の人々が鑑賞に訪れ、ルネサンス時代の芸術家たちに大きな影響を与えた絵は、ヴァザーリの壁画に覆われて失われたかに見えた。だが、ヴァザーリの、マザッチオに対する賞賛の念と建築家としての知恵によって、後世に伝えられていたのである。

◉ラファエロ《ビッビエーナ枢機卿のストゥフェッタ》

漆喰に覆われて葬り去られた芸術作品は、膨大な数に及んでいる。宗教改革の時代、プロテスタント、特にカルヴァン主義者たちは、信仰の対象を人の姿で表すことに反対し、カトリックの〝偶像崇拝的〟な装飾を破壊しようとした（十戒の第2戒は偶像を禁じているが、カトリック教徒は、細かいところには目をつぶって解釈していたのに対し、プロテスタントやユダヤ教徒、イスラム教徒たちは、そうした細部こそ重視していた）。そして、イーリー大聖堂やリヨンの大聖堂（ノートルダム大聖堂）といった教会の中に立ち並ぶ顔のない彫像を見ればわかるように、偶像破壊を実行に移している。フレスコ画は漆喰で手際よく覆い隠された（漆喰は、現代の修復技術をもってすれば、絵を傷つけることなく取り除くことができる）。

塗り潰しによる検閲は、個人的なものに対して行なわれることもあった。ラファエロは、ビッビエーナ枢機卿（1470〜1520年）のために作られたヴァチカン宮殿の（教皇公邸の隣の）小さな浴室の壁に、エロティックな場面を描くよう依頼された。ローマ教皇レオ10世（在任1513〜1521年）の時代のことだった。当時、教皇や枢機卿は、秘密のパートナーとして愛人や小姓を抱えており、教会もそれを大目に見ていた。結婚さえしなければ、聖職者がベッドをともにする相手をそれほど気に掛けることもなかったのだ。ラファエロは古代ローマの絵画から着想を得て、男根を勃起させたサテュロスに追われるニンフの絵を描いたが、神話に材を取ったのは、壁を裸の女性の絵で埋め尽くすための口実に過ぎなかった。レオ10世は生まれながらの享楽家で、教皇に選ばれた時、弟に「この境遇を大いに楽しもうではないか！　神がわれわれに与え給うたのだから」といったと伝えられている。[*3] したがって、エロティックな絵に目くじらを立てるような人

《ビッビエーナ枢機卿のストゥフェッタ》1516年／ヴァチカン／ラファエロのデザインに基づくフレスコ画

《ビッビエーナ枢機卿のストゥフェッタ》の細部／1516年／ヴァチカン／サテュロスと水浴びするニンフを描いたフレスコ画

物ではなく、また描いたのが当時を代表する芸術家ラファエロだったこともあり、紛れもない芸術作品として認められていた。この浴室は、《ビッビエーナ枢機卿のストゥフェッタ》（ビッビエーナ枢機卿のストーブ、または暖かい部屋）と呼ばれていた。そう呼ばれたのは、そこで熱い風呂を浴びたためかもしれないが、壁に描かれたホットな絵のせいだったのかもしれない。

だがそれも、信心深くお堅い人間が教皇の座につくまでの間だった。教皇の交代に伴ってヴァチカンが良しとする絵も変わっていき、壁の絵は数世紀にわたって削り取られたり、漆喰で白く塗り潰されたりした。現在この浴室は一般公開されていない。現存する絵には、ヴィーナスが巨大な貝殻から足を踏み出す姿や、鏡に映る裸体を見つめる姿、アドニス（ヴィーナスが誘惑した美しい人間）の脚の間に横たわる姿、泳ぐ姿等が描かれている。ヴィーナスの息子であるキューピッドの絵も残されているが、好色な目つきのサテュロスの絵には銀の蛇口が取り付けられている。他にも、ミネルヴァを襲うウルカヌスといった（16世紀にヴァチカンを訪れた客が書き残している）、ヴァチカンにはふさわしくないと見なされた場面が、次々と漆喰で覆われた。《ビッビエーナ枢機卿のストゥフェッタ》が研究者によって発見されたのは、１８７０年になる少し前だった。浴室はある時点で台所に改築されていたが、１８７０年に浴室を含むヴァチカン宮殿の一部が教皇公邸になり、今日に至っている。[*4]

◉ネロの黄金宮殿

ラファエロが《ビッビエーナ枢機卿のストゥフェッタ》に取り入れた様式と主題は、近年になって発見された古代ローマの壁画を参考にしたものだった。その中には、埋もれていた皇帝ネロ（在位54～68年）の宮殿、ドムス・アウレア（黄金宮殿）の部屋を彩った壁画もあった。この宮殿は64年の大火の後、ローマのパラティヌス、エスクィリヌス、カエリウス、オッピオの丘の斜面にまたがるように建築された。３００エーカー（1・2平方キロメートル）にも及ぶ広大な宮殿で、当代随一の芸術家たちによって描かれたフレスコ画で彩られていたようだ。大プリニウスの『博物誌』（77～79年）によれば、壁画を担当した主な画家はファムルスとアムリウスだったという。

ネロの暴君ぶりにより彼が建てた宮殿は非難の的となっていたため、ネロの死後10年の間に、宮殿にあった大理石の板や、彫像、宝石、家具といった目ぼしい品はすべて運び去られて、流用された。2・6キロ平方メートルに及ぶ私邸の敷地には人工池があり、ウェスパシアヌス帝（治世69～79年）はその隣に、現在はコロッセウムとして知られているフラウィウス円形闘技場を建設。コロッセウムという名前は、ギリシアの彫刻家ゼノドルスによって作られた、ネロの巨大なブロンズ像に因んでいる。

この像は、かなりの高さに及び、（大プリニウスによれば106・5ローマン・フィート、約98フィートに相当する）古代の《ロドス島の巨像》に匹敵するほどだった。引き締まった体つきの裸像で、石の柱に片肘をつき、もう一方の手は皇帝の力を象徴するかのように、巨大な地球儀の上に乗った船の舵をつかんでいたようだ。ネロが死亡すると、像の顔は別人の顔に削り直された。ウェスパシアヌスは彫像に太陽の光を表す冠を被せ、コロッサス・ソリスと改名し太陽神ソルに奉献した。この像はドムス・アウレアの正面玄関に置かれていたが、ハドリアヌス帝（在位117～138年）によってフラウィウス円形闘技場のそばに移された。その後、4世紀までは記録に残されていたが（コンモドゥス帝［在位180～192年］によって、さらに修正が加えられ、ヘラクレスに扮する自身を象った像に改造されている）、ローマ略奪の際に失われたようだ。

宮殿を彩ったフレスコ画は、ティトゥス皇帝（在位79～81年）が敷地の一部に巨大な浴場を建設するよう命じた際に見捨てられることになった。宮殿は地中に埋められ、ローマ皇帝の中で最も恐れられ、忌み嫌われた人間の記憶とともに葬り去られた。

ローマの人々の間では、埋め立てられた宮殿の天井を破って中に侵入し、松明《たいまつ》やランプの明かり

グロテスク装飾が施されたネロの《黄金宮殿》の天井のフレスコ画。想像上の海の生物や雄牛が描かれている、68年頃、16世紀に再発見された

でできるだけ遠くまで探検するという、ちょっとした冒険が流行っていたらしい。そこで発見されたフレスコ画は斬新かつ刺激的で、当時の美術界を大いに活気づけることになった。グロテスクという言葉は、グロッタ（洞穴や洞窟を指すイタリア語）で発見された装飾という意味で、そのデザインは、ルネサンス時代やバロック時代後期に好んで用いられ、壁から家具に至るまで、あらゆるものを装飾していた。

18世紀後半にポンペイとヘルクラネウムで発見された壁面装飾の様式の変遷は、19世紀後半のドイツの考古学者アウグスト・マウによって分類されている。紀元前80年頃までよく見られた第1の様式は、トロンプ・ルイユの技法を使って、大理石や雪花石膏を模し、実際に貴重な石が壁に嵌まっているように見せかけるものだった。徐々に第1の様式に取って代わり、紀元前20年頃まで流行した第2の様式では、壁に描かれた建築モチーフ越しの景色が、実際に窓から外を眺めているようなリアルな視点で精巧に描かれた。第3様式は、第2様式のトロンプ・ルイユを排し建築的な要素のみを残していたが、この様式における建築的要素とは、板絵を模し、精密に描かれた絵を囲む枠として表現されることが多く、壁が平面であることを強調する装飾的なものにすぎなかった。精緻を極めた第4様式は、マンネリ化した第3様式に対するバロック的な反動として、60年辺りから見られるようになった。第2様式の、壁面いっぱいに描くスタイルと、第3様式の非現実的な建築要素を組み合わせた様式で、極端に強調された遠近法が用いられ、しばしば架空の生き物が描かれた。ファムルスらが手掛けたドムス・アウレアの壁や天井の装飾は、この第4様式にあたる。第3様式の、色鮮やかな物語絵画をブロック状に区切る建築モチーフには、スタッコを模した装飾が取り入れられており、花や動物、神話のモチーフを盛り込んだ、複雑で遊び心のある装飾的なデザインは、後のグロテスク装飾に大きな影響を与えた。

ルカ・シニョレリ（1445頃～1523年）の驚くほど複雑で寓意的な絵画《アペレスの誹謗》と《パンの饗宴》は、シエーナにあるパンドルフォ・ペトルッチ（1487年から1512年にかけて、君主としてシエーナを統治した豪商）の宮殿の大広間を彩っていた。天井の装飾は、ピントゥリッキオ（1454～1513年）が担当し、発掘されたネロのドムス・アウレアの円天井を模して描かれた。これらの壁画はおそらく1509年までには完成し、ペトルッチの息子の結婚式に彩を添えていたに違いない。だが、嫌われ者だったペトルッチが死亡すると、宮殿は略奪に遭い、廃墟となった。

大広間の3点のフレスコ画――シニョレッリの《貞節の勝利》や《ローマへの攻撃を中止するよう嘆願されるコリオレイナス》、オデュッセイアに材を取ったピントゥリッキオの壁画は、保存のために、1843年頃カンヴァスに移され、現在はロンドンのナショナル・ギャラリーで展示されている。[*5] ピントゥリッキオの別のフレスコ画も同じ年に宮殿から移動されているが、シニョレッリが描いた残りの2作は行方不明だ。破壊されたのか、剝がされてどこかに保存されているのか、漆喰で覆われ上書きされてしまったのか、あるいは宮殿のどこかで生き埋めになっているのか、詳細はだれにもわからない。

グロテスクという言葉は、シエーナ大聖堂にあるピッコローミニ家の図書館の装飾のために、1502年に締結された契約書の中ではじめて使用された。装飾を行なったのはピントゥリッキ

ピントゥリッキオ／グロテスク様式で描かれたピッコローミニ家図書館の天井のフレスコ画／1502年頃／シエーナ大聖堂

オで、ラファエロのデザインに基づいて壁画を描いた。ラファエロはヴァチカン宮殿の開廊《ロッジア》にグロテスク装飾を施すよう依頼され、高名な《アテナイの学堂》（1509〜1511年）を始めとする緻密で寓話的なフレスコ画を描いている。長らく地中に埋もれていた古代芸術の発見、特にドムス・アウレアでの発見は、16世紀のラファエロの芸術に大きな影響を与えた。ラファエロは、埋もれたネロの宮殿を探検した際に目にしたものを、ローマの権力者ビッビエーナ枢機卿の浴室の壁画に取り入れたのだ。

16世紀を代表する、もうひとりの偉大な芸術家ミケランジェロも、そこに埋もれていた芸術作品からインスピレーションを得ている。忌むべきネロの記憶と享楽の痕跡を葬り去るために広大なドムス・アウレアは土で覆いつくされたが、そのおかげで、フレスコ画だけではなく他の至宝も保護されることになった。現存する古

《ラオコーン群像》紀元前2、3世紀頃、アゲサンドロス、アテノドロス、ポリュドロスによって制作されたギリシア時代の彫刻をローマ時代に複製したもの／1世紀頃／大理石／高さ184cm／ローマ、ヴァチカン美術館

代彫像の中で、最も素晴らしいもののひとつである《ラオコーン群像》は、1506年、ネロの宮殿の敷地のはずれに立つ、サンタ・マリア・マッジョーレ聖堂脇の葡萄園を発掘していた際に発見された。発掘に立ち会ったミケランジェロにとって、トロイの木馬に隠されたギリシアの謀略を見破り、今まさに蛇に絞め殺されようとしているトロイアの神官の彫像は、それまでに目にしたこともないほど、美しい彫刻だった。[*6]

この彫刻は、ギリシアに味方する海の神ポセイドンが、ギリシアの陰謀を見抜きトロイア人に警告しようとするラオコーンを阻むために、海蛇を放って2人の息子もろとも縊《くび》り殺そうとする緊張感に溢れた瞬間を表している。蛇は今にもラオコーンの身体に牙を突き立てようとしており、ラオコーンは、自分や息子の身体に絡みついてくる蛇をどうにか振りほどこうとあがき、筋肉を激しく波打たせている。意図的に捩《ね》じられた身体の描写は、ミケランジェロの芸術に大きな影響を与えた。

ミケランジェロの信奉者であり、16世紀半ばの前衛的な芸術を担ったマニエリストたちの芸術様式も、この古代彫刻の喪失と再発見に、間接的に影響を受けているといえるだろう。この彫刻が制作された時期や、オリジナルなのか、既存のブロンズ像の複製なのかについては、議論が分かれている。大プリニウスによると制作者は、巨像があったロドス島出身の彫刻家、アゲサンドロス、アテノドロス、ポリュドロスの三人だ。作られた年代は、紀元前30年から紀元70年の間で、学説はほぼ一致している。発見されるとすぐにヴァチカンに設置され、今日まで動かされていない。

●サン・シルヴェストロ礼拝堂

ローマで最も有名で、最も保存状態の良い中世のフレスコ画のひとつ、聖シルヴェストロの壁画（１２５０年頃）は、サンティ・クァットロ・コロナーティ教会の大聖堂と修道院に隣接する、礼拝堂を彩る壁画だ。サン・シルヴェストロ礼拝堂は数世紀にわたり、ローマ観光の隠れた宝だった。通常の観光ルートには組み込まれておらず、鉄格子の前で呼び鈴を鳴らして出てきた尼僧とイタリア語で交渉し、少額の寄付と引き換えに鍵を受け取って中に入る。名高い聖シルヴェストロのフレスコ画が貴重であることは間違いないが、さらに興味深いのは、２００２年まで6世紀にわたって青い漆喰で覆われていた2階の部屋のほうだ。

現存する階下の壁画には、コンスタンティヌス1世が、聖シルヴェストロの説得を受けてキリスト教に改宗し、領地を教会に寄進する様子が描かれている。いわゆる〝コンスタンティヌスの寄進〟の場目円であり、極めて政治的なメッセージを伝えている。当時、教皇と神聖ローマ皇帝フリードリヒ2世（1194～1250年）は、ヨーロッパで覇権争いを繰り広げていた。フリードリヒ2世は、教会は自分に従うべきであり、神聖ローマ皇帝である自分は単なる教会のボディーガードではなく、いにしえの言葉でいうポンティフェクス・マクシムス――最高神祇官だと考えていた。だが、教会側の見解は違い、フリードリヒ2世が、第5回（1213～1221年）と第6回十字軍（1228年）の両方に参加するという誓約を破ると、教皇グレゴリウス9世はフリードリヒ2世を破門にしてしまう。以後、フリードリヒ2世と教皇との確執は生涯続くこととなったが、その間に教会は、フリードリヒ2世が支配権を主張する領土において、権威を確立し、神聖ローマ皇帝に対する教皇の優位性を不動のものにした。

教会がコンスタンティヌスの寄進は事実だと主張し、礼拝堂の壁画に描かせたのも、そのためである。寄進の勅令は、コンスタンティヌス1世が西ローマ帝国に対する支配権をローマ教皇に譲渡したことを表していた。この寄進状はおそらく8世紀頃に作られたものと考えられているが、1440年には捏造であることが明らかになっている。だが、それ以前の13世紀には、教皇が世俗的な皇帝よりも優位に立つことを証明する、反駁の余地のない根拠として使われていた。

シルヴェストロのフレスコ画を研究するアンドレイナ・ドラギ教授は、礼拝堂の修復作業を指揮した際、聖シルヴェストロのフレスコ画連作と関連する、第2のフレスコ画連作が、教会のどこか

サンティ・クァットロ・コロナーティ教会、サン・シルヴェストロ礼拝堂のフレスコ画／13世紀頃／コンスタンティヌスの寄進の様子が描かれている

に存在するのではないかと考えた。[*7] そして、上の階の青い漆喰で覆われた広間に目を付けた。漆喰の除去には時間がかかり、数年の年月を要したが、果たして結果は予想通りだった。

　漆喰の下から現われた鮮やかなフレスコ画は、礼拝堂のフレスコ画と同時期に同じ工房で制作されたものだったが、主題はまるで違っていた。中世のフレスコ画は、聖書や聖人の人生に材を取るのが一般的だが、このフレスコ画では、世俗的な題材や異教的な題材も取り上げられ、黄道十二宮、自由七科《リベラル・アーツ》や、悪徳と美徳の寓話（甲冑姿の騎士が、肩に聖人を担いでいる珍しい絵もある）、四季、太陽、月、そしてミトラス（ペルシャの神。ローマの兵士たちの間で信仰され、いずれもローマ帝国では少数派の宗教ではあったが、キリスト教に匹敵する人気があった）まで描かれていた。ドラギはこうした教会らしからぬ図像について、悪を打ち負かすキリスト教、さらにいえば、フリード

サン・シルヴェストロ礼拝堂の上にあるアウラ・ゴチカ（ゴシックの間）の漆喰の下に隠されていた13世紀中頃のフレスコ画の細部／ローマ／南の壁には季節ごとの農業活動が描かれている

リヒ2世の野望を打ち負かす教会というメッセージの一環として描かれたものだと説明している。

保存状態が極めて良いのは、描かれてから1世紀も経たないうちに漆喰で覆われたためだろう。色鮮やかで汚れていなかったばかりか、ドラギによれば修正もされていなかった。一方で、描かれてからずっと剝き出しの状態だった聖シルヴェストロのフレスコ画のほうは、変更や修正が繰り返され、日の光や埃にもさらされていた。また、新たに発見されたフレスコ画は、階下の礼拝堂のものよりも洗練されており質も高かった。その理由についてドラギは、礼拝堂のフレスコ画は手が加えられているが（善意によるものだとしても）、新たに発見されたほうは、当時、聖シルヴェストロのフレスコ画が誇っていたであろう品質を、今も保っているからだと考えている。

フレスコ画を漆喰で隠した理由は定かではないが、一説によれば、そこに描かれた図像が神の怒りに触れたために、疫病が流行したと思い込んだ人々が塗り潰したのではないかと考えられている。また、3４9年に発生し修道院に大きな損害を与えた地震によって、このフレスコ画も損傷した可能性があり、修復の手間を省くため手っ取り早く漆喰で覆ったのではないかという説もあった（無傷で発見されたこと思えば、それが理由だとは考えにくいが）。

歴史的な事例を研究するにあたって、参考文献が完璧に揃っていることなど、めったにない。美術史はピースの大部分が欠けた巨大なジグソーパズルに喩えられるが、この比喩は、ひとつひとつの作品やその背景にある物語にも当てはまる。漆喰に覆われた部屋の謎を解き明かす文献がどこにもないなら、発見できた幸運に感謝しながら、ひたすら推測するしかない。

隠されていたために生き残った作品が、墓から掘り起こされる物語は無数にある。たとえば1949年には、スロヴェニアのハラストヴリエにある小さなホーリー・トリニティ教会の改装工事の際に、数世紀にわたって壁を覆っていた漆喰が剝がれ落ち、ヨハネス・デ・カストゥオによって描かれた美しい壁画《死の舞踏》(1490年頃)が息を吹き返した。

漆喰は第2次世界大戦中にも、盗難から美術品を守っている。ユーゴスラヴィア系ユダヤ人のエーリヒ・スロモヴィッチは、パリで画商をしていたアンブロワーズ・ヴォラールの後援を受け、20代前半という若さで、ピカソやシャガール、マティスの作品を含むおよそ600点の絵画を所蔵していた。1940年、スロモヴィッチはナチの侵攻に備えてパリを脱出したが、その際、銀行の金庫に190点の絵画を預け、残りをユーゴスラヴィア大使館の助けを借りて、ナチの占領地越しに、ベオグラードに移した。その後間もなくスロモヴィッチは逮捕され、1941年から1942年にかけてドイツ軍がセルビアに対し報復として行なった大量虐殺の犠牲となり、27歳の短い生涯を閉じた。[*8]

◉スロモヴィッチのコレクション

一方でスロモヴィッチのコレクションは、所有者よりもずっと長く生き延びた。パリの銀行の金庫に預けられていた190点の作品は1981年に、未払いの保管費用の支払いのために、オークションにかけられている。だが、スロモヴィッチの子孫と、スロモヴィッチがヴォラールから絵を盗んだと主張するヴォラールの相続人との間で所有権争いが起こると、オークションは取り消された。フランスの裁判所は、1審で、コレクションの所有権がスロモヴィッチの相続人にあることを認めたが、反ユダヤ主義的な2審判決によって覆され、スロモヴィッチが画家たちから直接譲り受けたものを除いたすべての作品について、ヴォラールの相続人が所有権を有することが認められた。2010年、金庫に預けられていた作品は、サザビーズのオークションにかけられ、190点の落札総額は約3000万ドルに達した。

一方、ベオグラードに渡ったおよそ400点の絵画は、ベオグラードでのユダヤ人狩りを見越したスロモヴィッチとその家族によってセルビアの村に運ばれ、戦時中はずっと、納屋の二重壁の中に隠されていた。戦争が終わると、スロモヴィッチの母親やいとこ、親戚らは、壁の裏からコレクションを回収し、ベオグラードに向かったが、途中で列車の事故に巻き込まれ、いとこのマーラ・ハーツラーを除く全員が死亡した。ある記述によれば、絵は「セルビア中部のぬかるんだ畑に飛び散った」とされているが、[*9] ハーツラーは、ちゃんと箱の中に入っていたと主張しており、1948年、ユーゴスラヴィア共産党政府によって強制的に回収された。現在、コレクションはベオグラード国立美術館に保管されている。

◉埋められた細部の発掘

ぶ厚い土砂の層や、薄い漆喰の層の下から大量の芸術作品が発見されるように、現存する作品の隠されていた細部が、明らかにされることもある。アーニョロ・ブロンツィーノ(1503～

アーニョロ・ブロンツィーノ《愛の寓意》1545年頃／油彩、板／146×116㎝／ロンドン、ナショナル・ギャラリー

1572年）の《愛の寓意》（1545年頃）が1860年代にロンドンのナショナル・ギャラリーで初めて展示されたとき、賞賛に値する傑作と評価されながら、セクシーすぎるとも判断された。絵の中では、ヴィーナスが、年若い息子のエロスに腕を回し、周囲ではそれぞれに寓意が込められた人物たちが、肉欲に流されることの危険性を警告している。美術館は、この非常にエロティックな絵画をお堅い時代の要求に合わせるために、中でも特に刺激的な部分を保存修復師に修正させた。エロスの突き出した尻は植物で覆われ、ヴィーナスの勃起した乳首や、息子の舌を探る舌は塗り潰された。加筆された部分が取り除かれ、絵が元の姿を取り戻したのは、1980年になってからだった。余計な手が加えられたことで、この絵の鑑賞者や研究者たちは長らくの間、目の前にある絵を正しく解釈することができず、誤った記述や描写をするしかなかったのだ。

この作品のすぐそばには、細部を塗り潰した結果、作品の解釈が大きく変わることになった、もうひとつの見本が掛かっている。ハンス・ホルバイン（1497頃～1543年）の有名な《大使たち》（1533年）は、一見すると、友人同士であるふたり――ひとりはヘンリー8世に仕える世俗の大使で、もうひとりは聖職者を代表する司教――を描いた、ごく普通の肖像画に見える。だが、この絵には他にも意味が隠されている。ふたりの間にある2段の棚には、空や星座を観察するための道具（望遠鏡、天体観測器《アストロラーベ》、天球儀）と、地上にあるものを測定、描写するための道具（定規、本、地球儀）が置かれている。だがよく見てみると、何かがおかしいことがわかる。天を表す上の段は、天の名にふさわしく整然としているが、地を表す下の段は、どこか不穏で、調和がとれていない。リュートの弦が一本切れているのは、ヘンリー8世がカトリック教会から離脱し、

ハンス・ホルバイン《大使たち》1533年／油彩、板／207×209.5㎝／ロンドン、ナショナル・ギャラリー

地上の調和を乱したことを表している。このメッセージは、画面左上の、緑のカーテンの陰からのぞく銀の十字架によって、さらに強調されている。こうした詳細は、1891年、ナショナル・ギャラリーの保存修復師によって初の洗浄作業が行なわれた際に明らかになった。おそらく、このふたりの肖像画に隠された政治的メッセージが余りに露骨だったため、塗り潰されたのだろう。この作品は、大使たちが立っている床に描かれた、歪んだ骸骨によってよく知られている。真っすぐ正面から見るとぼんやりした染みのようにしか見えないが、右側から覗き込むように見ると線が明瞭になり、正常な形をした人間の頭蓋骨が現われる仕掛けになっている。

意図的に細部が覆い隠された作品は他にもあるが、ここまではっきりした理由ではないにせよ、隠されたのにはやはり理由がある。ケンブリッジ大学のフィッツウィリアム美術館に展示されている、ヘンドリク・ファン・アントニッセン（1605～1656年）の《スヘフェニンゲンの砂浜の景色》（1641年頃）は、海辺の光景を上手く描いただけの、それほどぱっとしない絵だと思われていた。だが2014年、作品が洗浄のためにハミルトン・カー研究所に送られたとき、驚くべきものが発見された。発見者の保存修復師シャン・クァンは次のように述べている。「絵の表面を洗浄していると、人物像が現われ――その横に船の帆のような物が現われました。[*10] 帆のように見えたのは、打ち上げられたクジラでした。美術館が絵を譲り受けたのは1873年ですが、それまでのどこかの時点で塗り潰され、史実を描いた絵画が単なる風景画になってしまっていたのです」。

クァンによれば、塗り潰しが行なわれたのは18世紀頃で、塗り潰された理由は、所有者が死んだ

ヘンドリク・ファン・アントニッセン《スヘフェニンゲンの砂浜の景色》1641年頃／油彩、板／56.8×102.8㎝／ケンブリッジ、フィッツウィリアム美術館／洗浄前

クジラの絵を不快に思ったか、画商が巨大な動物の死骸が描かれていないほうが絵が売れると考えたためではないかという。当然ながら、クジラが現われた今の状態のほうが単なる風景画に過ぎなかったときよりも、優れた絵として評価されている。17世紀初頭のオランダでは、浜にクジラが打ち上げられる事例が頻繁に報告されており、アントニッセンのこの作品は史実を記録したものだと考えられている。

　塗り潰しによって、真作が贋作のように変えられてしまった例もある。アメリカのカーネギー美術館が所蔵するある肖像画は、ブロンツィーノが描いたメディチ家コジモ1世の妻エレオノーラ・ディ・トレドだと考えられていたが、16世紀にカンヴァスに描かれた作品にしては表面に入ったひび割れ《クラクリュール》の状態が不自然だった。この絵をあまり評価していなかった学芸員たちは売却して処分することを検討していたが、その前に、保存修復師たちによって詳細な調査が行なわれた。すると、19世紀に稚拙な手直しが加えられていたものの、ブロンツィーノの一

ヘンドリク・ファン・アントニッセン《スヘフェニンゲンの砂浜の景色》1641年頃／洗浄後。打ち上げられたクジラの死骸が現われた

番弟子アレッサンドロ・アッローリ（1535～1607年）が1570年頃に、コジモ1世とエレオノーラの娘イザベッラ・ロモラ・デ・メディチを描いた真作であることが判明したのである。[*11]

保存修復師は、クラクリュールがカンヴァス画にしては不自然だが、ルネサンス期の板絵だと考えるとしっくりくることに気づいていた。また、絵の裏に打たれていた刻印は、板絵をカンヴァスに移しかえるのを専門にしていた19世紀の修復業者のものだった。おそらく、元の板絵にひびが入ったため、絵を保存するためにカンヴァスに移しかえたのだろう。だがX線はそれ以上のものを映し出していた。表面に描かれていた美しい女性の下には、美貌という点ではるかに劣る別の女性が描かれていたのだ。19世紀当時は、絵の売れ行きを良くするために、平凡な顔立ちを美しく描きかえるといったことが、当たり前のように行なわれていたのだろう。

ジャン・フランソワ・ミレー（1814～1875年）の失われた作品、《バビロンのユダヤ人捕囚》

16世紀の《エレオノーラ・ディ・トレドの肖像》保存修復作業が行なわれる前はアーニョロ・ブロンツィーノによる作品だと考えられていた

上と同じ肖像画。保存修復作業後、加筆された絵の下から元の絵が現われた。アレッサンドロ・アッローリ《イザベッラ・ロモラ・デ・メディチの肖像》1570年頃

（1848年）もX線によって発見されている。1848年のパリサロンに出品するために入念に描かれ、現存していればミレーの代表作のひとつとなったはずの作品だ。結局、批評家連中に酷評されることになったが、この挫折体験によってミレーは歴史的、宗教的主題を扱う、伝統に則った作風から脱却して、社会的、現実的な主題を扱う作風へと転換し、広く世に知られるようになる。だが、この絵がその後どうなったのか、だれも知らなかった。1984年、ボストン美術館に所蔵されていた別のミレーの作品《羊飼いの少女》（1870年）を定期検査の一環でX線にかけたところ、下に《バビロンのユダヤ人捕囚》が描かれていることが判明した。この作品は何十年もの間、ボストン美術館の壁に掛かっていた。研究によると、《バビロンのユダヤ人捕囚》を酷評されて落胆したミレーは絵をノルマンディーの実家にしまい込み、20年近く放置していたという。1870年に起こった普仏戦争の間、画材の入手が困難だったであろうことは想像に難くない。ミレーも手近にあるものを再利用するしかなく、古風で評判の悪かった、もう必要のない作品《バビロンのユダヤ人捕囚》の上に新しい絵を描いたのだろう。[*12]

フランシスコ・ゴヤ（1746〜1828年）が、ナポレオンの兄で、短期間ながらスペイン、ナポリ、シチリア島の王でもあったジョゼフ・ボナパルトを描いた肖像画も、X線によって顕わにされた作品だ。この絵はオランダのアムステルダム国立美術館に展示されていた、ゴヤによる《ドン・ラモン・サトゥーの肖像》（1823年）の下から発見された。[*13] この絵に使われたマイクロ蛍光X線分析法は、表面の絵の下に描かれたものをグレースケール画像として映し出すだけではなく、コンピュータで絵の具を復元してカラーで表示することができる、2000年代に開発

ジャン・フランソワ・ミレー《羊飼いの少女》1870年／油彩、カンヴァス／162×113㎝／ボストン美術館

《羊飼いの少女》の下に描かれていた《バビロンのユダヤ人捕囚》（1848年）のX線画像

フランシスコ・ゴヤ《ドン・ラモン・サトゥーの肖像》（左）と、その下に描かれていたジョセフ・ボナパルトの肖像（右）／1823年／油彩、カンヴァス／107×83.5cm／オランダ、アムステルダム国立美術館

された新しい技術である。この技術のおかげで、傑作である《ドン・ラモン・サトゥーの肖像》を破壊することなく、下に隠された絵を見ることが可能になった。ゴヤがせっかく描いた肖像画を別の絵で塗り潰したのは、ミレーのように画材に困ったためではなく、政治的な理由からだった。ゴヤは、権力者が移り変わる政情不安定なスペインで、巧妙に立ち回り、故国がナポレオンに占領される前から占領後に至るまでずっと、宮廷画家として絵を描き続けることに成功した。それでも、王位を追われたボナパルト家の公式の肖像画家だったことを知られるのは危険だったのだろう。安全対策として、ジョセフの肖像画の上に絵を描き、フランス政権に協力していたことを、文字通り覆い隠したのだ。

このケースでは、作品が失われることで芸術家の命が救われたといっても過言ではない。

ナビ・ユヌス霊廟の下を走るトンネルの中で、発掘した人工遺物を見せる考古学者ムサブ・モハンマド・ジャシム、イラク、モスル東部、2017年3月9日

◉ナビ・ユヌスの霊廟

2017年3月。モスルの上に広がる抜けるような青空が、イラクの兵士たちが巻き上げる粉塵で曇っていく。イラク軍は街の西部に向かって進み、2年以上前にISがカリフとして統治することを宣言した大ヌーリー・モスクに近づきつつあった。1月に解放された街の東部では、考古学者たちがニネヴェ遺跡とナビ・ユヌス霊廟の瓦礫をかきわけるようにして、爆破以来初めて、現地に集まっていた。彼らの胸には悲しみと怒りが渦巻いていたが、そこには別の感情もあった。好奇心だ。霊廟の下からいったい何が現れるのだろう。

ISが、古代遺跡をプロパガンダのために損壊すると同時に、略奪した遺物を積極的に利用して活動資金の足しにしていることは、十分に立証された事実である。いつもならナビ・ユヌスのモスクやミナレットを破壊するだけではなく、見つけた遺物を片っ端から略奪するところだろうが、ニネヴェは1842年に初めて発掘が行なわれて以来、考古学者たちによって調査され尽くしており、[*14]遺物を見つけるには未調査の場所を探すしかなかった。そして、まだ考古学調査の対象となっていない唯一の場所とは、ある重要な遺跡を破壊しなければ入ることのできない場所だった。そう、ナビ・ユヌスだ。考古学者たちは、この霊廟が紀元前7世紀に新アッシリア帝国の宮殿が建っていた遺丘の上にあったことを知っていたが、文字が刻まれた煉瓦と数点の遺物が発掘されただけで、宮殿自体は、だれの目にも触れることなく2千年以上の間、地中に埋もれていたのだ。

最初にその宮殿に辿り着いたのはISだった。霊廟の下にトンネルを掘り、別の古代の建物があることに気づくと、埋もれた宮殿の中に侵入し、持ち運べるものを手当たり次第に略奪した。[*15]考古学者のレイラ・サリフも「わたしたちがここに来る前に、ISがどれだけ多くの遺物を発見したか、想像に難くない」と述べている。[*16]それでも、楔形文字が刻まれた大理石の板を発掘することができた。碑文の内容は、宮殿を建築したセンナケリブの息子で紀元前681年から669年までアッシリアを統治したエサルハドン王に関するものだった。他にも、聖なる〝命の水〟を降り注いで人間を守る半女神の巨大彫刻といった遺物も手つかずのまま残されていた。

考古学者たちはアッシリア宮殿を今も探索し続けており、ISが見落としたり、発見することができなかったりした宝物が更に発掘される可能性もある。古代のモスクと聖人の霊廟が破壊されたことが、だれも望まない悲劇であるのは間違いないが、英国イラク考古学研究所の所長エレノア・ロビンソンがいうように、「ISの破壊行為は、思いもよらない発見につながった」のだ。[*17]

第9章

失われたのか、初めから存在していなかったのか

わたしはポセイドン。海のニンフ、ネレイデスが足取り軽く舞い踊るエーゲ海の水底からトロイアの地にやって来た。アポロンとともに築いた見事な城壁。石を刻み積み上げたあの時から、この都を愛する雲地は、一度として消えることはなかった。その都が今、ギリシャ人の槍に襲われ灰塵に帰した。

アテナイ、スパルタ間のペロポネソス戦争の最中に執筆された、ギリシアの悲劇作家エウリピデスによる『トロイアの女たち』(紀元前415年)は、トロイアの街が破壊される場面で幕を開ける。[*1] ホメロスの叙事詩に描かれ、不朽の名声を得たトロイア戦争の物語は、ギリシア人にとっては神話ではなく歴史だったが、数世紀を経てアキレスとヘクトルとオデュッセウスの物語が繰り返し語られるようになると、伝説の領域に入った。中世になると『イリアス』や『オデュッセイア』は当時人気のあった騎士道物語として書き直されたが、17世紀の終わりから18世紀頃にあたる啓蒙時代には、トロイアが存在した実証可能な証拠がないことから、教養のある人々は、盲目の吟遊詩人ホメロスが作ったフィクションだと考えるようになった。19世紀初頭には、史料批判の機運の高まりを受けて、論理性や実証性がますます重視されるようになり、古代の書物は物語を生み出した世界について知るためだけに読まれるのではなく、検証するために詳しく調査されるようになった。

そして、時代を経て生き残った様々な写本に対して本文批評がなされ、矛盾や個々の版の正当性について疑問が投げかけられるようになった。

また、研究者たちの間では、紀元前1世紀から1世紀にかけて活躍したストラボンや大プリニウスといった古代の作家たちが、自分で経験したことばかりではなく伝聞や読むことで知った物語を記録していたことは、周知の事実である。つまり、古代の作家が関わった作品や記述には、不正確なものや、捏造されたものがあるということだ。例えば、バビロンの空中庭園は、おそらく存在していただろうが、フラフィウス・ヨセフスらが主張するバビロンにではなく、ニネヴェにあった。歴史的に研究され分析されたということは、ホメロスの叙事詩のような文学作品が、批判的な歴史家によって懐疑的な姿勢で念入りに調べられたことを意味する。

トロイアという場所やトロイア戦争についても同様だった。古代ギリシア人やローマ人たちが史実と見なしていたトロイアの物語は、ホメロスという詩人の詩によって伝えられてきたが、裏付けとなる証拠がないため、啓蒙思想家たちはギリシア神話のような伝説だと見なしたのである。トロイア戦争でのギリシアやトロイアの英雄たちの活躍ぶりは、少年たちに話して聞かせるにはもってこいの物語であり、ホメロスの詩も史上稀に見るほどドラマチックな作品だが、この物語の中に、わずかでも真実が隠されている可能性や、トロイの城塞が実際に存在しているという事実が考慮されることはなかった。

子どもの頃、わたしは『想像と幻想の不思議な世界――エンサイクロペディア・ファンタジア』[*2]という美しい本に魅せられ、読み耽っていた。神話や、神話的な歴史に登場する生き物や場所、道具について解説された本だが、わたしが特に惹きつけられたのは、怪しげで、混同や誇張、記憶違いに満ちた、神話的な歴史のほうだった。

18世紀以前に記録された史実の多くは、個人の回想や記録に基づいていた。口伝えによる情報が不正確なのはいうまでもないが、より多くの情報を伝えてくれる記録保管所の文書も、本質的には個人の回想にすぎない断片的な文章や手紙といったものばかりだ。あなたは1度見ただけで、《モナ・リザ》の大きさを覚えていられるだろうか？　あるいはエンパイア・ステート・ビルディングが何階建てか、記憶していられるだろうか？　記憶というものは色褪せ、歪められ、失われるものだ。自分の目で見たことのない場所、例えばエンパイア・ステート・ビルディングについて、人から説明されることを想像してみてほしい。実際に見たのは（あるいは見たと主張しているのは）祖父の隣人だけで、隣人から話を聞いた祖父が、あなたに話して聞かせるとしたらどうだろう。

このようにして話が歪められると、事実が大きくなったり、小さくなったり、ときには消えてしまうこともありうる。ノルウェーとグリーンランドの沖に住むという、海の怪物クラーケンを例に挙げよう。特徴を聞く限りでは、まるで巨大なイカそのものだが、クラーケンは、船乗りたちが巨大なイカが実在することを知るずっと前から、海の神話として語り継がれてきた。ごくたまに目撃される巨大生物が、海辺の食堂の皿の上でよく見かけるミニチュア版に重ねられ、触手で船に絡みつき、バラバラに破壊する怪物の伝説が出来上がっていったのだろう。伝説の雪男、イエティの正体は、チベットのウマグマか何かが後ろ足で立つ姿を見て、怯えた登山家が勘違いしたものではないだろうか。ヒマラヤに生息する動物をよく知らないよそ者が、吹雪の中、遠目に見かけた、2本足で立つ生物（唸り声もあげていたかもしれない）の話を周りの人々にした。おそらくそんなところから、イエティ伝説は生まれたのだろう。噂には尾ひれがつくものだ。2メートルの巨大イカは18メートルになり、雪山で聞いた唸り声の話は、いつの間にか、イエティに追いかけられたという話に変わる。実在する自然現象を目撃しただけなのに、怪物を目撃したことになってしまうのだ。

わたしは本書の取材の過程で、失われたことがはっきりしていて、発見が切望されている数々の芸術作品や至宝の物語に出会ったが、その中には、単に存在することが望まれているだけで、そもそも存在しない可能性があるものもあった。こういった、実際には存在していなかったかもしれない、失われたものたちの背景にある物語の要素は（通常、起源神話や宗教に関わっているが）、ときとして、バビロンの空中庭園やクノッソスの迷宮のように、伝説の裏に隠された真実を明らかにする場合がある。また、具体的な手がかりや、目撃者の報告、説得力のある記録保管所の資料といったものが、過去にあったとされる何かが（まだ目にすることができないだけで）物語に語られているように実際に存在していたこと、数世紀にわたって生き延びてきたことを示唆している場合もある。

◉失われた都市

都市は自然災害（ポンペイ）や火事（ローマ）、偶像破壊（ニムルドとパルミラ）、戦争（カルタゴ、ドレスデン）等によって失われるが、再建される場合も、そのまま失われてしまう場合もある。

完全には消滅しない場合もあるが、メキシコやエジプトといった奥地では、地元の人々の記憶にすら残らないこともある。スロヴェニアの考古学者イヴァン・シュプライツは、1990年代から、メキシコ、ユカタン半島北部の森林地帯で失われたマヤの都市を80カ所以上発見している。[*3] 低空から撮影した航空写真を詳細に調べ、木々の合間に人間が作った建造物らしき形状を見つけると、チームを率いてジープや徒歩で現地に入り、調査を行なった。エジプト学者のサラ・パーキャックもハイテク化こそされているものの、同じような方法を使っている。衛星写真とソフトウェアを使ってエジプトの砂漠に埋もれた建物や廃墟を示す形状がないか調べ、遠隔探査でピラミッド数基と数千に及ぶ墓と集落を発見。ナイル川デルタの都市タニスを撮った衛星写真では、19世紀以降に行なわれてきた発掘調査でも発見できなかった、広範囲にわたる遺跡の存在を明らかにした。[*4]

◉エル・ドラードとアトランティス

エル・ドラードやアトランティスは、まったく存在しない架空の都市だったのだろうか。それとも、実際に存在していたが語り継がれていくうちに別のものに変わり、伝説になったのだろうか。

黄金の都エル・ドラードは、逃した魚の大きさが話すたびに大きくなっていくように、スペインの征服者たちが、金や銀がふんだんにあしらわれた（金で出来ているわけではなく）都市を目にして周りに語った話が大きくなり、伝説となったのではないだろうか？　おそらくそうだろう。この伝説は、エル・オンブレ・ドラード（黄金の男）の話から始まった。エル・オンブレ・ドラードと

トマス・コール《帝国の完成》1835−6年／油彩、カンヴァス／130.2×193㎝／ニューヨーク歴史協会／連作《帝国の推移》の第3作

いう言葉は、ムイスカ族（６００〜１６００年頃、現在のコロンビアに住んでいた部族）の首長就任の儀式の様子を書き残したスペイン人が、その記録の中で使った言葉だ。新しい首長はこの儀式の中で、金粉をまぶされるという。

> すると、ムイスカの人々は後継者を裸にして、泥のようなものを塗り、全身に金粉をまぶした。そして筏《いかだ》に乗せ……足元に、神に捧げる金とエメラルドを、山のように積んだ。[*5]

この話とエル・ドラードという言葉は、パリメ湖のほとりにあるといわれていた黄金の都市マノアの探索へと結びついた。ことの発端は１５２０年頃、ディエゴ・デ・オルダス率いるスペインからの遠征隊の隊長だったフアン・マルティネスが、死の間際、かつてマノアに迷い込み7カ月間過ごしたことがあると話したことだった。この告白によって、16世紀後半には、スペインからだけでなく、イギリスのサー・ウォルター・ローリーといった多くの探検家が、この伝説の都を探し求めるようになったのである。[*6] こうした探検は19世紀に入るまで行なわれていた。実際に中南米には、ヨーロッパでは考えられない量の金が溢れており、そういった話が手紙や口頭で広まって、探検隊がスペインに帰る頃には、新たな探検隊結成のための資金が集まっているという具合だった。スペインに戻った隊員たちは、郷里の人々に黄金の都の土産話をせがまれたに違いない。だとすれば、つい話に尾ひれが付き、金のレンガを敷き詰めた黄金の都市が生み出されたとしてもおかしくはない。

もうひとつの有名な失われた都市アトランティスは、プラトンの対話篇『ティマイオス』(年代不詳)と未完の『クリティアス』(紀元前360年頃)の中で、国民国家の驕りを表す寓話として初めて登場したが、寓話であるにもかかわらず、人々はアトランティスの在りかを探し続けてきた。詳しい描写は『クリティアス』のほうに記載されている。アトランティスは時代が下るにつれてその神性を失い、ついにはアテナイと戦争を始めたが、アテナイの人々はアトランティスの奴隷になることを拒んだ。やがて、アテナイが勝利を収めると、アトランティスのあった島は、一昼夜にわたり地震と洪水に見舞われて海に沈み、滅亡した。

プラトンの著作のほとんどが寓話であることを考えると、アトランティスが実在していたとは考えづらい。にもかかわらず、アトランティスの物語は、16世紀から17世紀に活躍したトマス・モアや、フランシス・ベーコンといった作家や知識人たちの想像力を掻き立ててきた。19世紀の学者イグナティウス・L・ドネリーが『アトランティス――大洪水前の世界 *Atlantis: The Antediluvian World*』（1882年）を出版すると、アトランティスの伝説は更に広まり、プラトンの記述は文字通り史実だと誤解されるようになった。そして1870年、絶大な人気を博したジュール・ヴェルヌの小説『海底2万マイル』にアトランティスが登場した頃には、人々は当然のように、失われた実在の都市だと信じ込まされていた。

プラトンのアトランティスは存在していなかったかもしれないが、地震や火山の噴火、海面の上昇等によって海に沈んだ都市があったのは間違いない。2015年にギリシャ文化省は、アテネ南部のキラダ湾の沖で、初期青銅器時代（紀元前3000年）の、12エーカー（5ヘクタール）に及ぶ都市を発見したと発表した。[*7] 同時代の別の遺跡には見られない、曲がった塔のある要塞も発見されている。プラトンの寓話は、彼の時代よりもずっと前に失われた、こうした実在の都市から着想を得ているのかもしれない。[*8]

◉失われた建造物　クノッソスの迷宮

都市が丸ごとジャングルや溶岩、海に呑み込まれ、小さな真実の種から広大な集落が育つことがありうるように、神話的な歴史に登場する建物や建造物が、口伝えから成長し、時に水を与えられて伝説になり、繰り返し語られることによって事実になることもありうるが、裏付けがなければ、また神話に戻ることになる。

ギリシア神話には、クレタ島のミノス王の妻パーシパエーが牡牛と交わって生まれた、半人半牛のミノタウロスが登場する。醜く凶暴なミノタウロスを持て余したミノスは、発明家ダイダロスが設計した迷宮に閉じ込めてしまう。そして、7年ごとに、アテネイから選りすぐられた若い男女が迷宮に送り込まれ、ミノタウロスの生贄に捧げられることになった。だが、そこに登場するのが、アテナイの王子テセウスだ。テセウスは、クレタの王女アリアドネにもらった糸玉をほどきながら迷宮の奥へ入り、ミノタウロスを退治すると、糸を手繰って迷宮を脱出した。

クノッソスの青銅器時代の宮殿は19世紀の終わりに発見され、1900年にイギリスの考古学者サー・アーサー・エヴァンズによって体系的な発掘が開始された。[*9] 発掘された宮殿は、廊下や部屋がウサギの巣のように複雑に入り組んでおり、まさに迷宮そのものだったため、エヴァンズは、これこそ伝説の迷宮だと考えた。現在、毎年50万人以上の観光客がクノッソスを訪れているが、実はミノタウロスの迷宮の候補はここだけではない。

2009年、発掘調査団がクレタ島南部ゴルティナ（ローマ時代の島の首都）付近にある古代の石切り場の発掘を開始した。[*10] この石切り場には全長4キロメートルにも及ぶトンネルがあり、クノッソスの宮殿よりも神話の迷宮にふさわしいとする説もある。古くから〝迷宮洞窟〟と呼ばれ、ミノタウロス伝説の発祥の地と信じられており、12世紀から19世紀にかけて数多くの観光客が訪れていた。だがそれは、クノッソスの遺跡が発掘され観光の目玉になるまでの話で、エヴァンズが資金を出して迷宮を見事に復元すると、観光客はますますクノッソス遺跡のほうに集まるようになった。ミノタウロスの迷宮は、ゴルティナなのか、クノッソスなのか？　それぞれの候補が、失われ、

復元されたクノッソスの青銅器時代の宮殿の階段。紀元前2000年紀、幾重にも階を重ね、暗い廊下が入り組んだ建物は、20世紀の発掘者たちの目には迷宮のように映った

発見された（あるいは初めから存在していなかった）伝説の地との繋がりを主張している。

◉バビロンの空中庭園

知られている限り空中庭園に関するバビロニアの文書史料は存在していないため、現在のイラクでは伝説ではないかと考えられている。[*11] 空中庭園は、ネブカドネザル2世（在位紀元前605～562年頃）が、故国メディア（イラン北部）の緑豊かな景色を恋い慕う王妃アミュティスを慰めるために造ったといわれる庭園である。紀元前1世紀から紀元1世紀頃に活躍した、クイントゥス・クルティウス・ルフス、ディオドルス・シクルス、ストラボンといった古代の作家たちがこの庭園について記述しているが、実際に見た上での記述かどうかは、はっきりしていない。

ディオドルス・シクルス（紀元前90～30年頃）は、著書『歴史叢書 *Bibliotheca Historia*』（紀元前50年頃）の中で、この空中庭園を詳細に描写している。その記載によれば、大きさはおよそ400ギリシャフィート四方で、「丘の斜面のように傾斜しており、一部は階段状の層になっていて、まるで劇場のよう」だったという。一番上の段は「街を取り囲む城壁の胸壁と同じ高さ」だった。壁の厚さは22フィートあり、幅10フィートの歩廊を備えていた。土や水分を保持できるような構造で、セメントで接着したレンガに、瀝青の層と、「最後に、土から滲みだした水が漏れないように」鉛の層を重ねて作られており、そこに土が盛られて「大きさや様々な魅力で人々の目を楽しませる、種々多様な樹木が所狭しと植えられていた」という。こうした詳細な描写から実在の庭園であるこ

バビロンの空中庭園の想像図／19世紀／手彩色、木版

とが窺えるが、ディオドルスはこの庭園を造ったのは、シリアの王だと書いている。また、クイントゥス・クルティウス・ルフスも、1世紀頃に似たような庭園の記述を残しており、空中庭園が実在していたことを裏付けている。

最近の学説では、バビロンの空中庭園は、バビロンの約160キロメートル北のニネヴェに実在した、アッシリア王センナケリブの庭園と混同されているのではないかとも考えられている。紀元前5世紀の歴史家ヘロドトスはバビロンに関する記述の中で、空中庭園について一切触れていないが、実在していたとすれば見落とすとは到底考えられない。一方で考古学者たちは、ニネヴェで80キロメートルにも及ぶ水路や、運河、ダム等といった給水システムを発見している。見つかったものの中には揚水スクリューもあり、これを使えば、空中庭園の上まで水を引いて灌漑することも可能だったはずだ。[*12]

有名な空中庭園がニネヴェにあったものを指しているなら、失われたとはいえない。というのは、遺跡が残っていて、今も訪れることができるからだ。バビロンにも似たような庭園があったとすれば、損壊したり破壊されたりして失われたか、数千年の間に、アッシリア人を始めとする侵略者たちによって、資材を再利用されたのかもしれない。バビロンを征服したセンナケリブ王が紀元前689年に、地元住民による暴動を防ぐために防壁や宮殿や神殿を破壊するよう命じたことを考えれば、大いにありうる話だ。空中庭園がバビロンにあったとすれば、おそらくその際に最期の時を迎え、分解されてアッシリアの首都ニネヴェに運ばれ、そこで再建されたのだろう。

◉アーサー王のキャメロット城

神話的な歴史に登場するブリトン人の王アーサーの王国も、特定の場所にまつわる伝説のひとつであり、アーサー王のキャメロット城は、実在していたかどうかはっきりしていない。学説の中にはアーサー王の伝説を、ウェセックスの王としてサクソンの侵攻を食い止めたアルフレッド大王(在位871〜899年)と関連付けているものもある。アーサー王の物語は、中世の騎士道物語に影響を与え、最も有名な例では、15世紀にトマス・マロリー卿による『アーサー王の死』を生んでいるが、古くは、中世ウェールズ詩『ア・ゴドディン』、10世紀の『カンブリア年代記』(ウェールズの年代記)、12世紀のスランカーファンのカラドックによる『聖ギルダスの生涯』、『ブリトン人の歴史』(828年頃)といった作品の中にも記載がある。

中世に復元されたキャメロットの円卓。ウィンチェスター城のグレートホールに数世紀にわたって飾られており、円卓の周囲にはアーサー王と24人の騎士の名前と身分が記されている

『ブリトン人の歴史』は、アーサー王に関する最古の文書であり、その詳細な記述は、現実にあった歴史であることを窺わせている。この中でアーサーは、王ではなく軍事指揮官として登場し、アーサーが勝利を収めた12の戦について記載されている。アーサー王は実在したと信じられ、史実として記録されていた。だが、実のところは、時の流れによって尾ひれがついた事実の断片の寄せ集めにすぎない。例えば、『ブリトン人の歴史』には、12の戦の最後にあたるベイドン山の戦いで、アーサーがたったひとりで960人の敵を討ったと記載されているが、掛け値なしの事実であるとは到底思えない。

アーサーの物語は、イギリス人の誇りを語る上で不可欠なものであり、アーサーのキャメロット城があった場所として数々の候補地が挙げられてきた。トマス・マロリー卿はキャメロットがイングランド南部のウィンチェスターにあったと述べているが、彼が綴った物語のうち、どのくらいが伝説を忠実に書き記したもので、どのくらいが伝説に基づいて新たに創作したものなのか、定かではない。コーンウォールのティンタジェル城も候補のひとつだが、現在目にすることができる幻想的な姿は13世紀に建てられた城の名残で、アーサーが活躍したとされているのは6世紀の初頭である。ウィンチェスター城には、アーサー王にまつわる遺物、アーサー王と円卓の騎士の〝円卓〟とされるものが掛かっているが、年輪年代学によれば、13世紀に作られたものである。また、フランスのシャルトル大聖堂の壁にも、円卓が掲げられている。

人は、神話的な歴史が、紛れもない史実であることを裏付ける物的証拠を見つけたいと願うあまり、時代錯誤の考えに飛びついたり、ある場所や物、墓や骨といったものに、失われた（存在したことすらないかもしれないが）オリジナルの代役を務めさせようとしたりすることもある。キャメロットに関していえば、「これまで調査した限りでは、アーサーが歴史的に実在した可能性があるとしかいえない……だが、歴史家は、今のところアーサーについて、何ひとつ有益な情報を語ることができない*13」。

◉宗教的な遺物

失われた遺物にも同じことがいえる。中世の間、特に11世紀の終わりから13世紀の終わりにかけて行なわれた十字軍の影響によって、遺物の取引が活発化した。聖地から持ち帰ったというだけで、怪しげな骨の欠片にさえ、それが歴史的な聖人のものであるか否かにかかわらず（あるいは、その人物が実在するか、13世紀の聖人伝集『黄金伝説』の描写に合致するか否かにかかわらず）、もっともらしい由来があるように見えてしまう。この時代の遺物には、真偽の怪しいものがいくつもある。1353年頃、ジョフレー・ド・シャルネーというフランスの騎士が、聖地から持ち帰ったトリノの聖骸布は、1390年にピエール・ダルシー司教によって、偽物だと非難されている。だが、それでも巡礼者が途絶えることはなく、ここ数十年で4回にわたって行なわれた客観的な臨床検査によって、聖骸布に現われた像が中世に描かれたものだと判明しても、巡礼者の足が鈍ることはなかった。信仰や自分の信念を裏付ける確かな証拠が欲しいという気持ちは、事実よりも強いのだろう。*14

「失われたのか、そもそも初めから存在していなかったのか」と題する章でキリスト教の遺物を取り上げるのは論争を招きそうだが、聖書の記述の多くは曖昧で、明らかに誇張されていたり、あまりに詩的すぎて、詳細を知るには不向きだったりする場合がある。この傾向は、特に、数字が出てくる場合に当てはまる。例えば、民数記1章の45節から46節には、イスラエルの民が20歳以上の男性約60万3000人で構成された軍隊を有していたと記載されているが、荒野に滞在するのはたとえ少人数であっても極めて困難であり、それを考えると到底ありえない人数だ。聖書の中にはこうした極端に大きな数が登場するが、正確な数字を表しているわけではなく、〝たくさん〟を意味する修辞上の工夫にすぎない。

キリストが最後の晩餐で使い、十字架に架けられた際にその血を受けるのに使われたとされる聖杯は、中世の騎士道物語の創作であり、1190年、フランスの詩人クレティアン・ド・トロワの叙事詩『ペルスヴァルまたは聖杯の物語』（天沢退二郎訳／白水社／1991年／『フランス中世文学集2』所収）の中で初めて言及された。実際のところ、聖杯はキリスト教にまつわる話より、異教であるケルト神話のほうによく登場する。[*15] 1次的資料である聖書では触れられてさえいない。イエスの生涯の物語の中にも、2世紀までに書かれた黙示録の中にも登場しない。一方で、ユダヤにローマ人の手で処刑されたナザレのイエスという実在の人物がいたことは間違いなく、歴史上実在したイエスが敬虔なユダヤ人として、過越《すぎこし》の祭り（エジプト人の奴隷だったイスラエル人が解放されたことを祝う儀式）を祝い、杯を空けたであろうことは想像に難くない。そういうものが存在していたとすれば、聖杯がどこかから出てくることもありうる。とはいえ（近年、ダン・ブラウンの小説『ダ・ヴィンチ・コード』（越前敏弥訳／角川書店／2004年）のヒットによってメタファーとしての聖杯を探索する機運は高まったが）物理的な聖杯の探索には、あまり意味があるとはいえないだろう。

ユダヤの遺物は他にもある。第1次ユダヤ戦争中（66〜73年）、ティトゥス（ウェスパシアヌス帝の息子）率いるローマ軍が、エルサレムのヘロデ神殿（バビロン捕囚から帰還したユダヤ人によって建てられた、いわゆる第2神殿）から略奪した品々もそのひとつだ。この時の略奪品は、64年の大火によって焼け落ちたローマの再建や、フラウィウス円形闘技場（コロッセウム）の建設に使われている。[*16] エズラ記1章5節から10節によれば、ユダヤ人は、バビロンからイスラエルに帰還する際、紀元前586年にネブカドネザルの軍隊が第1神殿を破壊して略奪した金や銀を、持ち出すことを許されたという。また、第2神殿は4世紀にわたって存在しており、その宝物殿は、強制的に取り立てられる貢物ばかりではなく、崇拝者たちからの供物や奉納品でも溢れ返っていたに違いない。キケロは、金や銀で溢れていた当時のエルサレムの様子を記述している。[*17] ユダヤの伝承によれば、神殿が燃えたとき、大量に収められていた金や銀が溶け出して、石の隙間に流れ込んだため、ローマの兵士たちは建物をバラバラに解体して、貴金属を回収したという。ローマのティトゥスとウェスパシアヌスの凱旋門には、兵士たちが神殿から大燭台やラッパといった略奪品を持ち出す様子が、浮き彫りされている（第2章を参照）。だが、膨大な財宝の中から、他に何がローマに持ち帰られたのかはわかっていない。

●非宗教的な遺物

偉人の非宗教的な遺物も、時の経過とともに、忘却の彼方へと消えていくことがある。ヴァザーリは、若き日のレオナルド・ダヴィンチ（1452〜1519年）が、怪物メドゥーサに着想を得て絵付けをした、イチジクの木の盾について、次のように述べている。

（レオナルドは）そこに何が描けるか考えはじめた。メドゥサの首を見るのと同様な効果を引き起こし、見る者をおじけさせるようにしたいと考えた。そのためにレオナルドは自分の他には誰も入れずに部屋に閉じこもり、蜥蜴《とかげ》、こおろぎ、蛇、蝶、ばった、蝙蝠《こうもり》といった奇妙な動物を集め、いろいろに組み合わせて、たいへん怪奇な恐ろしげな動物をつくり出し、その動物が吐く息で空気を毒し、火を吹くようにし、暗くくだけた岩から這い出るところを描いた。開いた咽喉からは毒気を放ち、目からは火、鼻からは煙を吹く奇妙かつ怪異な、恐ろしい姿であった。これを制作するために部屋にたてこもり、死んだ動物が放つ悪臭がたちこめて耐えられないほどであったが、彼は芸術に抱く情熱のあまり、それを感じない様子であった。[*18]

この失われた作品は《メドゥーサの盾》と呼ばれているが、この描写を読む限りでは、メドゥーサというより、様々な生き物を掛け合わせた怪物のようだ。とはいえ、この盾は多くの芸術家に影響を与え、《メドゥーサの盾》を主題にして作品を作る芸術家が相次いだ。中でも有名なのが、1596年と1597年に制作されたカラヴァッジオのふたつの盾である。

ヴァザーリの描写は、生々しく具体的で、この盾が実在していたことを示唆している。想像力や伝承の産物と、かつて実在したが失われてしまったものを区別するには、エピソードの〝出所〟と同様に、具体性が重要だ。レオナルドが死去したときヴァザーリはまだ8歳だったが、人生の大部分をフィレンツェで過ごしたため、レオナルドを直接知る人々を大勢知っていた。レオナルドの人生は、レオナルドを知る人の人生とほぼ隣り合わせで、レオナルドを知る別のだれかから裏付けを取ることもできた。本人の家族に手紙を書き、(レオナルドの例では、ほんの数十年前の)エピソードを収集するというヴァザーリの調査方法も、彼の記述に信憑性を与えていた。それと対照的なのが、プラトンの『ティマイオス』中の、アトランティスについての記述である。

フランドルの無名の画家《メドゥーサの首》レオナルド・ダ・ヴィンチの絵を基に描いた作品／1600年／油彩、カンヴァス／49×74㎝／フィレンツェ、ウフィツィ美術館

この島はリビュアとアジアを合わせたよりもなお大きなものであったが……このアトランティス島に、驚くべき巨大な諸王侯の勢力が出現して、その島の全土はもとより、他の多くの島々と、大陸のいくつかの部分を支配下におさめ、なおこれに加えて、海峡内のこちら側でも、リビュアではエジプトに境を接するところまで、またヨーロッパではテュレニアの境界に至るまでの地域を支配していたのである。

アトランティスの強大な軍勢はアテナイを攻撃したが撃退され、その直後、神々の罰が下される。

しかし後に、異常な大地震と大洪水が度重なって起こった時、苛酷な日がやって来て、その一昼夜の間に、あなた方の国の戦士はすべて、一挙にして大地に呑み込まれ、またア

カラヴァッジオ《メドゥーサの首を描いた盾》1597年／油彩、木材にカンヴァス／60×55㎝／フィレンツェ、ウフィツィ美術館

トランティス島も同じようにして、海中に没して姿を消してしまったのであった。

この出来事は〝9000年前〟に起こったこととされていた。プラトンの記述は、教訓を伝えるための寓話にすぎず、明らかに創作である。むしろ、探検家や歴史家たちが、それを実在する場所の描写だと受け取ったことに驚きを禁じ得ない。

◉日本の三種の神器

日本の三種《みくさ》の宝物《たから》とも呼ばれる三種の神器《じんぎ》は、知恵を表す《八咫鏡《やたのかがみ》》、武力を表す《草薙剣《くさなぎのつるぎ》》、慈悲を表す《八尺瓊勾玉《やさかにのまがたま》》を指す。だが、実在については議論があり、信じるかどうかは人それぞれだ。

この三種の神器は、690年から代々、日本の天皇に即位式で継承されてきた宝物である。伝

復元された三種の神器

承によれば、太陽の女神、天照大神《あまてらすおおみかみ》が、天皇の祖先である孫の瓊瓊杵尊《ににぎのみこと》を、平和のために地上に遣わした際に授けたといわれており、3つの宝物にはそれぞれ由来がある。天照大神が、弟の須佐之男命《すさのおのみこと》から身を隠そうと岩戸に籠り、世界が闇に閉ざされてしまったとき、天宇受賣命《あめのうずめのみこと》が天照大神を誘い出そうと岩戸の入り口に掲げたのが、鏡と玉だった。天照大神は鏡に映る自分の姿に驚いて立ち尽くし、その隙に乗じて他の神々が、天照大神を岩戸から引っ張り出したという。須佐之男命は自分の行ないのせいで、姉が岩戸に隠れる羽目になったことを詫びるために剣を献上した。この剣は、8つの頭をもつ蛇である八岐大蛇《やまたのおろち》の体から手に入れたものである。初代天皇である神武天皇は、祖父の瓊瓊杵尊から三種の神器を受け継いだといわれている。三種の神器の保有は、正統な皇位継承者であることを示す証だった。[*19]

　三種の神器の喪失と発見にまつわる話は、いろいろと伝わっているが、語り手によって話が変わるため真実は定かではない。1185年、壇ノ浦（関門海峡）の戦いが行なわれた当時、安徳天皇はわずか8歳だった。天皇の祖母は、敵の手から逃れるために、天皇を抱き、神器を携えて船から海に身を投げた。鏡は回収されたが、鏡の箱を無理に開けようとした敵の兵士の目は潰れてしまったという。玉も後に、潜水夫によって発見されたが、剣の行方はわからなくなっていた。その後新しい剣が鍛造されたとも、そもそも海中に沈んだのは形代《かたしろ》だったともいわれているが、人知を超える力によって海から飛び出し、神社に戻ったともいわれている。オリジナルの神器、あるいは後に作り直された神器がどのような運命を辿ったにせよ、その象徴的な力が失われることはなかった。第2次世界大戦で日本の敗戦が濃厚になると、裕仁天皇は、何としても神器を守るよう、内大臣に命じたという。[*20]

神器は、天皇と選ばれた祭司しか見ることができず、一般に公開されていないため、存在そのものすら証明することができない。玉と剣は、1989年に行なわれた明仁天皇の剣璽承継の儀と、1990年の即位式の際に展示されているが、いずれも布に包まれていた。通説によれば、三種の神器は別々の神社で厳重に保管されており、鏡は三重県の伊勢神宮に、剣（またはその形代）は名古屋の熱田神宮、玉は東京の宮中三殿にあるという。この3つの宝物が神によって授けられ、1度は海中に没しながらも再び発見されて、今日まで存在しているのか、あるいは単なる象徴的存在にすぎないのか、どちらを信じるのかは人それぞれだろう。

●トロイア

これはプリアモス王なのか？　この都市は聖なるイリオスなのか？　そもそも、名高き王が要塞の上から、トロイア平原の向こうに光るヘレスポント海峡を臨んでいた頃に、そう呼びならわされていたかどうかは、だれにもわからない。おそらく、プリアモスもイリオスも、ホメロスが考え出した名前だろう。わかるはずがない……だが、こうして再びトロイアは、われわれの目の前に姿を現わしたのだ。[*21]

多くの人が、既に知られている遺跡の中にトロイアがあると考えており、1822年にはチャールズ・マクラーレンが最も可能性の高い候補として、ガリポリ半島の向かいにある、トルコ本土のヒッサリクの丘に目星を付けた。イギリス領事館職員でアマチュア考古学者でもあったフランク・カルヴァートが丘の周辺の農地を購入し、1864年に発掘を開始。後にトロイアの発見者として広く世に知られるドイツ人実業家ハインリヒ・シュリーマンは別の候補地で発掘を行なっていたが、カルバートの話を聞いてヒッサリクの丘こそトロイアだと確信するようになり、発掘許可を申請、1871年に発掘を始めた。そして、1873年には、ホメロスの記述にあったスカイアイ門を見つけたと発表し、次のように述べている。「わたしは、はるか昔、トロイアの平原に恐ろしい惨事によって破壊された大都市があったことを証明した……この都市は、ホメロスの記述と完全に一致しており……」[*22]。だが、果たして、本当にそうなのだろうか？

トロイアの発見は偉業ではあったが、一筋縄ではいかなかった。失われた都市はひとつではなく、青銅器時代からローマ時代（紀元前3000年頃から西暦500年頃）までの都市が、いくつも

1873年6月にヒッサリクで行なわれた発掘調査の様子を描いた、当時のエングレーヴィング。ハインリッヒ・シュリーマンの『イリアス、トロイの木馬の都市 *Ilios, ville et pays des Troyens: Fouilles de 1871 á 1882*』（パリ、1885年）より

発見されたのだ。シュリーマンは、丘の底の近くから発見された第2層が、ギリシアの攻撃で滅んだ都市だと確信し、そこから発掘された黄金細工を、トロイアの王の名に因んで〝プリアモスの財宝〟と呼んだ。このシュリーマンの発見によってトロイアは、神話的な歴史の領域から、経験的に定義された確かな歴史の領域へと移った。かつて真実だと信じられ、その後、伝説として片づけられていたものが、確かな証拠によって真実であったことが裏付けられたのだ。だが、話はそれで終わらなかった。

シュリーマンがヒッサリクの丘を発掘した方法は、発掘したのと同程度かそれ以上のものを破壊し、遺跡に修復不可能な損害をもたらしたとして研究者たちに非難されることになった。ある考古学者は冗談半分で、シュリーマンはギリシア軍がトロイアを包囲したときにできなかったことをやってのけたとまでいった。難攻不落を誇る市壁を破壊したからだ。[*23] また、シュリーマンは第2層だと主張していたが、複数の層から発見された、数多くの古代都市のうち、どれがホメロスの叙事詩に登場するトロイアなのか（トロイアが実在したとすればだが）、定かではなかった。遺跡が紛れもない本物でも、物語を裏付けることができるとは限らない。

後に、シュリーマンよりも繊細で、経験豊かな考古学者たちによって、丘の47の地層から、9つの都市が発見された。[*24] シュリーマンとともにトロイアの発掘に当たった、ドイツの建築家であり考古学者でもあるヴィルヘルム・デルプフェルトは、トロイ第6と呼ばれる層で、都市が破壊されたことを示す考古学的証拠と、外壁の周囲に巡らされていたと思われる、防御用の堀を発見した。デルプフルトは、紀元前1250年頃に該当するこの層が、青銅器時代の都市トロイアだと確信していたが、1932年から1938年にかけて、カール・ブルゲンが行なった発掘調査によって、トロイ第6層は、ギリシア軍にではなく、地震によって破壊されたことが明らかになった。第6層からは矢じり等の武器があまり発見されておらず、戦争が行なわれたとは考えにくかった。一方で、紀元前1184年頃の第7層Aには、戦場になったことを示す明白な証拠が存在していた。焼け焦げた石や骨が、広範囲にわたって発掘されたのだ。[*25]

トロイアの遺跡はシュリーマンによって損壊されたものの、1998年にはユネスコの世界遺産に登録され、引き続き発掘されている。遺跡にまつわる様々な謎が明らかにされたのは1993年になってからだった。シュリーマンの〝プリアモスの財宝〟には《ヘレネの髪飾り》と呼ばれる金の髪飾りや、8750個の金の指輪、その他、金や銀や銅、琥珀金（金と銀の合金）

左：プリアモスの財宝を身につけたソフィア・シュリーマンの写真、1874年頃
右：プリアモスの財宝の一部

等で出来た宝飾品があった。シュリーマンはその数々の財宝を、所持品とともにトルコから持ち出し、妻に身につけさせて写真まで撮っている。一部はトロイの発掘を続ける許可を得るためにオスマン帝国政府に返還されたが、ほとんどはベルリンの旧博物館に収蔵されることになった。プリアモスの財宝は、ホメロスの描いた王プリアモスが統治していたとされる時代の層ではなく、数世紀前のトロイ第2層から発掘されている。

　これらの財宝は１９４５年にはベルリン動物園の地下に隠されたが、その後行方不明になっており、ベルリン陥落の際に、赤軍によって運び去られたものと思われる。ソビエト連邦はほぼ半世紀にわたり財宝の行方について一切の関知を否定していたが、１９９３年の9月までモスクワのプーシキン美術館の倉庫に保管されていたことが確認されている。[*26] 数千年の間失われていた黄金細工の数々は、シュリーマンによって発掘され、プリアモスの財宝として海外に持ち出されたが、ナチによって隠匿され、赤軍によって略奪されてソビエトに渡り、再び失われたのである。いずれドイツに返還するという計画もあるが（異論はあるが、優先権を有すると思われるトルコ政府への返還は、まだ検討されていない）、ロシアの美術館職員らによって阻止されている。ロシアは、ナチによってもたらされた莫大な物的および人的損害を、略奪した美術品で補償することを検討しており、1998年には、第2次大戦中のドイツでの略奪行為を合法化する法案が可決されている。[*27]

おわりに

◉失われたとは、まだ見つかっていないということ

アメリカ、ユタ州グレートソルト湖岸のローゼル・ポイントにある、彫刻家ロバート・スミッソン（1938〜1973年）の傑作は徐々に失われつつある。《スパイラル・ジェティ》（1970年）は、土と水、雪のように散った塩の結晶、6650トンの玄武岩などで構成されており、空から見ると、シダの巻きひげのように見える。全長約460メートル、幅約4・6メートルで、失われることを前提に作られた作品だ。風や雨、浸蝕作用が、なすべき仕事を終えると、この作品は消滅する。定期的に手を入れれば維持することもできるが、それはスミッソンの望むところではなかった。[*1] 1999年、《スパイラル・ジェティ》がスミッソンの財産からディア芸術財団に寄付された年には、この作品は失われていた。湖の水位が上がり、作品を形作る土や岩が浸蝕されて、水没していたのだ。数年後に水位が下がると、作品はほぼ30年ぶりに姿を現わした。失われたアートが発見された——いずれまた失われる定めを背負って。スミッソンは自然の流れに委ねることを望んだ。自然が彼の作品を呑み込み、崩壊させようとするなら、受け入れるべきだと考えていたのだ。

ロバート・スミッソン《スパイラル・ジェティ》1970年／玄武岩、塩の結晶、土と水／長さ457m／ユタ州、グレートソルト湖、ローゼル・ポイント

◉失われたほうがいい作品もある？

フランツ・カフカ（1883〜1924年）は、自分の死後、未発表の作品はすべて焼き捨ててほしいという遺言を残した。カフカの友人で、遺作管理者だったマックス・ブロートは、カフカを裏切り、この遺言を無視して、人類に素晴らしい財産を残した。ブロートは、カフカの生前にこの遺言を実行するつもりはないと伝えていたとして、自分の決断を正当化している。それでも別の遺作管理者を選ばなかったのは、本心では作品を破棄されたくなかったからだと考えたのだ。傑作とされる『審判』『城』『失踪者（『アメリカ』）』といった作品が、ブロートのおかげで、カフカの死後に出版された。ブロートが管理していた作品以外にも、まだ出版されていないものがたくさんある。1933年にはドイツのゲシュタポが、カフカの恋人ドーラ・ディ

アマントから20冊ほどのノートを押収している。[*2] 押収されたノートは破棄されたと思われるが、カフカが書いたものが、他にもどこかから出てくる可能性はまだ残されている。小説も発見されるかもしれない。

アメリカの詩人ウォルト・ホイットマンの失われた小説『ジャック・エングルの冒険 *The Life and Adventures of Jack Engle*』（1852年）は、2016年、大学院生によって発見された。ホイットマンは初期の作品が世間から忘れられるのを望んでいたらしく、「わたしは、あのお粗末で稚拙な作品の数々が、ひっそりと忘却の彼方に埋もれていくのを切に望んでいた」[*3] と述べている。

2015年には、1957年に執筆されたハーパー・リーの小説『さあ、見張りを立てよ』（上岡伸雄訳／早川書房／2016年）が出版され、大きな反響を呼んだ。ハーパー・リーは『アラバマ物語』（菊池重三郎訳／暮しの手帖社／1964年）以降、小説は出版しないという姿勢を貫いており、『アラバマ物語』の主人公アティカス・フィンチが登場するこの作品も、公表を控えていた。だが、2011年、リーの弁護士が金庫に入っていた原稿を発見。リーは当時、認知症を患っており（2016年に亡くなっている）、リーに本当に出版の意志があったのか、弁護士に利用されただけなのかははっきりしていない。[*4] 小説は、ベストセラーにはなったものの、評論家にもファンにも酷評され、リーの名声に傷がつくことになった。カフカが処分を望み、危うく失われるところだった作品の出版は、カフカを文学界の頂点へ押し上げることになったが、リーの場合、失われた小説は失われたままでいたほうが、彼女の遺産を守るためにはよかったのかもしれない。

「ニュー・レンブラント・プロジェクト」で制作されたレンブラント風の肖像画／2016年／デジタルプリント／レンブラントの全作品の中から採取した168263の断片を基に、ディープ・ラーニング・アルゴリズムと顔認識技術を使って描かれており、1億4800万以上の画素数で構成されている

◉失われた芸術作品は複製できるか

テクノロジーの発達によって、失われた作品や、存在していそうで存在しない作品の複製を、新たに作り出すことができるようになった。「ニュー・レンブラント・プロジェクト」[*5]は、デルフト工科大学、ハーグのマウリッツハイス美術館、アムステルダムのレンブラントハイス美術館、マイクロソフト社の協力のもとで行なわれた、レンブラントの画風をデジタルで再現し、新たな絵画を制作するプロジェクトだ。肖像画の顔は架空のもので、顔認識アルゴリズムを使用し、実際にレンブラントが描いた肖像の顔をコンピュータで合成して作成している。出来上がった絵は２０１６年４月にアムステルダムで発表され、美術評論家や美術史家を唸らせた。ニュー・レンブラント・プロジェクトのウェ

ブサイトには、「巨匠を蘇らせて、もう1枚絵を描いてもらうことはできるだろうか？」という見出しが掲げられている。どうやら、それは可能らしい。架空の作品を生み出す技術は、当然ながら、失われた作品にも応用することができる。残された描写や、レプリカ、写真といったデータから、在りし日の姿をほぼ完璧に再現し、2次元あるいは3次元でプリントする。そうした複製だけで美術館を作ることも夢ではない。

このように、失われた芸術作品を蘇らせることはSFの世界の話ではなく、現実に可能になったのだ。2017年には、イラン系アメリカ人のアーティスト、モレシン・アラヤリ（1985年～）が、《物理的思弁》シリーズの《She Who Sees the Unknown》で、ローマ時代のハトラのウサル王の彫像など、ISによって破壊された12点の遺物を、3Dプリントで復元し展示している。[*6] 2016年4月には、やはりISに破壊された《パルミラの凱旋門》が3分の2サイズで3Dプリントされ、ロンドンのトラファルガー広場で披露されている。その後、レプリカは世界中を巡回し、各都市で展示された。[*7] マドリードに本社を置くファクトゥム・アルテ社は、3Dスキャン技術を用いた、美術品や工芸品の高品質な（美術館の展示に耐える品質の）複製の制作を得意とし、劣化の恐れがある作品を、高精度かつ高画質なデジタルイメージとして保存している。美術館で展示するために、本物の素材を使ってプリントすることも可能だ。同社は、2017年に開催されたヴェネツィア・ビエンナーレに出展するために、ひび割れまで再現したツタンカーメン王の墓と、防腐処理された遺体まで3Dプリントで復元した実物大のレーニンの墓を制作。また、テレビ番組で使用する失われた絵画の制作も担当している。近い将来には、3Dプリントされたレプリカ

2016年4月、ロンドン、トラファルガー広場で展示された《パルミラの凱旋門》高さ6m／オリジナルの凱旋門は1世紀に建造され、2015年に破壊された

が並ぶ、失われた作品を集めた美術館が登場するかもしれない。ドゥカーレ宮殿やエッフェル塔のレプリカを展示するなら、最も有力な候補地はラスベガス辺りだろうか。

そうした作品や複製を作るには機械に頼らざるを得ず、技術者によってプログラムされたコンピュータでデジタル制作するしかない。だが、それでは、芸術家が作品に吹き込んだ温もりや魂まで再現することはできない。芸術家が自らの手で制作したオリジナルには、芸術家の魂と情熱がこもっており、作品を介して人と人とを繋ぐことができるという考えは、何世紀もの間、芸術を語る上で欠かせない論点となってきた。贋作者が、真新しい自分の贋作を古く見せかけるように、新たに制作した作品を人為的に古く見せかけることは可能だが、時を経たことで纏《まと》う風格や、ひびや皺、色褪せによって刻まれた作品の歴史まで再現することはできない。王家の谷のツタンカーメンの墓や、フランスのラスコー洞窟といった、失われた芸術作品の複製を集めて展示すれば、目を見張るほど美しく、歴史的で、知的興味をそそる美術館になるだろう。だが複製は、本物の代わりにはなれない。そこには魂がこもっていないからだ。

モレシン・アラヤリ《ウサル王》2015年／3Dプリントしたプラスチックと電子部品／30.5×10.2×8.9㎝／《物理的思弁：IS》シリーズ

◉見落とされてきたもの

本書で取り上げた芸術作品にまつわる物語は失われた原因ごとに分類されているが、見落とされてきたものや、辿った運命が未だにわからないものも無数にある。リチャード・セラ（1938年～）の《傾いた弧》（1981年）は、「美術を建築に」政策の一環として依頼され、マンハッタンのジェイコブ・K・ジャビッツ連邦ビル前広場に設置された。だが、全長37メートル、高さ

3・7メートルに及ぶこのコルテン鋼の板金は、多くの人々に邪魔もの扱いされていた。この作品があるために歩行者は広場を横切ることもできず、弧を描く巨大な彫刻を迂回しなければならなかったからだ。この問題は有名な裁判へと発展、セラは、《傾いた弧》は設置場所こそが重要であり、場所を移すなら存在する意味がないと主張し、作品は1989年に撤去された。1985年に開かれた公聴会では、122人がセラの主張に賛成し、58人が反対。賛成派には、クレス・オルデンバーグ、キース・ヘリング、フィリップ・グラスといったアーティストがいた。この裁判は、アーティストたちが他のアーティストの作品を守るために闘った画期的な事件だった。作品に死刑判決が下されるのを阻止しようとしたのである。評決は5人の陪審員によって行なわれ、4対1で彫刻の撤去が決まり、上訴の後に解体された。現在はセラが保管しているとされるが、今後公開するつもりはないという。[*8]

日本の偉大な刀鍛冶、五郎入道正宗《ごろうにゅうどうまさむね》（1264～1343年）の名刀にまつわる言い伝えも、謎めいた失われた芸術作品の物語のひとつだ。史上屈指の名刀といわれる《本庄《ほんじょう》正宗》の号は、大名上杉謙信《うえすぎけんしん》の家臣、本庄繁長《しげなが》（1540～1614年）の名に由来している。伝承によれば、本庄は、合戦の最中、本庄正宗の所有者だった東禅寺《とうぜんじ》勝正《かつまさ》という武士に、斬りかかられたという。兜を真っ二つにされながらも本庄は戦いに勝ち、《本庄正宗》を戦利品として持ち帰った。その後しばらく所持していたが、1595年頃、豊臣秀次に売ったとされている。[*9] 以来、《本庄正宗》は幾人もの人手に渡り、江戸時代、最後の武家政権として日本を治めた徳川将軍家の所有するところとなった。判明している最後の所有者は、徳川家正（1884～1963年）で、1939年

リチャード・セラ《傾いた弧》1981年／スチール／3.7×36.5m／ニューヨーク市、ジェイコブ・K・ジャビッツ連邦ビル前広場／現在は行方不明

には、国宝に指定されている。

その後、名刀が辿った運命については、断片的で怪しげな情報しか残されていない。日本が敗戦し、第2次世界大戦が終結した1945年の12月、徳川家正は、《本庄正宗》を始めとする15振りの刀剣コレクションを、東京の目白警察署に提出したという。しばらくそこで保管されていたが、1946年1月、コールディ・バイモ（Coldy Bimore）軍曹と名乗る、連合軍の将校らしき人物に手渡されている。コディ・ビルモア（Cody Bilmore）といった名前を聞き間違えたのではないかと思われるが、当時日本に駐留していた連合軍将校の中に、これに近い名前の人物がいたという記録はない。男は西太平洋陸軍の対外清算委員会の名を騙っていたが、本当の身分を名乗っていたとは限らず、なぜ警察が貴重な刀を渡してしまったのか、はっきりしていない。いずれにせよ、そのときに消えた刀はどれも見つかっていない。[*10]

その他、歴史書の記述の中にしか残っていない作品や、信憑性に欠ける複製しか存在しない作品を挙げれば、枚挙にいとまがない。リュシッポスの《ヘラクレス》や《アポクシュオメノス》、ペイディアスの《アテナ・レムニア》、プラクシテレスの《クニドスのアフロディーテー》、《バイユーのタペストリー》の最後の場面、ドゥッチオの祭壇画《マエスタ》の4枚の板絵、ヤン・ファン・エイクの《湯あみする女》や、《イープルの聖母》、《ロメリッツニの3連祭壇画》。失われた作品は無数にあり、現存するものよりはるかに多い。世界中に何千、何百万と存在する美術館や教会、神殿、家屋敷にある、すべての美術品を合わせた数よりもずっと多いのだ。そのひとつひとつが物語を持っているが、すべてに触れていたら、本は永遠に終わらないだろう。

ひとりの芸術家に焦点を当ててみても、数多くの作品が失われているのがわかる。16世紀の彫刻家、金細工師のベンヴェヌート・チェッリーニ（1500～1571年）を例にとると、教皇クレメンス7世の依頼で制作した金の聖杯と金のモース（大外衣の胸前を留めるための留め金）、パリ滞在中にフランソワ1世のために作った、マルス、ウルカヌス、ジュピターの銀の大彫像、教皇パウルス3世から神聖ローマ皇帝カール5世への贈り物として依頼された、金箔貼りの祈禱書の表紙、フェラーラの枢機卿の銀の聖杯、ユリウス・カエサルの胸像といったものが失われている。チェッリーニは貴金属を素材に使うことが多かったため、作品は常に鋳潰される危険にさらされていた。教皇の金銀細工のコレクションは、1797年に教皇ピウス6世がナポレオン軍の前に屈し、3000万フランの停戦賠償金を支払う義務を負った際に、失われたようだ。停戦条約には、賠償金の3分の1を「貴金属や宝石」で支払うことができると定められており、相当量の金銀細工が支払いに当てられたものと思われる。

一方で、驚くべき技術を誇る、現代の保存修復師たちの手によって、多くの作品が失われるのを免れてもいる。2002年、ニューヨークのメトロポリタン美術館で、ルネサンス期の彫刻家トゥッリオ・ロンバルド（1455～1532年）による、等身大のアダム像（1490年代初頭）の木製の台座が崩れ、像が倒れるという事件が起こった。アダム像は、28個の比較的大きな破片と、細かい欠片となってバラバラに砕け散った。大惨事ではあったが、メトロポリタン美術館の彫像保存修復師たちにとっては、魅力的なパズルのようなものだった。落ちたハンプティ・ダンプティを元の姿に戻す、3次元のジグソーパズルだ。十数名の専門家チームが、10年がかりで修復に取り組んだ。大理石の〝患者〟がCTスキャンを受けるために病院に行くこともあったという。結果は大成功、メトロポリタン美術館は、2013年から14年にかけて、修復された作品を展示し、調査と修復の様子を収めた舞台裏の動画を公開した。保存修復師の素晴らしい技術は、失われた作品を救い、見る影もないほど傷ついた作品を癒すことさえできるのだ。

◉見つかる日を信じて

様々な要因によって失われたものの中には、永遠に失われたと見なすしかない作品もある。例えば、ドレスデンのアルテ・マイスター絵画館にあった作品が、1945年2月の連合軍による爆撃を生き残り、兵士や市民によって持ち出され、置き忘れられたか隠されたかで、無傷のまま長年どこかにしまい込まれているというような可能性はほとんどない。所有者や制作者自身によって破壊された作品や、一時的な作品、偶像破壊行為によって破壊された作品も、同様に2度と目にすることはできないだろう。

だが、作品が失われた要因によっては、楽観が許される場合もある。特に盗難は、盗んだ人間が、作品が適切に保存されないと価値が失われることを知っているため、希望を持つことができる。警察も、受け渡し金を支払わなければ作品を破壊するといった、犯人の脅しを真に受けたりはしない。美術品は誘拐された人間と違って取り戻されても犯人を密告することができないため、作品を破壊するような行為はまったく意味がないからだ。だれひとり得をしないのに、現金が詰まった袋に火を点けるようなものだ。
　少なくとも作品が存在し、再び発見される可能性があるという点で、盗難は損傷や破壊よりもずっと救いがある。最近の例を挙げよう。２０１７年の夏、ニューメキシコにある、家具や骨董を扱う店のオーナーが、エステートセール（遺品処分や引っ越しの際の財産処分）で1枚の絵画を購入した。数人の客から、ウィレム・デ・クーニング（１９０４〜１９９７年）の絵ではないかと指摘され調べてみたところ、１９８５年にアリゾナ大学美術館から盗まれた《黄土色の女》であることが判明した。そんな絵が、30年間安っぽい金縁の額に入れられて、片田舎の寝室に飾られていたのだ。1億ドル以上の価値があるといわれ、現在は元の美術館に展示されている。[*11]
　われわれが失われた名作の存在を知ったとき、ただ肩をすくめて諦めるというわけにはいかないのは、芸術を愛し、自分たち自身よりも大きな存在であると感じているからに他ならない。経済的価値があるから、文化的に重要だから、ただ単に美しいから——動機はどうであれ、わたしたちは芸術を守り、保全しないではいられない。多くの人々が、命を賭して芸術作品を守り、取り戻してきた。１５６６年、プロテスタントの暴徒たちがファン・エイクの《ヘントの祭壇画》をカトリックの偶像だと非難し、焼き払おうと聖バーフ大聖堂の前に押し掛けてきたとき、兵士たちは薄暗い大聖堂の中で、名画を守ろうと息を殺して身構えていた。アルカサルの使用人たちは、煙に巻かれ焼死する危険も顧みず、燃えさかる宮殿に駆け戻り、ベラスケスの《ラス・メニーナス》を始めとする数々の名画を、窓の外へ放り投げて救った。モニュメンツ・メンは第2次世界大戦中、およそ６０００万人の人命が失われていく中で、石や木やカンヴァスで出来た命を持たない美術品を救うために、全力を尽くしていた。狂気の沙汰に思えるかもしれないが、われわれの祖先が、洞穴の暗さをものともせず、冷たい石の壁に絵を描いていた時代から、芸術が人間の生活の中で果たしてきた役割を思えば、決して不自然な話ではない。

◉パフォーマンスとして失われる芸術作品

本書では失われた芸術作品を取り上げてきたが、芸術家自身も失われている。ジョルジョーネが32歳で、ラファエロが37歳で夭折していなかったら、どれだけの傑作を描いていただろう。あるいはベラスケスが、社会的地位を保つために芸術を趣味に格下げするような宮廷の仕事に精を出していなかったら、どれだけの時間を有意義に使えただろう。ウラジミール・タトリン（1885〜1953年）のような才人が、スターリンが1934年に発した抽象美術に対する宣言に怯えて静物画しか描かないようになっていなければ、どれだけ素晴らしい作品を生み出していただろう。

オランダのコンセプチュアル・アーティスト、バス・ヤン・アデル（1942〜1975年）[*12]は、その短い人生の大半をアメリカで過ごし、ロサンゼルスで写真家、パフォーマンス・アーティストとして活動した。1975年7月9日、アデルはただひとり小さなヨットに乗り込み、マサチューセッツ州のケープコッドを出発した。計画によれば、ニューイングランドから大西洋を渡って、イギリスを目指す予定だった。この航海は《奇跡的なるものを求めて》というパフォーマンス・アートとして行なわれたが、彼の最後のパフォーマンスとなってしまった。アデルが乗ってい

オーシャン・ウェーブ号に乗るバス・ヤン・アデル／告示89『バス・ヤン・アデル』に掲載された写真（Art & Project、アムステルダム、1975年8月）

たオーシャン・ウェーブ号は、〝グッピー13〟と呼ばれる4メートル程度の小型ボートで、大海原を渡るのに適しているとはいいがたく、それまでに大西洋横断にチャレンジした船の中では最小の部類だった。パフォーマンスは、ロサンゼルスの画商のギャラリーで披露された合唱団の舟歌で幕を開け、およそ2カ月半後にイギリス南部のファルマスで再び合唱を行ない、幕を閉じる予定で、パフォーマンスの中心となる要素は航海だった。

だが船出から3週間後、アデルからの無線が途絶える。10カ月後の1976年4月18日、アイルランドの海岸沖240キロメートル付近で、波間に漂う無人のオーシャン・ウェーブ号が発見された。ボートはニューイングランドの海岸沖97キロメートルの地点で目撃されており、その後、アゾレス諸島を通過するところが目撃されているが、目撃情報はそのふたつだけだった。空のボートはスペインの漁船によって回収され、コルーニャまで牽引されたが、1976年5月18日から6月6日の間に盗まれている。

アデルは溺死したものと推定されている。彼はこの航海で、パフォーマンス・アートとして自殺するつもりだったのだろうか？　それとも、本気で大西洋を横断できると信じ、無謀にもたったひとり、小さなボートで航海に乗り出して、海に呑み込まれてしまったのだろうか？　あるいは――ひょっとしたらだが、自らの死によって究極の〝失われた〟芸術作品を創り出そうとしたのだろうか？

註

はしがき

1　確認されたレオナルドとカラヴァッジオの作品の数については概ね一致しているが、失われた作品の数については研究者によって意見が分かれる。カラヴァッジオの専門家ダニエル・カラビーノは、カラヴァッジオの作品のうち失われたものは8作だと主張しているが、ジョン・T・スパイクは、カラヴァッジオはかなり多作であり約115作が失われていると主張している（Spike, John T, *Caravaggio*, Abbeville Press, 2010）。

2　http://www.telegraph.co.uk/culture/

3　失われた《アンギアーリの戦い》にまつわる物語を描くイングリッド・D・ローランドとノア・チャーニイ著作 *Collector of Lives: Giorgio Vasari and the Invention of Art* (W.W.Norton 2017) の取材の過程で行なった、各関係者に対するインタヴューを基に導き出した結論である。

第1章　盗難

1 http://www.bloomberg.com/news/articles/2015-04-27/a-186-million-rothko-pits-russian-tycoon-against-art-merchant

2 この事件についての詳細やヴィクトリア朝の美術品窃盗についてさらに知りたい方は、Noah Charney and John Kleberg, *Victorian Art Theft in England:Early Cases and the Sociology of the Crime*(Fall 2013)19 - 13 を参照してほしい。

3 2012 年、http://www.justice.gov/usncb/programs/cultural_property_program.php. に掲載された米国司法省とインターポール米国国立中央局の情報。現在はウェブサイトのリニューアルで修正されている。美術犯罪に関する事実はイギリスの重大組織犯罪局（SOCA）が実施した英国国家驚異評価（UK National Threat Assesment）に基づいている。このランキングは機密扱いされていたが、ロンドン警視庁によって提供され 2006 年の報告書に記載された。この報告書は数年間にわたり脅威評価で引用されている。中東との関連を指摘されているテロリストについては、イラクの国際刑事警察機構の特別捜査隊が担当しており、リヨン、アンマン、ワシントンで開催された会議を経て、2008 年に国際刑事警察機構がリヨンで開催された盗難美術品に関する年次総会で報告された。国際刑事警察機構のバグダッド支部は、イスラムのテロリスト集団が美術犯罪（主に古代遺物の略奪）に関わっている証拠があると主張している。国際刑事警察機構や、米国司法省の主要な関係者は皆、麻薬と武器取引に関わる美術犯罪のランキングについての報告書を信憑性があると評価し、詳細はまだ機密とされているとしても疑う理由はないと明言している。

4 カラビニエリ美術保護部隊の、前・現副司令官であるジョヴァンニ・パストーレ大佐とルイジ・コルテレッサ大佐のインタヴューおよび、カラビニエリが内部配布用、メディア用に出版した年鑑からの情報。

5 http://www.theguardian.com/world/2000/dec/23/arttheft.art

6 http://www.crimemuseum.org/crimelibrary/robberies/swedish-art-heist/

7 Mark Durney,'Reevaluating Art Crime's Famous Figuree', *International Journal of Cultural Property*, vol. 20/2(May 2013), 221-32

8 http://www.independent.ie/opinion/analysis/two-priceless-art-treasures-still-lie-buried-in-mountains-26243113.html

9 Peter Watson, *The Caravaggio Conspiracy*(Penguin, 1985) を参照。

10 2000 年代の初め頃、フィラデルフィアのブラックマーケットで、買い手を探していたという情報もあるが、確証はない。

11 http://www.bostonglobe.com/metro/2015/03/17/gardner-museum-art-heist-one-boston-most-enduring-mysteries-years-later/9U3tp1kJMa4Zn4uClI1cdM/story.html

12 John Ruskin, *Pre-Raphaelitism and Other Essays*(London, 1906), 8

13 Marion True and Kenneth Hamma, *A Passoion for Antiquities*(Getty, 1994) フライシュマン・コレクションに含まれる略奪された美術品に関する情報。http://lootingmatters.blogspot.si/2008/01/some-reunited-fresco-fragments.html を参照。

第2章　戦争

1 多くの情報源があるが、最も詳細な記述は Vera Schwarcz, *Place and Memory in the Singing Crane Garden* (University of Pennsylvania Press, 2008) にある。

2 Chris Bowlby, 'The Palace of Shame that Makes China Angry', *BBC Magazine* (2 Feb 2015), http://bbc.com/news/magazine-30810596 からの引用。

3 Geremie Barme, 'The Garden of Perfect Brightness, a Life in Ruins', *East Asian History* (June 1996), 188

4 Garnett Joseph Wolseley, *Narrative of the War with China*

in 1860; to which is added the Account of a Short Residence with the Tai-ping Rebels at Nanking and a Voyage from thence to Hankow (Longman, 1862), 226
5 同2。
6 Chris Buckley, Didi Kirsten Tatlow, Jane Perlez, and Amy Qin, 'Voice from China's Cultural Rrvolution', *The New York Times* (16 May 2016)
7 http://www.oxfordtoday.ox.ac.uk/opinion/loot-chinas-old-summer-palace-beijing-still-rankles
8 Walter Scott, *Life of Napoleon Bonaparte, Emperor of the Frensh*, vol. 1 (J.J. Harper, 1827), 362
9『イーリアス』1巻528-30行（本文中の邦訳は『イーリアス』呉茂一訳／平凡社)。出典は不確かだが、この像にはペイディアスの最愛の人物（第86回オリンピックのレスリング競技で勝利した少年）の姿が刻まれていたという話もある。ペイディアスは、ゼウスの指に Pantarkes kalos（「パンタルケスは美しい」の意）という言葉を刻み、像の足元に少年のレリーフ彫刻を彫ったといわれている。
10 Janette McWilliam, et al., *The Statue of Zeus at Olympia: New Approaches* (Cambridge Scholars Publishing, 2011), 44
11 Livy, *Ad Urbe Condita* XLV, 28.5, and Dio Chrisostom, *Oratories* 12.51
12 パウサニアス『ギリシア案内記』(岩波文庫)
13 ルキアノス『ルキアノス短編集「本当の話」 ティモン――または人間嫌い』(呉茂一他訳／ちくま文庫)
14 Georgius Cedrenus, *Historiarium Compendium* 322c
15 Jozef Babicz, 'The Celestial and Terrestrial Globes of the Vatican Library, Dating from 1477, and Their Maker Donnus Nicolaus Germanus (ca.1420-ca.1490)', *International Coronelli Society for the Study of Globes* (June 1987), 155-68
16 Matthew Bogdanos, *The Thieves of Baghdad* (Bloomsbury, 2005) および Matthew Bogdanos, 'Thieves of Baghdad: and the Terrorists They Finance', in *Art Crime: Terrorists, Tomb Raiders, Forgers and Thieves*, ed. Noah Charney (Palgrave, 2016), 118-31 参照。
17 およそ12年後、ジェニー・シュタイナーの姉アランカ・ムンクも、クリムトに死んだ娘の肖像画を依頼している。アランカの娘リアは、1911年12月に恋人と破局して自殺している。依頼によりクリムトは、当初、死の床に横たわるリアの肖像を描いたが、最初の2作はムンク家に受け取りを拒否された。第1作は失われたが、第2作は《踊り子》として描き直された。1917年に描かれたものは、《リア・ムンクの肖像III》と名付けられ、個人コレクションに収蔵されている。
18 Noah Charney, *Stealing the Mystic Lamb: The True Story of the World's Most Coveted Masterpiece* (Public Affairs, 2010)
19 https://www.theguardian.com/artanddesign/2008/may/07/art
20 http://www.theguardian.com/artanddesign/2013/nov/05/picasso-matisse-nazi-art-munich
21 同18。
22 D Grimaldi, 'Pushing Back Amber Production', *Science* 326 (2009), 51-52
23 大プリニウス『プリニウスの博物誌 III』第37巻11(雄山閣出版)
24 Theophile Gautier, *Voyage en Russie* (Paris, 1866) http://articles.latimes.com/2003/may/31/entertainment/et-holley31
25 Catherine Scott Clark, and Adrian Levy, *The Amber Room: The Fate of the World's Greatest Lost Treasure* (Walker and Co., 2004); quoted in http://www.versopolis.com/panorama/211/stolen-beauty
26 琥珀の間の物語の全貌については、C Scott-Clark, and A Levy, *The Amber Room* (Atlantic, 2004) を参照。
27 http://www.forbes.com/forbes-life-magazine/2004/0329/048.html
28 Richard Spencer, 'Chinese Fury at Yves Saint-Laurent Art Sale', The Telegraph (3 Nov 2008), http://www.telegraph.co.uk/news/worldnews/asia/china/3373996/Chinese-fury-at-Yves-Saint-Laurent-art-sale.html
29 Terri Yue Jones,'Two Bronze Animal Heads, Stolen 153 Years Ago, Returaned to China' Reuters (28 June 2013); http://www.reuters.com/article/us-china-sculptures-idUSBRE95R0HW20130628

第3章 事故

1 Trevor J. Dadson,'The Assimilation of Spain's Moriscos: Fiction or Reality?', *Journal of Levantine Studies* 1: 2, Winter 2011, 11-30
2 この火災の詳細および、失われた作品については、Steven N. Orso, *Philip IV and the Decoration of the Alcázal of Madrid* (Princeton University Press, 1986)
3《クレオパトラの針》について触れた文献は数多く存在するが、特におすすめするのは、Edward Chaney, 'Roma Britannica and the Cultural Memory of Egypt:

Lost Arundel and the Obelisk of Domitian', in *Roma Britannica: Art Patronage and Cultural Exchange in Eighteemth Century Rome*, ed. D. R. Marshall, S. M. Russell, and K. E. Wolfe, (British School at Rome, 2011), 147-70 。円筒と浮船の建造の様子を写した興味深い写真は、Ian Pearce, 'Waynman Dixon: In the Shadow of the Needle', in *Souvenirs and New Ideas*, ed. D. Fortenberry (Oxbow Books, 2013), 129-41 で見ることができる。

4 1878 年、オベリスクの下にはタイムカプセルが埋められた。その中身は、煙草やヘアピンの入った箱、煙草を吸うためのパイプ、哺乳瓶、カミソリ、油圧ジャッキ（ヴィクトリア朝の工学技術を示すため）、この記念碑を象った高さ 91㎝のブロンズ像、インド・ルピー、ヴィクトリア女王の肖像画、オベリスクの輸送の経緯を書いた文書、数カ国語で書かれた聖書、帝国分銅、子どものおもちゃ、イギリスの硬貨、鉄道案内、ロンドンの地図、日刊新聞 10 紙、215 の言語で綴られた聖書のヨハネ 3 章 16 節、美貌の誉れ高いイギリス婦人 12 名の写真（ヴィクトリア女王の写真はその中に含まれていなかったようだ）などだった。

5 フラウ・マリア号の難破の概要については https://www.seanmunger.com/2014/10/09/the-story-of-the-vrouw-maria-the-lost-ship-of-incredible-dutch-art-treasures/

6 フィンランドの保存修復師リーカ・ケンガスによる情報。

7 Raphael Minder, 'Historian Donates Velázquez to Prado', *New York Times* (15 December 2016)

8 *Gentleman's Magazine*, vol. 20 (August 1843), 126

9 https://www.thenation.com/article/painter-our-time/

10 Ariane Ruskin Batterberry, *17th and 18th Century Art* (McGraw-Hill, 1969), 71

11 http://www.bbc.com/culture/story/20150320-the-worlds-first-photobomb

12 https://www.theguardian.com/culture/2003/aug/23/art

第 4 章　偶像破壊と破壊行為

1 詳しくは拙著 *The Art of Forgery* (Phaidon, 2015) 11-13 を参照いただきたい。

2 Don Meredith, *Varieties of Darkness: The World of the English Patient* (Hamilton Books, 2012), 23

3 Agostino Lapini, *Diario Fiorentino* (1596), http://www.publicartaroundtheworld.com/Fountain_of_Neptune.html

4 http://www.nytimes.com/1991/09/15/world/michelangclo-s-david-is-damaged.html

5 https://www.theguardian.com/world/2005/oct/17/arts.italy

6 同 5。

7 サヴォナローラの物語は広く語られている。最も詳細な記述は Donald Weinstein, *Savomarola: The Rise and Fall of a Renaissance Proohet* (Yale University Press, 2011)

8 Stephanie Barron, *Degenerate Art: The Fate of the Avant-Garde in Nazi Germany* (Abrames, 1991), 46

9 'Al-Azhar Releases Fatwa Forbidding the Destruction of Artefacts', http://www.azhar.eg/observer-en/al-azhar-releases-fatwa-forbidding-the-destruction-of-artefacts

10 http://www.un.org/press/en/2015/sc11775.doc.htm

11 http://www.fatf-gafi.org/media/fatf/documents/reports/Financing-of-the-terrorist-organisation-ISLL.pdf

12 Matthew Bogdanos, 'Illegal Antiquities Trade Funds Terrorism', CNN World (7 July 2011): http://articles.cnn.com/2011-07-07/world/iraq.looting.bogdanos_1_antiwuities-trade-iraw-s-national-museum-looting?_s=PM:WORLD

13 'Klunst als Terrorfinanzierung', *Der Spiegel* 29, 2005: http://www.spiegel.de/spiegel/print/d-41106138.html

14 *Blood Antiques*, Produced by Journeyman Pictures (2009)

15 Mogens Trolle Larsen, *The Conquest of Assyria* (Routledge, 2014)

16 http://www.independent.co.uk/news/world/middle-east/isis-militants-nimrud-northern-iraq-destroy-3000-year-old-city-archarlogists-ancient-palace-islamic-a7512526.html

17 James Grantham Turner,'Marcantonio's Lost *Modi* and Their Copies', *Print Quarterly* XXI (December 2004), 369-79 および *Art and Love in Renaissance Italy*, exh. cat., Metropolitan Museum of Art, New York (2008), cat. no.99, 200-2 参照。これらの版画とその背景の概観（広範囲にわたる調査）については、Bette Talvacchia, *Taking Positions; On the Erotic in Renaissance Culture* (Princeton Univercity Press, 1999) を参照。

18 Diane de Grazua Bohlin, *Prints and Related Drawing by the Carracci Family* (Washington, DC: National Gallery of Art, 1979)

19 Jonathon Green and Nicholas J. Karolides, *Encyclopedia of Cesorship* (Facts on File, 2014), 20

第5章　天災

1 小プリニウス『プリニウス書簡集』第6巻12「叔父の最期」(國原吉之助訳／講談社学術文庫)

2 スエトニウスもタキトゥスも2度目の地震について、当時皇帝だったネロに関する記述の中で言及している。

3 *Complete Works of Seneca the Younger* (Delphi Classics, 2014), section XXVII: 4

4 過去17000年にわたって、ヴェスヴィオス火山は8回噴火している。プリニウスが目撃した79年の噴火の後、1631年から最も活発な活動期に入った。1906年には大きな噴火があり、100名が死亡、最近では1944年に噴火しており、第2次世界大戦中に連合国軍の航空機を破壊し、空軍基地に損害を与えている。www.geology.com/volcanoes/vesuvius 参照。

5 http://www.express.co.uk/expressyourself/169599/Volcanoes-Nature-s-nuclear-bombs

6 ポンペイとヘルクラネウムの遺跡では、これまでに1500名の遺体が見つかっている。

7 巨像が港の入り口を跨いでいたという説は、1395年にイタリアの旅行者が、巨像は「海と陸を見渡していた」と記載したのを誤って解釈したことに由来している。港に立っていたという説自体にも疑問があり、一部の研究者は、街のアクロポリス――港を見下ろす丘に建っていたのではないかと主張している (Ursula Vedder, *Der Koloss von Rhodis. Archaologie, Herstellung, und Rezeptionsgeschichte eines Antiken Weltwunders*, Nunerich-Asmus Verlag & Media, 2015)。詳細および、その他の古代の世界の不思議については Paul Jordan, *Seven Wonders of the Ancient World* (Routledge, 2014) を参照。

8 ストラボン『ギリシア・ローマ世界地誌』(飯尾都人訳／龍溪書舎／1994年／全2巻)

9 プリニウス『博物誌』第34巻18章41

10 *The Chronicle of Theophanes Confessor: Byzantine and Near Eastern History, AD 284-813*, ed. Cyril Mango, and Roger Scott, (Clarendon Press, 1997), 481

11 https://www.theguardian.com/artanddesign/2008/nov/17/colossus-rhodes-greece-sculpture; https://www.theguardian.com/commentisfree/2015/dec/27/greece-colossus-rhodes-new-project

12 ギリシアの作家は、世界の7「不思議」を表すのに、theamata という言葉を使っており、「必見のもの」と訳すほうがしっくりくる。ビザンチウムのフィロンは、紀元前3世紀に世界の7不思議について記しているが、このリストにはアレクサンドリアの大灯台の代わりにバビロンの城壁が入っている。

13 情報源はいくつもあるが http://www.bbc.co.uk/news/world-europe-29996872 を参照。

14 https://news.artnet.com/art-world/appalling-restoration-destroys-giotto-frescoes-at-the-basilica-of-saint-francis-in-assisi-261811

15 http://www.repubblica.it/speciali/arte/2015/02/19/news/assisi_allarme_giotto_quel_restauro_una_minaccia_per_gli_affreschi-107658385/

16 https://www.theguardian.com/artanddesign/2015/feb/19/italian-art-medieval-frescoes-damage

17 https://news.artnet.com/art-world/giotto-chapel-damaged-by-lightning-90009

18 ジョルジオ・ヴァザーリ『芸術家列伝』の「ジョルジョーネ」より（本文の邦訳はジョルジョーネ『芸術家列伝2 ボッティチェルリ、ラファエルロほか』平川祐弘、小谷年司訳／白水Uブックス／2011年)。

19 https://medium.com/@tylergreen/giorgione-titian-and-or-cariani-ec8e7446713e

20 同19。

21 http://www.pauldoughton.com/2012/02/analysing-fondaco-dei-tedeschi-

22 https://www.nytimes.com/2016/11/06/arts/design/after-the-florence-flood-saving-vasaris-last-supper.html

23 この出来事の詳細については David Alexander, 'The Flourentine Floods - What the Papers Sayd', *Environmental Management*, vol. 4, no. 1 (1980), 27-34

24 この14000点という数字については Christopher Clarkson, 'The Florence Flood and Its Aftermath', National *Diet Library Newsletter* (2003), 15-16

25 http://tuscantraveler.com/2014/florence/tuscan-travelers-tales-the-1966-florence-flood/

26 同22。

27 この洪水後に行なわれた、あるいは、今も行なわれている救出作業の概要については、Helen Spande, ed., *Conservation Legacies of the Florence Flood of 1966: Proceedings from the Symposium Commemoraiong the 40 th Anniversary* (Archetype Publications, 2009) を参照。

28 https://www.theguardian.com/world/2016/nov/04/florence-flood-50-years-on-the-world-felt-this-city-had-to-be-saved

29 和紙を剥がす新技術は、国立輝石修復研究所（OPD）での研究や、ゲッティ財団の資金提供によるプロジェクト〈Panel Paintings Initiative〉の一環で開発された。https://www.nytimes.com/2016/11/06/arts/design/after-the-florence-flood-saving-vasaris-last-supper.html

30 同29。

31 Vitruvius *De Architectura*, II.8.9; http://www.perseus.tufts.edu/hopper/

32 Eric Moorman, 'Destruction and Restoration of Campanian Mural Paintings in the 18th and 19th Centuries', in Sharon Cather, *The Conservation of Wall Paintings* (Getty Conservation Institute, 1991), 87-102

33 ポンペイの壊滅と発掘に関する資料は豊富にある。例えば、Antonio d'Ambrosio, Discovering Pompeii (Electa, 1998 and latereditions)

34 2017年2月に行なったコラードに対する電子メールでのインタヴューからの引用。

第6章　一時的にしか存在しない作品

1 この記述はウーライへのインタヴューを基にしているが、Dominic Johnson, *The Art of Living: An Oral History of Performance Art* (Palgrave MacMillan, 2005) にも記載がある。

2 この催しに関する記載は、Enid Welsford, *The Court Masque* (1927) や、https://www.britannica.com/biography/Philip-III-duke-of-Burgundy にある。

3 この催しに関する詳細は、Ingrid D. Rowland and Noah Charney, *Collector of Lives: Giorgio Vasari and the Invention of Art* (W. W. Norton, New York, 2017) を参照。

4 Giorgio Vasari, *Le Vite de' piu eccellenti pittori, scultori e architetti* (1550), vol. 1(Milan, 1846), 50

5 マッキナの構造を想像し3次元で再現したものが、イタリアのチームによって作成された。http://www.3d-archeolab.it/portfolio-items/stampa-3d-macchina-vasariana-bosco-marengo/

6 同4。

7 *Grafton's Chronicle* (1569) は数々の文献で引用されているが、*Dictionnaire le Parisien* (http://dictionnaire.sensagent.leparisien.fr/FIELD%20OF%20THE%20CLOTH%20OF%20GOLD/en-en/) もそのひとつである。

8 Richard Grafton, *Grafton's Chronicle* (1569: reprinted 1809), vol. 2, 303-4

9 クリスト&ジャンヌ＝クロードの作品に関する本は数多く出版されており、基本的な情報はアーティストのウェブサイトで見ることができる。https://christojeanneclaude.net/

10 http://www.nytimes.com/1991/10/28/us/christo-umbrella-crushes-woman.html

11 'Artt: Homage to New York?', *Time*, 28 March 1960

12 http://www.tate.org.uk/whats-on/tate-britain/exhibition/art-60s-was-tomorrow/exhibition-themes/destruction-art-symposium

13 Gustav Metzger, 'Machine, Auto-Creative and Auto-Destructive Art', Ark (Summer 1962)

第7章　所有者による破壊

1 これらの素描はイギリスのチャッツワースやオックスフォードのコレクションや、ルーヴル、ウフィツィ、ワシントンD.C.のナショナル・ギャラリーといった美術館に保存されている (Carlo James, et al., *Old Master Prints and Drawings: A Guide to Preservation and Conservation* (Amsterdam University Press, 1997), 4)。ギベルティのコレクションについては、Liana Cheney, *Giorgio Vasari's Teachers: Sacred & Profane Art* (Peter Lang, 2007), 250, note 10参照。

2 同1。

3 Oscar E. Váaquez, *Inventing the Art Collection: Patrons, Markets and the State in Nineteenth-Century Spain* (Penn State University Press, 2001), 54

4 上記3のnote 3で引用されているピエール・カバネの言葉。

5 1の71

6 *Handbook to the Public Galleries of Art in or Near London* (John Murray, 1845), 6, letter dated 1823

7 同6。

8 Jonathan Black, *Winston Churchill in British Art, 1900 to the Present: The Titan with Many Faces* (Bloomsbury, 2017), 156-68, Hana Furness, 'Secret of Winston Churchill's Unpopular Sunderland Porttait Revealed', The Daily Telegraph (10 July 2015), http://www.telegraph.co.uk/news/winston-churchill/11730850/Secret-of-Winston-Churchills-unpopular-Sutherland-portrait-revealed.html

9 8の資料および Sonia Purnell, *First Lady: The Life and Wars of Clementine Churchill* (Aurum Press, 2015)

10 Chris Wrigley, *Winston Churchill: A Biographical Comparison* (ABC-CLION, 2002), 318

11 Allison Keyes, 'Destroyed by Rockefellers, Mural Trespassed on Political Vision', *NPR* (9 March 2014)

12 Desmond Rochfort, *Mexican Muralists* (Chronicle Books, 1993), 126-7

13 Sheila Wood Foard, *Diego Rivera* (Chelsea House Publishers, 2003), 9

14 http://www.workers.org/2009/us/ford_hunger_march_0402/

15 Michael H. Hodges, 'Controvery Raged around Debut of Rivera's Murals', *Detroit News* (13 March 2015), http://aaa.detroitnews.com/story/news/local/wayne-county/2015/03/12/

16 Henry Adams, 'Detroit, 1932: When Diego Rivera and Frida Kahlo Came to Town', *The Conversation* (http://theconversation.com/detroit-1932-when-diego-rivera-and-frida-kahlo-come-to-town-38884)

17 http://www.artsjournal.com/culturegrrl/2007/01/dr_gachet_sighting_it_was_flot.html

18 Martin Bailey, 'Cezanne Joins Van Gogh for Close Scrutiny', *The Art Newspaper* (March 1999)

19 Carolyn Kleiner, 'Mysteries of History', *US News & World Report* (24 July 2000)

20 https://www.theguardian.com/world/2015/nov/13/russia-malevich-black-square-hidden-paintings

21 Bonnie Rimer,'The Old Guitarist Meets New Technology' https://www.clevelandart.org/exhibcef/PicassoAS/html/7327426.html

22 http://www.openculture.com/2012/04/ithe_mystery_of_picassoi_landmark_film_of_a_legendary_artist_at_work_by_henri-georges_clouzot.html

23 Leonardo Klady, 'Returan of the Centaur', *Film Comment*, no.22, 20-22

24 Richard Brettell, *Post-Impressionists* (Art Institute of Chicago and Abrams, 1987), 111-112

25 Ulrike Knofel, 'A New Look at Works Destroyed by Gerhard Richter', *Der Spiegel* (3 Feb 2012)

26 Susan Stamberg, *For John Baldessari: Conceptual Art Means Serious Mischief* (NPR Morning Eddition, 11 March 2013)

27 John Richardson, 'Rauschenberg's Epic Vision', *Vanity Fair* (September 1997), https://www.vanityfair.com/magazine/1997/09/rauschenberg199709

28 Holland Cotter, 'Robert Rauschenberg: North African Collages anda Scatole Personali', *New York Times* (28 June 2012)

29 Vincent Katz,'A Genteel Iconoclasm', *Tate Etc*, no.8 (Autumn 2006)

30 Priscilla Frank, 'Artist Turns Abandoned Building Into Life-Sized Dollhouse...Then Burst It Down', *Huffington Post* (26 August 2014)

31 Vicki Goldberg, 'Ingres' Nude May Be Lost, But Her Afterimage Lingers', *New York Times* (21 September 2003)

32 http://www.wga.hu/frames-e.html?/bio/m/michelan/biograph.html それとは対照的に、スプレッツァトゥーラの典型ともいうべきラファエロは、我々の知る限りでは、自分の絵を破壊しようとはしておらず、およそ400点が現存している。 http://www.wga.hu/frames-e.html?/html/r/raphael/7drawing/index.html とはいえ、ミケランジェロはラファエロよりずっと長寿で(51年も長く生きている)、建築など様々な形式の芸術に携わっている。ミケランジェロが生涯で描いた素描の数は想像するしかないが、おそらくは数千点に及ぶ。

33 1の136参照。

34 1の13参照。

35 Carol Vogel, '$7 Million Michaelangelo', *New York Times* (29 Jan 1998)

第8章　覆い隠され、見出されたもの

1 イタリア語の原文は以下のサイトで読むことができる。http://vasari.sns.it/cgi-bin/vasari/Vasari-all?code_f=print_page&work=le_vite&volume_n=3&page_n=127

2 Susan B. Puett and J. David Puett, *Renaissance Art & Science @ Florence* (Truman State University Press, 2016)

3 http://www.atlasobscura.com/places/stufetta-del-bibbiena

4 http://www.slate.com/articles/life/welltraveled/features/2011/vatican_inside_the_secret_city/vatican_guide_the_pope_s_pornographic_bathroom.html

5 Federico Zeri et al., *Italian Paintings: Sienese and Central Italian Schools* (Metropolitan Museum of Art, 1973)

6 Lynn Catterson 'Michelangelo's Laocoon?', *Artibus at Historiae* 26, no.52, (2005), 29-56

7 http://www.spectator.co.uk/2011/09/medieval-frescoes/ より引用。 Gli affreschi dell'Aula gotica nel Monastero dei Santi Quattro Coronati: Una storia ritrovate (Skira, 2006)

8 http://www.thedailybeast.com/articles/2015/04/05/

the-fabulous-art-trove-saved-from-the-nazis-and-hidden-from-you.html または http://www.artnet.com/magazineus/features/darcy/darcy1-10-07.asp または https://m.youtube.com/watch?list=PLxbMnBfiy6iF8-Bpca7VoY8LpebVQ93ot&v=GG-H93EILtU さらなる情報はドキュメンタリー映画 The Mysterious Mr. Slomovic (2016) の監督 ミオドラグ・チェスティッチ より。

9 Momo Kapor, *Dosije Šlomović* (Knjiga-Komerc, 2004)

10 http://www.cam.ac.uk/research/news/whale-tale-a-dutch-seascape-and-its-lost-levoathan

11 https://news.artnet.com/exhibitions/carnegie-conservators-reveal-true-face-of-medici-portrait-52064

12 http://www.csmonitor.com/1984/0215/021509.html

13 https://www.theguardian.com/artanddesign/2011/sep/20/xrays-uncover-painting-goya-masterpiece

14 A.H. Lanyard, *Nineveh and Its Remains* (John Murray, 1849)

15 https://www.theguardian.com/artanddesign/jonathanjonesblog/2015/nov/20/asylum-artefacts-paris-terrorists-louvre-isis

16 Josie Ensor, 'Previously Untouched 600 BC Palace Discovered Under Shrine Demolished by Isil in Mosul', *The Daily Telegraph* (2 March 2017); http://www.telegraph.co.uk/news/2017/02/27/previously-untouched-600bc-palace-discovered-shrine-demolished/

17 同 16。

第9章　失われたのか、初めから存在していなかったのか

1 Trancelation by E. P. Coleridge (George Bell and Sons, 1891)（本文の日本語訳は、エウリピデス『トロイアの女たち』山形治江訳／論草社より）

2 マイケル・ページ、ロバート・イングマン絵『想像と幻想の不思議な世界——エンサイクロペディア・ファンタジア』（教育社訳／教育社）

3 http://edition.cnn.com/2015/04/21/world/real-indiana-jones-lost-mayan-cities/

4 Noah Charney, 'Space Archaeology', *Plugin Magazine* (Summer 2016)。 http://www.wired.co.uk/article/scanning-the-past も参照。

5 Juan Rodrifuez Freyle, *El Carnero* (1638)

6 Walter Raleigh, *The Discoverie of the Large, Rich and Bewtiful Empyre of Guiana* (1569) より。

7 http://www.ancient-origins.net/news-history-archaeology/huge-ancient-greek-city-found-underwater-aegean-sea-003709

8 R. Hackforth, 'The Story of Atlantis: Its Purpose and Its Moral', *Classical Review* 58: 1 (1944), 7-9

9 この発掘調査については、全5巻の *The Palace of Minos at Knossos* (Macmillan, 1921-35) で詳細に解説されている。

10 http://www.independent.co.uk/arts-entertainment/architecture/has-the-originallabyrinth-been-found-1803638.html

11 詳細については Irving Finkel, *Babylon: City of Wonders* (British Museum Press, 2008)

12 Stephanie Daley, 'Ancient Mesopotamian Gardens and the Indentifivation of the Hanging Gardens of Babylon Resolved', *Garden History* 21:7 (1993)

13 Thomas M, Charles-Edwards, 'The Arthur of History', in *The Arthur of the Welsh* (University of Wales Press, 1991)

14 トリノの聖骸布についての詳細は Noah Charney, *The Art of Forgery* (Phaidon, 2015), 229-32

15 Roger Shelman Loomis, T*he Grail: From Celtic Myth to Christian Symbol* (Princeton University Press, 1991)

16 http://www.telegraph.co.uk/news/worldnews/1311985/Colosseum-built-with-loot-from-sack-of-Jerusalem-temple.html

17 Cicero, *Pro Flacco* (In Defense of Flaccus), 59 BC

18 Girgio Vasari, Lives of the Most Eminent Painters, Sculptors and Architects (1568 eddition) のレオナルド・ダヴィンチの章より。本文の日本語訳はジョルジョ・ヴァザール『芸術家列伝 3』（田中英道、森雅彦訳／白水 U ブックス）より。

19 三種の神器に関する詳細は、Vyjayanthi R. Selinger, *Authorizing the Shogunate: RItual and Material System in the Literary Construction of Warrir Order* (brill, 2013) および *Samurai: The World of the Warrir* (Osorey, 2006) を参照。

20『木戸幸一日記』（東京大学出版会／1966年）1120－1

21 シュリーマンの *Ilios; City and Country of the Trojans* (John Murray, 1880), XV にルドルフ・フィルヒョウが寄せた序文から。

22 Heinrich Schliemann, *Troja und seine Ruinen* (1885), 277

23 Kenneth W. Harl, *Great Ancient Civilizations of Asia*

Minor, recorded for The Teaching Company. この話の多くについては、Susan Heuck Allen, *Finding the Walls of Troy: Frank Calvert and Heinrich Schliemann at Hisarlik* (University of California Press, 1999) や Joachim Latacz, *Troy and Homer: Towards a Solution of an Old Mystery* (Oxford University Press, 2004) で分析されている。

24 23 の Heuck Allen の著書 259p を参照。

25 ブルゲンの発掘調査については *Troy: Excavations Conducted by the University of Cincinnati, 1932-38* (4 vols, Princeton University Press, 1950-8) を参照。ブルゲンの *Troy and the Trojans* (Praeger, 1963) は、彼の発見について記述した一般人向けの人気のある著作。

26 Rick Atlinson, 'Trojan Treasure Unlocks Art War', *The Washington Post* (6 September 1993)

27 詳細は Caroline Moorehead, *The Last Treasure of Troy* (Weidenfeld and Nicolson, 1994)

おわりに

1 作品の建造過程を映した 32 分のフィルムや、作品の写真は、作品がその究極の目的を達成しても残っているだろうが、これらの一時的な記録よりは、スパイラルを形成する玄武岩のほうが長持ちしそうだ。

2 https://www.theguardian.com/books/2017/jan/31/burrow-franz-kafka-review-short-stories

3 https://www.nytimes.com/2017/02/20/arts/in-a-walt-whitman-novel-lost-for-165-years-clues-to-leaves-of-grass.html?_r=0

4 'Harper Lee Trade Frenzy and ConcernOver New Book', *BBC News* (4 February 2015) および Lynn Neary, 'Harper Lee's Friend Says Author is Hard to Hearing,Sound of Mind', National Public Radio(5 February 2015) より。リーは、弁護士を通じて、原稿が見つかって出版できることが「嬉しい」という声明を出している。これに対して疑念の声があがり、2015 年 4 月に調査が開始されたが、リーが利用されたという主張は根拠がないと判断された。

5 http://www.nextrembrandt.com/

6 この展示は、2017 年 3 月にリヴァプールの FACT で、2017 年の 5 月にはロンドンのフォトグラファーズ・ギャラリーで行なわれた。《物理的思弁》シリーズの展覧会は各国で開催されている。2016 年、アラヤリは自分の調査結果や、破壊された作品を所蔵するモスル美術館とのメールのやりとり、作品の高解像度画像や、3D プリント可能なデータ等を公開し、ダウンロードできるようにした。

7 http://www.bbc.co.uk/news/uk-36070721

8 Judith Bresler, 'Serra v. USA and its Aftermath: Mandate for Moral Rights in America?' in Daniel McClean, ed., *The Trials of Art* (Ridinghouse, 2007), 195-211

9 Stephen Turnbull and Wayne Reynolds, *Kawanakajima 1553-64: Samurai Power Struggle* (Osprey, 2013)

10 Jim Kurrach, 'Honjo Masamune and Important Missing Nihonto', in the newletter of the Japanese Sword Society of Southern California, 1996

11 https://news.artnet.com/art-world/stolen-willem-de-kooning-returned-1049207

12 http://www.basjanader.com

◆著者　ノア・チャーニイ　Noah Charney
1972年、アメリカ、コネティカット州生まれ。コルビイ・カレッジで美術史と英米文学を専攻、夏季休暇中に競売会社クリスティーズで働いている。コートルード美術研究所で17世紀ローマ美術を、ケンブリッジ大学で16世紀のフィレンツェ美術、図像学、美術犯罪史を、スロヴェニアのリュブリャーナ大学で建築史、犯罪史を学んでいる。その後、ローマを拠点にした美術犯罪調査機構を設立している。著書に *The Collector of Lives: Giorgio Vasari and the Invention of Art*、*The Art of Forgery: The Minds, Motives and Methods of Master Forgers*、小説『名画消失』（早川書房）など。

◆訳者　服部理佳　（はっとり・りか）
早稲田大学法学部卒。法律事務所勤務。訳書にキーラ・キャス〈セレクション〉シリーズ（ポプラ社）、ミシェル・ウィルジェン『サヨナラの代わりに』（キノブックス／共訳）、アンジー・トーマス『ザ・ヘイト・ユー・ギヴ　あなたがくれた憎しみ』（岩波書店）、マーロン・ブンド、ジル・トウィス『にじいろのしあわせ　マーロン・ブンドのあるいちにち』（岩波書店）、パトリシア・バルデス『ドラゴンのお医者さん　ジョーン・プロクターは虫類を愛した女性』（岩波書店）など。

失《うしな》われた芸術作品《げいじゅつさくひん》の記憶《きおく》

●

2019年6月27日　第1刷

著者……………………ノア・チャーニイ
訳者……………………服部理佳《はっとりりか》
装幀……………………藤田知子
発行者…………………成瀬雅人
発行所…………………株式会社原書房
〒160-0022 東京都新宿区新宿1-25-13
電話・代表　03(3354)0685
http://www.harashobo.co.jp/
振替・00150-6-151594
印刷……………シナノ印刷株式会社
製本……………東京美術紙工協業組合

ISBN 978-4-562-05669-9 Printed in Japan